雨花忠魂

雨花英烈系列纪实文学

飙风铁骨

顾衡烈士传

邹雷 著

江苏凤凰文艺出版社
JIANGSU PHOENIX LITERATURE AND ART PUBLISHING, LTD

图书在版编目（CIP）数据

飙风铁骨：顾衡烈士传 / 邹雷著 . — 南京：江苏
凤凰文艺出版社，2016
（雨花忠魂 . 雨花英烈系列纪实文学）
ISBN 978-7-5399-9419-2

Ⅰ . ①飙… Ⅱ . ①邹… Ⅲ . ①纪实文学 – 中国 – 当代
Ⅳ . ① I25

中国版本图书馆 CIP 数据核字 (2016) 第 136467 号

飙风铁骨：顾衡烈士传

邹 雷 著

出 版 人	张在健
责任编辑	黄孝阳 聂 斌
封面设计	马海云
责任印制	刘 巍
出版发行	江苏凤凰文艺出版社
	南京市中央路 165 号，邮编：210009
网 址	http://www.jswenyi.com
印 刷	三河市华东印刷有限公司
开 本	880 毫米 ×1230 毫米 1/32
印 张	7.875
字 数	200 千字
版 次	2016 年 6 月第 1 版
印 次	2021 年 4 月第 3 次印刷
书 号	ISBN 978-7-5399-9419-2
定 价	35.00 元

“雨花忠魂·雨花英烈系列纪实文学”
丛书编委会名单

不朽的精神　永远的丰碑

罗志军

南京雨花台，是新民主主义革命时期共产党人最集中的殉难地。在这里，无数革命先烈用鲜血和生命，铸就了不朽的精神丰碑。

信仰如山，信念如磐。在雨花台英勇就义的革命烈士有近十万人之多，其中留下姓名的就有1519位。他们当中不少人出身富裕家庭，受过良好教育，牺牲时正值青春年华。为了心中的理想和追求，他们毅然舍弃优厚的生活条件，走上充满荆棘的革命道路，虽身陷铁窗炼狱却临危不惧、顽强不屈，不惜流尽最后一滴血，献出年轻而宝贵的生命。他们的事迹展示了共产党人的崇高理想信念、高尚道德情操、为民牺牲的大无畏精神。今天，人们每每参观雨花台烈士陵园，悼念雨花台烈士群体，都感受到巨大的心灵震撼和精神洗礼。

习近平总书记视察江苏时指出，“要注意用好用活丰富的党史资源，使之成为激励人民不断开拓前进的强大精神力量。”雨花英烈的革命人生辉煌壮丽，雨花英烈的崇高精神高山仰止。江苏省委宣传部、省作家协会组织创作的这套“雨花忠魂·雨花英烈系列纪实文学”，以文学的形式集中讲述何宝珍、邓中夏、恽代英、冷少农、罗登贤、朱克靖等多位雨花英烈的革命故事，为弘扬雨花英烈精神提供了生动教材，为广大党员干部永葆本色提供了精神之“钙”。

今年是中国共产党成立95周年。在全面建成小康社会、实现中华民族伟大复兴中国梦的历史征程上，我们要大力继承和弘扬雨花英烈精神，铭记他们催人泪下的英勇事迹、永载史册的不朽功勋，自觉做到信仰、忠诚、为民、担当，开拓进取，扎实工作，加快建设经济强、百姓富、环境美、社会文明程度高的新江苏，以“两个率先”的崭新业绩告慰雨花英烈的在天之灵。

雨花英烈精神不朽，理想信念之树长青！

目录

第一章
调皮的插班生

1923年秋，太湖之滨的无锡。初秋的风，徐徐地褪去了夏天高温酷暑的外衣，凉爽了许多。斜阳里的蝉也在发出最后的绝唱："知了、知了……"声音高亢，拼尽全力，似乎知道它将去完成一个牺牲自己而获得永生的壮举，伤感地表述着对于温暖尘世的留恋。

人们最喜欢的季节莫过于秋天了，瓜甜果熟，稻黄蟹肥，一年的辛劳，只有在收获的日子里变得幸福而甜美。

这一天，风和日丽，秋高气爽。无锡师范学校校长顾倬一改往日严肃的表情，喜笑颜开地走在校园里。为什么呢？因为他接到了南京的全国一流中学——国立东南大学附属中学的通知书，他的儿子顾衡被录取了。校长的喜事传播力总是比一般人要快得多，从一个办公室到另一个办公室，从一间教室到另一间教室，半天时间已经有点全校皆知的意思了。老师们都在夸，顾校长就是顾校长，儿子都比咱的强。顾倬听到他们发自内心的夸奖颇为受用，每每总是谦虚地回应："哪里哪里，那是犬子的幸运。"

如果你了解当时这所全国一流、世界有名的中学，你就会知道这个运气是多么宏大盖顶了。

在中国，没有人不知道"科举"这两个字的，数千年来它是选取国家栋梁的主渠道，文举治国，武举安邦。可是到了清王朝，尤其是十九世纪末，人们发现，光凭读"四书""五经"、练骑马耍刀，已经不够混的了。就拿打仗来说，你练了一辈子功夫，哪怕是练成了"铁布衫"的大将军，也顶不上人家刚吃三个月军粮的娃娃兵，一枪保准废了你的武功。战斗力靠什么？靠洋枪洋炮，靠科学技术。那些有识之士发现，咱们缺少的正是科学技术。于是，晚清的大臣们达成共识，废除科举，开设新学堂，学习现代科技。

1901年，清廷迫于内外形势，下令各省改书院为学堂。翌年又颁布了《钦定学堂章程》(即"壬寅学制")，将学校教育分为初等、中等和高等三等七级，形成了较为完备和系统的教育制度。其中，落实中央政策最到位，最有创意的，要数人杰地灵的江苏。

提起江苏，绕不开两江总督刘坤一。他是湘军首领，曾经跟日本人在关内的海城打过一仗，七八万人，没打过小日本两万人，被人家打得稀里哗啦败下阵来，最后割让了辽东半岛及台湾。实在没什么脸见人了，灰溜溜地回来继续做他的两江总督。这一败仗多少让他老人家有点儿清醒了，再加上江宁（南京）历史上就与外国交往比较多，受外来文化影响也深，受到各方刺激的刘坤一终于坐不住了，提出了"育才兴学"的新主张。

要想让朝廷接纳新主张，不搬几个耆宿出来怕力量不够。1902 年 5 月 8 日，刘坤一邀请中国最后一个状元张謇、中国图书馆界的鼻祖缪荃孙、中国近代考古学奠基人罗振玉等江苏学者、名流一起商议兴办学堂事宜，最后达成共识：兴学育才的主要困难是师资匮乏和资金短绌，而开办高等师范学堂，不仅可以为各级学堂培育师资，而且“更可比办高等学堂经费减省一半”。归纳成一句话，就是办一个师范学堂，还省钱。

最可怕的事莫过于出师未捷身先死。折子送上去，还没等到回音，刘坤一病逝。好在继任者张之洞也懂洋务，跟前任英雄所见略同，他上奏《创办三江师范学堂折》，力主“先办一大师范学堂，以为学务全局之纲领”。张总督还开具了办学的具体计划，在总督府下设立两江学务处，筹划并管理办学事宜。同时委派翰林院编修缪荃孙率员赴日本考察教育，随后又聘请缪荃孙为三江师范学堂总稽查，负责筹建三江师范学堂。汇聚各种精英思想和精英人才的三江师范于是成为当时中国最牛的师范学堂，也是东南大学的前身，而它下设的附中，也借鉴了国外最先进的理念和设备，云集了一流的教育人才。

东大附中每年招收文科班和理科班学生各四十名，而且要求英语达到能说会写的程度。招进来了，并不等于就进了保险箱，每年都有十分之一的淘汰率，学校劝退这些成绩不合格的学生，再到全国范围内招收插班生，以保证八十名学生总额不变，质量永远是一流的水准。这一年，全校只有六个插班生的名额，还不到十分之一的比例，顾衡是够幸运的了。而顾倬知道，幸运只是个说辞而已，顾衡就应该上这个一流的学校，唯此才配得上自己对他的辛勤栽培，才配得上这个孩子对待学业的专心致志和勤奋努力。

顾衡考上东大附中成了学校的喜事和老师们的荣耀，同事们都说，顾校长你早点回家吧，让家里人也快点分享这个好消息。大家再三催促，顾倬不好意思地拎起自己的提包说，我这么多年从来没有迟到早退，今天就破个例，先回家了。

三凤桥仿佛也比往常热闹了，过往的熟人时不时与顾倬打招呼，“顾校长好”的问候声一路此起彼伏，配合着今天儿子中榜的喜讯，顾倬难掩一脸灿烂的好心情。

三凤桥北的那条小巷子顾家弄就是自己的家了，巷口有家卖卤菜的摊点。

顾倬停下脚步，对老板说：“来二斤牛肉，二斤酱排骨。”

老板笑道：“这么些年，只看到校长从我的摊子前走过，还没有见过你亲自照顾我家生意的。今天什么情况？啥喜事啊？”

顾倬笑道：“算你有眼力。我儿子考上东南大学附属中学了，那可是一等一的好学校，培养国家栋梁的摇篮。”

满脸油光的师傅，一边麻利地切称，一边说：“你是我们无锡的教育家，你说好那一定错不了，我们国家就少你这样的人才，我没有念过书，所以只能卖卤菜谋生，你们可是为国家谋事的人，今天这二斤牛肉、排骨算我送的，你儿子要是成才了，也算我为国家做了点贡献。”

两个人你推我让的好一阵，老板才收下了钱。

顾倬一手拎着公文包，一手拎着卤菜，迈进了院门。女佣接过卤菜，观主人的神色，知道今天一定是有开心事，于是问道：“老爷这买菜的事，吩咐我们就行了，怎么能让您干我们下人做的事呢？”

顾倬笑道：“我平时只顾了教书，其实这买菜也是挺有意思的。再说了，今天是接到了南京的录取通知书，没什么能表达我高兴的心情，买两个卤菜全家人庆贺一下。”

女佣听到这个消息，立马朝里喊起来：“二公子考中了，二公子考中了！”家里人全都出来了。

顾衡也冲了出来，急问：“我中了哪里？”

女佣快言快语答道，“南京，南京。”

扎着两根羊角辫子的小妹顾清侣天真聪颖，她又蹦又跳地冲着二哥顾衡念了一首诗：“昔日龌龊不足夸，今朝放荡思无涯。春风得意马蹄疾，一日看尽长安花。”她接着说：“人家孟郊登科后一日看尽长安花，二哥是一日看尽无锡花。”

顾衡对妹妹说：“你个小丫头知道什么，什么看尽无锡花？”

顾倬哈哈大笑，弯腰抱起小清侣道，我看我闺女这首诗用得对，改得也对。

全家人都笑了，小清侣得意地噘着小嘴说：“看！爸爸这个教育家都说我说得对，你是个中学生有什么了不起的？”在场的人又是一阵大笑。

接到录取通知书的这一天注定是开心的，十四岁的少年顾衡终于如梦以偿，考上了他心目中最好的学校，这一年来恶补英语，耕读深夜，换来了一纸希望与光明的前程，压力终于因这张通知书而烟消云散，他这会儿感到一身轻松。南京是什么样呢？他期盼着早一点走进虎踞龙蟠的南京怀抱，去迎接崭新的人生。

学校坐落在古城的北极阁山之南，前身是明朝国子监的地盘，自古就是育才树人的好地方。附属中学位于大学的西侧，顾家一行人在校工的引导下，从西门进去，来到原教习房前的田字房，让顾倬意外的是两个人一间宿舍，这在其他地方包括无锡都是不可能的事。顾倬赞叹道：“果然是好学校，这条件没话说！”同一宿舍的插班生是苏州吴县的汪楚宝。他接过话来自豪地说：“那还用说，全国一流。我听说在全世界的中学中，附中也排得上名次。”

看汪楚宝那骄傲的神情，顾衡问：“那你能告诉我，为什么说它是一流的呢？”

汪楚宝道：“那还不简单，今年初三全年级只有六个插班生，万里挑一不说，千里挑一绝对没问题。”

顾衡反驳：“这不能说明问题。”

理着短发，看起来像光头的汪楚宝两眼珠一转，反问道：“那你说说看，为什么呢？”

看着这两个孩子刚见面就杠上了，顾倬不禁笑了。他说：“你们学校最核心的竞争力是，每一位教师都是人中俊彦，就拿你们附中的主任（相当于现在的校长）廖世承来说吧！他是海内外公认的中等教育专家，教师队伍里罗家伦、张其昀、胡焕庸等，他们都是教育界的翘楚。你们学校的硬件条件更是远远超过了国内外的一般中学。学校里有四十多架英文打字机，上课时每人一台；上生物课，你们教室里有四十多架三千倍的显微镜；物理、化学实验室里各种实验仪器和设备，品种繁多，琳琅满目，这可不是一般学校能比的。”

的确如此，当时的东大附中就如一所准大学，放眼整个教育界无与伦比。学校有两幢大楼，六个人一间自修室，每人一桌一凳一书架，卫生由学生轮值。学校教学理念先进，借鉴美国道尔顿教学法进行大胆试验，先由老师对要讲的课进行简单的介绍，然后让学生自己看书，提出问题，老师来解答问题。在中国，只有大学才可能是这样。

实践证明南师附中确实是一流的中学，一代报人余纪中、著名作家巴金、著名文艺理论家胡风等一大批名人大家都是这个学校的毕业生，这是后话，暂且不表。

说话间，用人们忙着帮顾衡整理床铺和衣物。顾衡抢着自己做，动作又快又好，铺面平整，衣物叠放得整整齐齐。光头汪楚宝惊叹：“看过干活的，没看过男孩这么能干家务活的。”忍不住问：“谁教你的？”

顾衡看了父亲顾倬一眼说：“他教的。”

不错，顾倬教育孩子确实有一套办法，自己创办了江苏省立第三师范学校，又创办了三师附小，如同南师创办附中一样，他把“淡荣利，耐劳苦，守纪律”作为校训，不仅对学校的教育有一整套科学的管理制度，对学生的习惯养成也有严格的要求，基本的做法是要求学生寝室物品摆放定位。他对儿子要求更加严格，养成了顾衡从小做事认真、爱整洁的良好习惯。顾衡的衣服总是干干净净、整整齐齐；不管是新书还是旧书，书角从没有卷起来过；他用过的东西从不乱放，总能及时归位，有条有理地收拾好自己的居住环境。

面对这个陌生的小光头，想到他们小小年纪就要远离家人独立生活，顾倬不免有点不放心。他拜托汪楚宝照顾好顾衡。汪楚宝一拍胸脯说：“您放心吧！”他怎么也没有想到，眼前的这个人今后会成为他的老丈人，而他要照顾的正是自己的舅子。

顾衡有点不高兴：“我已经是中学生了，是男人，不用照顾。我照顾这个小光头还差不多。”

一对刚啼鸣的小公鸡，让人忍俊不禁。顾倬笑了：“算我说错了，出门在外，理应相互照应，那你们就相互照顾吧。”

小光头接上来说：“照顾，他姓顾，就是我照应他。”

顾衡不屑一顾地哼了一声。顾倬说：“你这小光头挺机灵，走，我带你们看‘六朝松’去。”

“六朝松”并不是松，而是一株古柏，虬龙般耸立了一千四百余年，见证了南京的历史变迁。相传六朝时期梁武帝亲手将此树植于宫苑之中，隋军灭陈之后将建康城邑宫苑全部毁平，而此树却自兵火中幸存至今。明朝国子监就建在这株六朝松所在的南朝宫苑旧址上。这株“六朝松”成为南朝文脉流传千年、历丧乱而不息的象征。

顾倬问：“你们谁知道哪六朝？”

顾衡抢答：“东吴、东晋，南朝的宋齐梁陈。”

顾倬鼓励他们道：“南京历史悠久，皇天后土，虎踞龙蟠，现如今你们也是卧在六朝松旁的龙虎，当羽翼丰满的时候，你们将会成为时代的骄子。”

送走了父亲，顾衡见到了这次插班的其他四位同学，他们分别是翟凤阳、杨超、李兆葵、雷敢。在顾衡的眼中，来自湖北的翟凤阳显得更成熟些，说话有条有理，懂得许多道理；杨超成绩不错，在他老家是状元，人也很老实；操着徐州口音的李兆葵，文章写得好，听说倚马可待，一篇文章就出来了；雷敢讲话一口湖南腔，胆怯怯的，原来他在小学时就是因为胆子小，老师作主给他改成现在的名字。顾衡心想，他们都是父亲说的卧在“六朝松”旁的虬龙猛虎，自己一定要努力啊！

顾衡曾向“六朝松”发誓，要做一个成绩好的优秀生。每天早上，“六朝松”旁总能看到一个小平头、圆圆的脸、皮肤特别白皙的男孩在晨读，这个人就是顾衡。不远处还有一个光头、长腿的小伙子，便是汪楚宝。

一个房间，两个“男人”互相鼓励。晚自习回来，顾衡说：“三更灯火五更鸡，正是男儿读书时。黑发不知勤学早，白首方悔读书迟。我们再学一个钟头吧。”汪楚宝知道这是颜真卿《劝学篇》，于是也和上朱熹的那首《劝学诗》：“少年易老学难成，一寸光阴不可轻。未觉池塘春草梦，阶前梧叶已秋声。没问题，少小不努力，老大徒伤悲。”就这样，他们经常挑灯夜读，为取得好成绩打下了扎实的基础。

没几日，顾衡便与大家混熟了，顽皮的本性也暴露无遗。学校寝室尽头是一间公厕，里面放置的是老式马桶，有人如厕后常忘了盖上马桶盖，味道很大，于是有人在门口贴了一张条子：用马桶后不盖马桶盖者是大坏蛋。顾衡发现这条子有意思，加个标点意思大变，于是回寝室拿来笔，加了一个点号，条子变成了“用马桶后不盖马桶，盖者是大坏蛋”。来上厕所的人看到条子被人加了标点，乐了，说这加标点的人真是个大坏蛋。他干了这件“坏事”后，自己偷偷地乐了好几天。

东大附中环境好，老师更好，这是顾衡和一帮学子们喜欢它的重要理由。国文老师陈杰夫有点口吃，但他上课很严肃，没有人敢调皮。顾衡却胆大，仿《木兰诗》在黑板上写道“唧唧复唧唧，杰夫当教席，不闻讲书声，但闻唧唧唧。”陈老师走进教室看后大笑，说这是哪个调皮孩子写的，还很有才情呢！顾衡举手报告，是学生写的。陈老师也幽默了一下说，“你，你，才，才胆，包天。”陈老师套用了“色胆包天”这个词，回应了顾衡，引得大家都哄堂大笑。

学生们在这样的环境里学习生活，真是人生中的一大幸运。在一次次考试中，顾衡的成绩门门都排在前列，尤其数学更是出类拔萃。第一个暑假，他自己搞了一个质数，列出数百个问题，研究它们之间的关系，实质上已经在敲数论的大门了。他弟妹解不了的数学题，经他一点拨，就茅塞顿开。顾倬也发现顾衡在数学方面的天赋，鼓励他今后当一名数学家。

第二章
大喝一声万伞收

当顾衡书写好“天增岁月人增寿，春满乾坤福满门”的春联贴在大门上，无锡城里已经四处响起鞭炮声。这是1925年的春节，顾衡十六岁。父亲顾倬似乎从他的言论中，已经嗅到了青年顾衡有点激进的思想风格，跟他谈得最多的话题是好好学习，将来“教育救国”。

顾倬其实就是“教育救国”的践行者。仔细分析他的履历，你会发现，他就是为教育而生的。五岁读私塾，十四岁起，因家贫开始自学，后考中秀才，被公派送日留学，学的是师范专业。归国后，在上海、北京干了一圈子公职，其实他心中最想做的事还是办学，最后还是选择回无锡老家办了新民小学，后在新民小学基础上筹建江苏省第三师范学堂(今江苏无锡师范前身)，并出任校长达十年，以“办好教育、教好国民、移风易俗、挽救危亡”为办学宗旨。在教育救国思想的指导下，认为“培养师资是立国根本之根本”，师范生是“第二代国民之母”，“小学教师的天职是改良社会”。五四运动以后，学潮起伏，遍及全国，“三师”学生也有几次罢课。但顾倬主张“学生不应涉及政治”，认为学校风气大变，学生思想务外，不能专心治学，是莫大危机。

父亲的劝导和他坚持办学的行动，似乎说明，教育救国是对的，顾衡无法辩驳。然而，开学回到东大附中的顾衡，认真学习之余，给他影响和冲击最多的，还是那些激进的思想。

上世纪初叶，外有列强的坚船利炮，内有洋务运动的变革，革命党人联手推翻了几千年的中国封建帝制，长期以来中国人的思想禁锢被打开，许多仁人志士都在寻找救国图强的道路，全国各地的政党和组织如雨后春笋，多如牛毛的各种思潮通过不同的方式传播，激荡着人们的心灵。学生群体渴望了解社会，也最容易点燃思想之火，他们在自觉不自觉地到处寻找火种与光明。

南师附中云集全国一流的学生，而插班生因为其历经曲折，个个聪明过人，接受新事物快，社会活动能力强。在这拨插班生中，能讲会说的翟凤阳是同学们的中心，大家都爱听他讲事情，最早影响顾衡的人，他应该算是一个了。

翟凤阳是湖北黄梅县人，长相端正，擅长外交，拿现在的话讲，个人魅力指数能达到爆表的水准，在校内外有很多朋友。其中有一个重要的关系就是他的黄梅老乡、中国共产党南京党支部书记宛希俨。

宛希俨于 1921 年 9 月考入东南大学，后与翟凤阳有了交往。其实在 1919 年的五四运动中，宛希俨就参加了武汉地区响应北京五四运动的群众性反帝爱国运动。在恽代英、林育南的领导下，宛希俨和同学们走上街头，沿街散发传单，呼吁民众共同反对侵略者与卖国贼，要求北京政府拒签“和约”，给学生以爱国自由。在武汉学生联合会的组织下，各校开始罢课，并于6月1日举行示威游行。湖北督军王占元、省长何佩瑢调集大批军警镇压学生运动，酿成“六一”惨案。惨案发生后，热血沸腾的宛希俨积极投身于学生运动的浪潮，他和同学们一起通过各种形式抗议军警暴行，鼓动商界罢市、工人罢工，声援学生运动。当局慑于群众运动的迅猛发展，被迫释放了惨案中被捕的学生，公葬死难学生并优抚其家属，赔偿惨案造成的全部损失。武汉地区的学生反帝爱国斗争取得了最终的胜利，也使宛希俨经受了革命斗争的洗礼，由此，他发现团结大众是进行斗争的重要手段，逐渐认识到无产阶级的伟大力量。

宛希俨考入东南大学后，更加勤奋而系统地学习马克思主义学说，思想认识有了很大提升。1922年5月，宛希俨加入了社会主义青年团，1923年7月转为中国共产党党员，并被选为中国社会主义青年团南京地方执行委员会委员。后根据中共中央的指示，他以个人身份加入了中国国民党，并于次年参与协助建立国民党南京区党部，兼任第一区党部常委。这一时期，由于宛希俨等人的努力，南京国共两党在许多重要活动中都实现了成功合作。

宛希俨还利用寒暑假回乡探亲机会，与旅沪、旅京的黄梅县同学发起建立黄梅平民教育促进会、少年黄梅学会，组织群众、进步青年学习革命理论，同时筹建黄梅党团组织，领导开展群众运动和反霸斗争。1925年初，中共南京小组分为中共南京支部和中共浦口支部，同属中共上海地委领导。宛希俨任南京支部书记，主持南京党组织的工作。8月，国民党江苏省党部在上海正式成立，宛希俨当选为执行委员兼青年部部长。

翟凤阳是黄梅老乡圈子里的活跃分子，受宛希俨的影响加入了国民党，同时还加入了共青团组织。

1925年3月，气温转暖，玄武湖边的柳树已经冒出了绿芽，万物复苏，一片欣欣向荣的景象。顾衡与汪楚宝以及翟凤阳相约到湖边长跑健身，结束后，他们爬上台城观景。

远处是浓淡相宜的紫金山，近处是波光粼粼的玄武湖，几个人感慨万千。翟凤阳说，“小白皮”（顾衡长得白，得此外号）你数学好，我不考你数字，我问问你历史，你就给我说说这台城。

顾衡是一个认真的人，来前，还特地做了功课。他说，台城原址是三国时孙吴都城建业城内的苑城。司马睿南渡建康，建立东晋。晋成帝时，建康宫室在苏峻之乱中被毁。战乱平息之后的咸和五年九月，晋成帝命令尚书右仆射王彬在苑城旧址上营建新的宫城，次年十一月新宫建成，命名为建康宫，又名显阳宫。顾衡说到这里，问翟凤阳：“我说的对不对？”

翟凤阳说：“你行啊，好记性。最关键的是你是有心人，有备而来。”他接过顾衡的答案像是背历史书往下续着说：“南梁大同十二年的侯景之乱，梁武帝饿死台城。隋开皇九年隋军攻入台城灭亡陈朝，将建康的宫苑荡平为耕地，原来绮丽的宫室都化为了废墟。”

顾衡说：“可惜啊！此后多有文人以台城与南朝的兴废为题怀古咏史，唐朝诗人韦庄曾有《台城》诗云：江雨霏霏江草齐，六朝如梦鸟空啼。无情最是台城柳，依旧烟笼十里堤。”

翟凤阳这回对着顾衡和汪楚宝俩说：“你们不仅要在历史上做功课，在政治上也要做做功课。”说着从身上掏出一本书道：“有空补补钙。”

顾衡接过一看是《共产党 ABC》，说：“我先补！然后传给‘小光头’（汪楚宝外号）看。”

此后，翟凤阳又多次给他们带来团中央机关刊物《中国青年》，主编是恽代英。顾衡和汪楚宝回到寝室，互相传看这类进步刊物，渐成习惯。

又过了半个月，躲了一个冬天的小草齐刷刷地钻出了地面，南京的树绿了，花开了，人们脱下了厚重的棉衣，呼吸着春的气息，春天来了，真的来了。

东大附中不愧为一流的学校，决定由学生自己来组织一次到郊区的春游，他们就是这样来培养学生能力和才干的。谁来担当这次活动的总指挥呢？顾衡、翟凤阳以及其他七八个同学来报名，参与竞争这个职位，学校一下子热闹起来。

考官由校长和老师共同组成，轮到顾衡时，老师问，你说说到秀山公园有近十里路，这几百个人，你怎样做才能保证他们不掉队，不出事？

顾衡说："就我一个人很难做到，但是我把这几百人都分成若干单位，每个班有班长负责，班里十个人一组，组长向班长负责，我只要管好几个班长就行了。同时我还要在身边设收容组，负责收容掉队的人；设联络组，负责把我的指令传到达各班。"

老师又问，这次春游你用什么新鲜的主题吸引人？

顾衡回答："春游年年搞，年年老一套不行。秀山公园坐落在由青溪改筑的明故宫护城河畔，映山带水，景色绝胜。当年秦淮游船从夫子庙出发后，向东驶过利涉桥、东关头、大中桥而进入护城河，春灯画舫，火龙蜿蜒，以这里为终点聚焦地。所以，这里自古以来便是秦淮青溪的泛舟佳境，素有"秦淮灯船甲天下"之誉。据学生所知，三年前，著名作家朱自清与俞平伯就是沿此途泛舟后，写下了名扬文坛的著名散文《桨声灯影里的秦淮河》的。我想，今年的春游主题就是"探访朱俞作家笔下的秦淮河"。

这场竞争下来，老师们给顾衡组织能力打满分，策划能力满分，最后他以最高综合分取得了这次活动总指挥的位置。老师们议论：这个顾衡同学组织策划能力不得了，从小看大，今后说不定在社会上能成大事。

这一天晚上，翟凤阳和杨超来到顾衡寝室。

翟凤阳说："顾衡你行啊，春游活动组织得滴水不漏。"

顾衡道："都是你们几个人的帮衬、支持，没有你们还不是到处跑冒滴漏啊！ 我顾某人感谢不尽。 你们俩无事不登三宝殿，今天又有什么消息？”

翟凤阳把汪楚宝从被窝里拎了起来，说：“你也听听，大事。”原来，孙中山先生逝世后，各界人士非常悲伤，为了沉痛悼念他，宣传他倡导的联俄、联共、扶助农工的三大政策，揭露帝国主义和封建军阀的罪恶，定于4月21日，在秀山公园组织五万人追悼大会。 翟凤阳说：“你们知道都有哪些重要人物参加吗？”

汪楚宝说：“不知道，我哪有你消息灵通！ 你是我们学校的‘中央社’，快告诉我们吧！”

翟凤阳故意压低声音，神秘地说：“有民国元老、女权倡导者何香凝，有社会活动家、人权倡导者杨杏佛，有共产党的青年领袖、新思想传播者恽代英，还有《中国青年》编辑萧楚女，来的都是个顶个的大家。”

听翟凤阳报出这几个人的名号，顾衡觉得这场活动是机不可失时不再来，值得参加。

汪楚宝忙问：“我们能参加吗？”

翟凤阳说：“当然能。 东大的宛希俨正在联合南京几十家单位、团体去参加呢！ 会上他们几个都要做反帝反军阀的主旨演讲。”

杨超问：“你们俩想不想参加？”

汪楚宝说：“那我们肯定参加，听听大家的高见。”

杨超正要开口说话，顾衡突然想起什么似的，问他：“你家里还在逼你跟那个没见面的小媳妇成亲吗？”

这一问，倒让杨超有点难过了，他无奈地说：“是那女的家里怕我考到南京变心，逼我老爹，让我成亲，我老爹就逼我。 你说，这个包办婚姻旧制度旧习俗是不是要打破？ 我想，何香凝女士一定会支持我，解除这宗包办婚姻。”

顾衡同情他的遭遇，说：“这个社会存在许多陋习，只有用革命的方法才能打破它。”

翟凤阳笑道："'小白皮'进步很快啊！ 革命都用这儿了，说得好。 鼓掌！"说着带头鼓起掌来，其他人起哄，笑着，跟着鼓起来。

4月21日，天上下起了雨，尽管如此，也不能阻止人们前往秀山公园参加孙中山先生追悼会的决心。 还是翟凤阳会说话，他撑的是一把油纸伞，望着越下越大的雨说："老天都掉泪了。"

顾衡、汪楚宝等一大批同学早早地来到了大会现场，离主席台最近。 此时，会场上已经人山人海，各路人马还在向这里涌来。

雨越下越大，人越聚越多，能容纳五万人的广场挤得满满的，一片伞的海洋，耳中振荡的是雨水击打伞面的声音。 扩音喇叭喂了两声后，主持人朗声宣布，纪念孙中山先生追悼大会现在开始。 孙科、何香凝分别作了演讲。 孙科的广东口音太重，听不懂。 何香凝讲着讲着就哭了，边讲边哭，边哭边讲，也听不出什么内容。

轮到恽代英上场了，他没有撑伞，光着头，雨水沿着他的下巴，旋转着像一条绳子似的向下倾泻。 他的演讲从容不迫，说话易懂，没有明显地方口音，分析当前形势有条有理，展开论据，摆事实讲道理。 他说，自鸦片战争以来，中国饱受西方列强侵略，领土主权丧失，国家四分五裂，军阀兵祸迭起。 中国"不啻一处半殖民地，也可说是一个半亡国"。 因此，中国首先应该实行资产阶级民主革命，对内打倒压迫人民的军阀，对外打倒侵略中国的帝国主义。 他强调，与近代以来积贫积弱的半殖民地中国相比，帝国主义列强在经济、军事等方面都拥有极大的优势，而帝国主义者也总喜欢以自己的强大来吓唬人。 被压迫人民如果真的被吓住了，也就在精神上被征服了。 他特别指出，帝国主义和军阀表面看虽然"强盛""凶横"，但其本质均外强中干，认为"帝国主义是一戳便穿的纸老虎"。

看到台上演讲者淋雨，台下很多听众都打着伞，汪楚宝觉得这样不妥，应该尊重和支持台上的演讲者。 顾衡正听得入神，汪楚宝低声对他说："你看讲演的人没有伞，我们也不要打伞吧！"

这句话提醒了顾衡，一向说话不多的顾衡，突然从肺腑之中迸发出响亮的声音：“去伞！”

汪楚宝立即收了自己与顾衡合打的一把伞，并跟着附和道“去伞”。就像是多米诺骨牌被推倒，周围的听众把伞都收下，并渐渐向四周扩展，蔚为壮观。

恽代英的这次演讲，对顾衡来说是政治上的启蒙教育，就像那大雨一样，浇进顾衡久渴的心中，永生难忘。

那一天，顾衡十分开心，回来的路上依然坚持不打伞，任大雨淋透全身，淋进自己的内心。

回到学校，知道会场上壮观的多米诺骨牌“去伞”是顾衡喊出来的，大家都围到了顾衡的寝室。顾衡说，这都是汪楚宝提醒的，我也不知道为什么会有这样的勇气大喝一声“去伞”。汪楚宝总结说，这就是你飙风一样的内在气质在关键时刻的反应。

大家一致反映，恽代英和萧楚女演讲得好，他们讲的都是事实，深入人心，让人难忘。恽代英平心静气，摆事实，讲道理，深入浅出。萧楚女讲话鼓动性特别强，让人着迷。

顾衡说，我还以为萧楚女是女的呢！大家也都说，我们也这样认为的。

外号“中央社”的翟凤阳马上就开腔了。萧楚女是我老乡，湖北人，与恽代英同乡。楚女略长数岁。二人皆擅长文字，又同为天才的雄辩家，其生活之刻苦又相似。平时谈吐，都富于幽默味；都说歪嘴能讲，萧楚女就是，纵谈沉酣时，你注意看，他的嘴一定是歪的，口沫四溅，激昂凌厉，威震四座。恽代英则始终神色不变，慢条斯理，保持其一贯的冷静而诙谐的作风。

众人都佩服翟凤阳见多识广，观察仔细。他接着比较两个人风格说，恽代英绵密而萧楚女豪放，代英于庄谐杂作中见其煽动力，楚女则慓悍劲拔，气势夺人。其于演讲亦然。楚女之演词，有如进军鼓角，代英则有时嘲讽，有时诙谐，有时庄严，历两三小时，讲者滔滔无止境，听者亦无倦容。

众人惊叹：你知道的真多啊！

翟凤阳听到夸赞，更来劲了。他说，我跟你们再讲一个萧楚女的故事。某次一个集会，萧楚女已先到，其中有个人不识得萧楚女，以为他是女士，就问："萧楚女还没到么？"身材高大魁梧脸上还有麻子的萧楚女立即应声说："一开会，他就到。"众人哄堂大笑。同学们也大笑不止，说这个大麻子还真幽默。

翟凤阳说："还有更好玩的呢！"

还有一次，萧楚女在操场上给两三千人授课。他嗓子本颇洪亮，然而因为在露天，人数又多，后排的人听不清，下面人请他"再高声些"。于是他运气高呼，不料用力太猛，裤带"啪"的一声崩断了，所幸纽扣还算在，裤子仅稍稍落下一点。这时就见萧楚女用手按着腰，防止裤子滑落，坚持讲完了九十分钟。

听翟凤阳讲了两个萧楚女的故事，全屋子人都乐得不行。顾衡忍不住了，说："我爱死这个萧楚女了。"

第三章 自觉接受“五卅”运动的洗礼

顾衡平静的心，被新鲜的思想理论撞击后，搅起一圈圈涟漪。晚上辗转反侧，怎么也睡不着。他想，恽代英、萧楚女所讲的声声入耳，句句在理。中华几千年，以前是皇帝们的天下，现如今，皇帝被推翻了，天下又被军阀们瓜分了。原来不知道，各大军阀勾结西方列强欺压人民，榨取人们的血汗，看了一些进步书刊，听了名人的演讲，才相信真的是这么回事。

谁能救中国？怎么样才能救中国？中国该向何处去？怎么也想不通，漫长的黑夜寂静无声，不知道什么时候才能看到光亮。他只能打搅身边熟睡的跟自己特别能谈得来的汪楚宝了。

他摇醒了汪楚宝。

汪楚宝迷迷糊糊地问："你干什么，这么晚还不睡？"

顾衡说："睡不着，我被憋坏了。"

汪楚宝不明就里："那你上厕所啊，不是要我抱你去吧？"

顾衡说："听了恽代英、萧楚女的演讲我觉得不过瘾，他们知道许多道理和真相。学校老师只教我们课本知识，而恽、萧他们给我们讲的是社会知识，两个方面的知识缺一不可，缺哪方面都是我们的短板。我问你，能不能请他们到我们学校来讲讲，这多解渴多过瘾啊！"

汪楚宝这下明白了，笑着说："原来你是被这事憋的啊？原来我还以为被尿憋的呢！我说你这'小白皮'真敢想，恽代英、萧楚女他们是什么人？名人！我们是中学生，差老鼻子了，怎么能请动他们？"

顾衡说："差距是很大，但是我们可以想办法啊！"

汪楚宝的脑子转得快，他想到了东南大学的宛希俨，五万人的追悼大会就是他组织的，他一定跟恽代英、萧楚女熟悉。他说："我们可以请凤阳通过宛希俨来找他们俩。"

顾衡说："我想他们俩到附中来演讲，宛希俨能请来他们不错，可是地点落不到我们学校啊！"

汪楚宝不解，摸着他的头说："你搞的跟我们学校主任似的，想问题总是比我们要高一层，不累吧？"

顾衡推开他的手说："我是认真的，你快帮我想想。"

在他们几个要好的朋友当中，汪楚宝是个小诸葛式的人物，顾衡遇到什么事都愿意跟他商量，汪楚宝也不负所望，每每总是能给他出些不错的点子。汪楚宝说："让我想想！"突然一拍大腿说："有了。我们国文老师穆济波可以。"

顾衡问：“他和恽、萧有联系？”

汪楚宝特别肯定地说：“我想必定有联系。我们穆老师是南京少年中国学会会员，恽代英也是。”

顾衡说：“你这一提醒，我也想起来了，恽代英他是中国青少年领袖啊！让穆老师请他最合适。”顾衡捶了他一拳说：“你汪楚宝真不愧是我们的小诸葛。”

穆济波是附中推行道尔顿教学法的实践者，当时教育界著名的学者，中学语文教学的牛人，善于接受新思想，较早地参加了少年中国学会。这个学会是由李大钊、王光祈等人发起的。原因是此前日本占领了中国山东，1918年日军又开抵哈尔滨，攫取了哈尔滨至长春的铁路管理权。当时留日的中国学生看不下去了，决定不在这个强盗国家学习，全体回国。国内各学校学生请愿受到反动军阀压迫而失败，因此，在北京大学从事革命活动的李大钊等人感到，中国必须有一个带学术性的政治团体来领导青年学生，因为这些青年厌倦了这个时代，厌倦了这个政府，厌倦了现实政治，甚至厌倦了父兄辈的谆谆说教。他们“本着科学的精神，为社会的活动，以创造少年中国”，要为混乱的中国寻一条新的出路。

看看当时什么人参加了这个组织，你就知道这个组织有多牛了。毛泽东、恽代英、邓中夏、杨贤江、高君宇、李达、黄日葵、缪伯英、蔡和森、赵世炎、张闻天、许德珩等进步学生都参加了这个组织，数年后，时人不无惊讶地发现，活跃在政坛、学坛上那些鼎鼎大名的人物，许多都是少年中国学会的成员。天下，果然成了“少年中国学会之天下”。因为南京和成都两地人比较集中，为了便于开展活动，成立了南京和成都分会，穆老师参加了南京少年中国学会，可见他也是人中翘楚了。

第二天，顾衡和汪楚宝来到穆老师办公室，讲明了来意。穆老师说，恽代英和萧楚女的确讲得好，他愿意邀请两位到学校来演讲，不过得先跟廖世承主任（校长）汇报。

东大附中本来就是一所开明的学校，当时还处在国共合作时期，廖主任那天也参加了追悼大会，听过恽、萧两人的演说，他立即同意穆济波请他们来校演讲。

不几日，萧楚女来了。顾衡看到这个大汉，想到“楚楚动人美女”掉裤子的故事就想笑。萧楚女的演说果然极富煽动性，顾衡和同学们边听边记，没有一点走神的空间。萧楚女走后好几天，当时情景还在顾衡的脑子里浮现。

回顾中国历史，中国就像是一头病狮，躺在那里，任人宰割。俄国人来了，掠走了我们大量土地和人口；英法联军来了，烧了我们的圆明园……外国侵略者甚至在法租界门口竖起了“华人与狗不得入内”的牌子，对中国人进行极大的侮辱。这些列强在中国设立的租界，拥有独立的司法和执法权以及行政管理及财政大权，是完全独立于中国行政、司法之外的国中之国，享有不受中国管辖的“治外法权”，帝国主义在中国实行殖民统治，使中国人民备受凌辱，毫无人格尊严可言，我们必须打倒帝国主义及其走狗。灯芯一拨就明，顾衡觉得心里豁然开朗起来。

再过些日子，恽代英也走进了东大附中，他就关税问题作了精彩的演讲。恽代英用了大量翔实的数据，论证了外国列强们对中国的经济剥削和压迫。他说，中国是产业后进国，生产率低，技术落后，主要生产那些价格低的农产品和初级加工产品，用这此产品与外国工业产品进行贸易，对中国极为不利。他指出，每年有几千万银两的大米和布匹从国外输入，总计全年输入与输出相抵之后，输入超过输出竟达三万万两白银。中国许多农夫、织女以至手艺工人所产货物都没有销路，全国因外货畅销而处于失业状态的，已不下数十万人，而且还在一天天增加。恽代英继续分析说，税率是关税的核心，也是主权国家保护民族产业的重要经济工具，可是，根据帝国主义强加给中国的不平等条约规定，海关税一律为“值百抽五”的规定，外货进口外加2.5％的子口税便可畅通无阻。中国商品因工业落后，成本就高于“洋货”，在国内运转却要交纳许多厘金，加起来的税额要高于“洋货”数倍以上，这样中国货没有政府保护，外国货没有海关限制，中国民族工业根本没有振兴的希望。恽代英讲话，例证充足，抽丝剥茧，听起来那个痛快，让顾衡、汪楚宝、翟凤阳等人大呼过瘾。

顾衡后来跟汪楚宝说，没想到萧楚女、恽代英到东大附中先后讲了近十次，这多少是我俩敢想敢干的结果。这些讲演对于顾衡来说，真是振聋发聩，他知道了光埋头读书是不行的，要爱国，想救国，需要懂得更多的道理，做更多的事。恽代英和萧楚女在学校里播下革命的种子，也正悄悄地在他们的心中发芽生长着。

接下来席卷全国的“五卅”爱国反帝浪潮，进一步激发了顾衡、汪楚宝这帮青年人的革命激情。受到恽代英、萧楚女反帝教育的东大附中学生立即站在爱国运动的前列。

这天翟凤阳从宛希俨那里拿来了一沓传单，说上海出事了，日本人杀了工人顾正红，学生游行，英国人又开枪杀了学生，现在上海已经罢工罢学了。

刚听过恽代英和萧楚女的演讲，活生生的现实再一次暴露了帝国主义的丑恶嘴脸。顾衡要求翟凤阳，能不能讲详细点。翟凤阳说，我也讲不清楚，不过宛希俨当时正好在上海，亲历了事件的经过，现在我们去东大，请他讲讲。在场的同学们群情激昂，都说去听听。

顾衡等一群人来到隔壁的东南大学，找到了正在准备给学生会讲惨案经过的宛希俨。宛说，既然你们来了，正好一起听。

1925 年 5 月 15 日，上海日商内外棉七厂资本家借口存纱不够，故意关闭工厂，停发工人工资。工人顾正红带人冲进厂内，要求日方老板复工，开工资。双方戗起来后，大班川村恼羞成怒，拔枪便打，顾正红死，十余人伤。5 月 30 日上午，上海工人、学生两千多人，分组在公共租界各马路散发反帝传单，进行讲演。租界当局以扰乱治安为由大肆拘捕爱国学生。当天下午，仅南京路的老闸捕房就拘捕了一百多人。万余名愤怒的群众聚集在老闸捕房门口，高呼“上海是中国人的上海！”“打倒帝国主义！”“收回外国租界！”等口号，要求立即释放被捕学生。英国捕头爱伏生调来了大量巡捕增援，公然开枪屠杀手无寸铁的群众，打死十三人，重伤数十人，逮捕一百五十余人。制造了震惊中外的“五卅惨案”。

宛希俨接着说，现在中共中央已经决定由瞿秋白、蔡和森、李立三、刘少奇和刘华等组成行动委员会，具体领导这次斗争，从 6 月 1 日起，上海全市开始了声势浩大的反对帝国主义的总罢工、总罢课、总罢市。听说，英、美、意、法等国军舰上的海军陆战队全部上岸，并占领上海大学等学校。上海人民不惧怕帝国主义的武力镇压，相继有二十余万工人罢工，五万多学生罢课，公共租界的商人全体罢市，连租界雇用的中国巡捕也响应号召宣布罢岗。你们现在的任务就是到各学校去联络，到各单位去串联，组织南京各界罢课、罢工、罢市、游行、请愿、示威……

过了就寝时间，学校统一拉下电闸。顾衡拿出早已准备好的蜡烛点上，烛光顿时泻满小屋，涌进来的同学们都没有说话，宿舍里一片肃静，他们的面孔虽然模糊，但似乎能听到一颗颗热血之心在激烈地跳动。点着这根烛火，顾衡想到了萧楚女说的那句话，“人生应该如蜡烛一样，从顶燃到底，一直都是光明的。”他说：“因为帝国主义列强的压迫，当下这个社会，就如同今天晚上的黑夜，我们必须上街游行示威，声援上海。现在有些具体问题，需要跟大家商量一下，主要是黑纱和小旗问题。”

翟凤阳说：“这都由各学校自己解决，是不是跟校主任汇报一下，请他支持？”

有人附和，对，学校有钱，这不是问题。

顾衡说：“这次活动是由学生自发组织的，学校不阻止就是支持。当然，上海发生了这么大的惨案，学校是不会阻拦我们上街的。但是，我们有能力办好自己的事，佩戴黑纱需要买纱布，我自掏腰包，但需要各位同学自己缝制。我跟楚宝商量过了，购买红纸的钱由楚宝掏，也需要各位同学亲自制作小红旗。”汪楚宝点点头。顾衡接着说：“培养动手能力正是本校的风格，我们做了应该做的事。你们说对不对？”

全屋子人都说这主意不错。有人说：“让你们俩掏钱，我们也过意不去，我们每人都捐一点吧。”

见大家对此事都有热情，顾衡说：“这样也行，你们随便捐多少，捐者更说明有诚心。”经他这么一说，本来不想捐钱的同学也不好意思不捐了。

展示顾衡飙风特点的时刻又到了。他突然提高嗓门说：“既然大家没有意见，我现在开始布置任务。”刚才的议论声立即停止。“翟凤阳负责去购买纱布，组织一个缝制小组，为每个人制作一个套在臂上的黑纱。汪楚宝，你去购买红纸，组织一个制旗小组，制作小红旗。”

汪楚宝问：“小旗杆子到哪里去买？”

顾衡说：“你是不是看大家捐了点钱花不掉？”汪楚宝嘿嘿笑了两声。顾衡说，自己想办法，沟边的芦苇，山边的竹林，树上的树枝，都可以用。对了，雷敢，你负责印传单，并组织散发，纸张和印刷费从我们这次捐款中开支。李兆葵，你文笔好，你就负责起草演讲稿，写好后，给演讲的每人抄一份。”

李兆葵有点口吃，操徐州口音说：“末将，得得，得令。”逗得大家一起笑了起来。

最后，顾衡说：“我们今天在座的人除了李兆葵，每个人到时候都是演讲者。大家还有没有问题？”大伙异口同声地说没问题。“好，没有问题就散了。”

翟凤阳有点不高兴说：“‘小白皮’，你小子行啊！把我的活都抢了去了。这消息是我先告诉你的，结果，嘿，你指点江山。”

顾衡开玩笑道：“我这不是落实您的指示吗！”

翟凤阳说：“这话我爱听。不过，你小子的组织能力是比我强，在下佩服。”

顾衡说：“上街游行，到时演讲就看你的了，这是你的强项。”

两个人击掌说，就这么定了。

两天后，在南京市党支部宛希俨的统一指挥下，东大附中的师生们汇入了游行示威的行列。顾衡和同学们臂戴黑纱，手执小旗，沿着中山北路向下关进发，一路上高呼“打倒帝国主义！”“外国人从租界里滚出去！”等口号，向围观的群众散发传单。到达下关时，正值英国商人经营的和记蛋厂工人上班，顾衡指挥同学拦住工厂大门，翟凤阳、汪楚宝冲上去就向工人作演讲，讲到学生中枪毙命的细节，声泪俱下。在他们的宣传下，次日上午，和记蛋厂工人集体罢工。

在宛希俨等人的组织领导下，南京的公立和私立学校均已经罢课，唯有教会学校严格要求学生不许走出校门，坚持上课。

顾衡跟几个同学商量说，金陵大学是美国基督教会在南京创办的教会大学，同美国康奈尔大学为姊妹大学，是“中国最好的教会大学”，享有“江东之雄”“钟山之英”美誉，是名校，我们就从这里下手，把它拿下了，其他几个就好办了。

胡风（著名的“胡风事件”主角）也是参加运动的积极分子，他问：“怎么下手？”

顾衡说：“对那些掌权的洋鬼子我说不上话，也没有什么好办法，但是我有最笨的方法。”

胡风：“有办法就说，别卖关子，我们等不急。”

顾衡说：“天天到他们学校游行，高喊口号，见到他们的人就围上去宣讲，让他们不能安心教课和听课，直到他们罢课为止。”

说到做到。第二天，游行队伍就开到了鼓楼的金陵大学，在大学门口宣讲，向院墙里撒传单，号召同学们一起反对帝国主义及其走狗。顾衡和翟凤阳还通过朋友关系，借来金陵大学校徽佩戴，混进院内进行演讲。通过他们几天的努力，金陵大学、金陵女子大学及金陵大学附中相继罢课，同学们一起走上街头，参加了示威游行。

南京市这次有三十万工人和学生参加了罢工、罢课和游行示威活动，顾衡、汪楚宝、胡风等人还参加了抵制和查扣日货和英货的斗争，这次革命实践，给顾衡以极大的信心，他从此觉悟，只有斗争，只有革命，人民才能取得胜利。

第四章 加入又退出国民党

“五卅”运动激发了顾衡的爱国热情，他仍然努力读书，但却有新的追求，他要从读书中“明白旧的，看到新的，了解过去，推断将来”。他还是喜欢数学，也喜欢社会科学。他记住恽代英的话，“研究社会科学最好是从历史与时事的知识入手”。

在顾衡的眼里，翟凤阳永远是一个报春鸟，什么事都最早知道。在翟凤阳的眼中，顾衡是个飙风铁骨的执行者，做事雷厉风行，往往能做出让人意想不到的效果。所以他十分看中顾衡，同样，顾衡也佩服他的为人。两个人简直就是伯乐识良驹——英雄惜英雄。

暑假刚结束，同学们回到学校，也带来了四面八方各地的家乡特产，这是串门子的最好时机，分开两个月，有不少话想聊聊，顺带着可以尝尝美味。顾衡想，就不要到处乱串了，他通知十几个人一起带着自己的特产食品到操场上集合，一来集中见面，二来分享新闻，三更关键，那就是美食分享。这个提议得到了大家的认同，不一会，十几个好友都带着食物来了。

顾衡说："大家把吃的东西放在中间，我们围成一圈，每个人都可以自由享用这些食物，同时，每个人也要说说这个暑假的见闻，包括你听到的，看到的，知道的，经历的。我看，今天还是从'中央社'开始吧！"

大家都知道翟凤阳消息渠道多，被顾衡点了名后，他站起来对大家说："我真有重大消息要告诉大家，一个惊天动地的消息。不过，我先得吃点东西，好让我有力气讲。那个什么，李兆葵，你把带来的狗肉给我送一块来。"李兆葵递过来一块，塞进他的嘴里说："我还、还有狗、狗蛋留给你呢。"大家哄笑。

吃过一块狗肉，翟凤阳一抹嘴上的油便开了腔。他说："知道吗？我们国家发生大事了！你要问什么事？我告诉你们，同学们，为消灭各地军阀割据势力，统一全中国而进行的北伐战争爆发了。"他拿出一份1926年7月4日，在广州，国民党中央临时全体会议通过的《国民革命军北伐宣言》，念给大家听：

本党从来主张用和平方法，建设统一政府，盖一则中华民国之政府，应由中华人民自起而建设；一则以凋敝之民生，不堪再经内乱之祸。故总理北上之时，即谆谆以开国民会议，解决时局，号召全国。孰知段贼于国民会议，阳诺而阴拒；而帝国主义者复煽动军阀，益肆凶焰。迄于今日，不特本党召集国民会议以谋和平统一之主张未能实现，而且卖国军阀吴佩孚得英帝国主义者之助，死灰复燃，竟欲效袁贼世凯之故智，大举外债，用以摧残国民独立自由之运动。帝国主义者复饵以关税增收之利益，与以金钱军械之接济，直接帮助吴贼压迫中国国民革命；间接即所以谋永久掌握中国关税之权，而使中国经济生命，陷于万劫不复之地。吴贼又见国民革命之势力日益扩张，卖国借款之狡计，势难得逞，乃一面更倾其全力，攻击国民革命根据地，即使匪徒扰乱广东，又纠集党羽侵入湘省。本党至此，忍无可忍，乃不能不出于出师之一途矣。

翟凤阳抖着那张宣言说："听到了吧，要从吴佩孚开刀了。据我所知，孙中山先生的学生蒋介石是北伐军总司令，国民革命军兵力雄厚，有可靠消息，叶挺独立团作为北伐先锋奉命进入湖南，援助被直系军阀击败而拥护国民政府的唐生智，揭开了北伐战争的序幕。叶挺独立团攻克湖南攸县，取得了北伐第一仗的辉煌胜利。7 月中下旬，大举北伐的国民革命军，接连攻占株洲、长沙等地，势如破竹，据可靠消息，北伐军现在已经打下了武汉三镇。"

大家热烈鼓掌。

听到这个消息，顾衡周身热血沸腾。前段时间恽代英、萧楚女宣传反帝反军阀，现在就有人来革军阀们的命了。他问翟凤阳，都说列强与军阀之间有勾结，北伐军对军阀开战，外国会不会介入对军阀保护？

翟凤阳说："理论上会有的，不知道他们会采取什么方式来支持，但帝国主义也会衡量，谁是赢家，他就会跟谁合作。"

顾衡不解："那北洋军阀有多少兵？国民革命军有多少人？"

"吴佩孚部盘踞两湖、河南平汉路沿线，兵力号称二十万。孙传芳部由闽、浙、苏、皖、赣军阀组成，号称'五省联军'，兵力亦约二十万。奉系军阀张作霖窃据北京政府，盘踞京、津、直隶、热河及东北三省，兵力约四十万。盘踞山东的张宗昌也有十余万兵力。北洋军阀各股势力合起来约百万之兵。而国民革命军约四十万。"翟凤阳对双方的兵力如数家珍，众人对他的敬意也油然而生。

顾衡惊诧："差六十万？"

翟凤阳并不着急，他平静地说："看上去兵力差很多，也不用担心。听宛希俨讲，国民革命军里有不少黄埔军校生，他们采取的是集中兵力打法，一个一个地消灭反动军阀部队。另外，再加上军阀之间还在狗咬狗一嘴毛，他们百万之军其实不可能合在一起用力。这就给国民革命军消灭各军阀创造了条件。"

顾衡难以控制心中的激动，突然振臂高呼"支持革命军！"在座的都参加过"五卅"游行，已经习惯了跟着喊口号，众人一齐振臂高呼，"支持革命军！"

"消灭反动军阀！""打倒帝国主义！"等口号声响彻在校园内，引来了不少同学围观。

事后，翟凤阳找到顾衡，问他想不想参加国民党。

顾衡说："国民革命军北伐如火如荼，给灾难深重的中国带来光明，让我们看到了希望。我当然想参加，只是不知够不够条件？"

翟凤阳说："我已经关注你好久了，你的思想水平，你的工作能力，都不在我之下。我觉得你够条件，而且我也相信你能做出一番事业，本人愿意为你做介绍人。"

经翟凤阳介绍，顾衡和汪楚宝顺利地通过了国民党组织审查，成为国民党党员，这一年他十八岁。此后，顾衡一直关注和关心北伐军的消息，并从宛希俨那里得知，中国共产党与国民党两党合作，共同领导了这场轰轰烈烈的北伐战争，共产党领导的部队打了许多大的胜仗。

转眼间到了1927年，2月份北伐军占领了浙江，大军正向南京逼近。顾衡、汪楚宝等人兴奋不已。更有一个猛人叫吴光田，他比顾、汪还兴奋，正积极组织人手准备迎接北伐军进城。吴光田也是东大附中的学生，刚升入东大文科政治经济系，受反帝反封建思潮影响，加入国民党。此后，阅读《共产党宣言》《中国青年》等革命书刊，秘密参加了C.Y（即共产主义青年团），成为共青团南京地委城北支部成员。3月15日黎明，军阀褚玉璞调兵千余人，将东大包围，严密搜查，在吴光田寝室内抄出进步书刊、宣传品等，吴光田等人当场被捕。在狱中，吴光田备受酷刑，但拒不泄密。17日在南京太平门外被斩首。

战争即将爆发，翟凤阳跟顾衡打招呼，让他们注意安全，待在学校里不要乱跑，吴光田的牺牲就是血淋淋的教训。

由此，顾衡更加憎恨祸国殃民的军阀，不停从各渠道得到与北伐相关的消息。第一个重量级消息是下关江面上来了好几艘军舰，上面悬挂的是美国、英国、日本等国国旗。顾衡跟汪楚宝、翟凤阳商量，怕是这些列强又要干扰中国的内政了。翟凤阳说，也不一定，按惯例，他们是来保护侨民的。顾衡说，一个合理的借口而已。翟凤阳的思维又跳跃了一下，更加接近大家需要的目标，他说，外国列强的军舰来了，证明国民革命军快要打到南京了。

果不其然，3月23日，军阀张宗昌镇守南京的部队开始撤向下关，渡过长江逃命去了，但城内仍有数万士兵。24日晨，国民革命军从中华门、雨花门等地攻进城。早上，汪楚宝听到枪声，一骨碌爬起来说，国民革命军进城了。顾衡和汪楚宝赶紧穿衣服，准备去街上迎接革命大军。跑到校门口，才发现几个门都有老师把守着，不让学生出门，他俩被迫返回宿舍。顾衡对汪楚宝说，你去问问翟凤阳，看他有什么办法能得到外面的消息。不一会翟凤阳来了，说他也没办法。顾衡说，现在唯一的办法就是从报纸上获取消息了。汪楚宝和翟凤阳合力将顾衡送到围墙的墙头，顾衡跳下围墙，跑到报摊上买了《申报》《大公报》等报纸，并给老板丢了六块大洋，让他每天定时把报纸从学校围墙的墙洞里塞过去，他定时去取。老板说，这几天我们的报纸根本不够卖的，看你是学生，这事我帮你了。就在这时，进香河路上响起了激烈的枪声。老板说，你快回学校吧！那边交上火了，子弹可是不长眼，你快走。顾衡冲进校门，老师说，你是怎么出去的？你个小炮子，不要命了。顾衡没理会老师，旋风一般冲回了寝室。听到外面激烈的枪响和爆炸声，汪楚宝、翟凤阳还有杨超、胡风等好几个人都在焦急地等待，见顾衡拿着报纸冲回来，大家才松了口气。

随后的几天里，学校停课，顾衡的寝室里却挤满了人。他们在这里传阅报纸，讨论局势，有时候饭都顾不上吃。

综合各报消息，他们了解了如下事实。3月23日，程潜指挥的第六军和第二军进抵南京市郊；次日早上北伐军进入南京古城。约9点，一群身着国民革命军军服的士兵闯入英国领事馆开始抢劫、射杀，两个英国人包括英国领事受伤；美国和日本领事馆亦受到士兵洗劫和盗抢；北伐军士兵毁坏了基督教教堂和院校建筑，金陵大学副校长威廉被士兵枪杀，另有一名美国传教士、一名法国天主教徒和一名意大利牧师被杀。

看到列强被杀的消息，不少人击掌称快，显然，中国受列强压迫得太深重了，这些士兵进城后，第一个要清算的是英国，其次是日本和美国。汪楚宝说，真解气啊，这些老外也会有今天。胡风说，我看，北伐军应该把停在长江上的外国列强军舰给炸沉了，那才过瘾呢。其他同学也有着类似的表达，唯有翟凤阳语出惊人，他说，你们这种感情我也理解，但是对外交人员国际上是有政策的，不能随便屠杀，是不是有点过了？这样容易引起外国的干涉，反而不利于北伐大业。顾衡说，帝国主义列强处处制约我们，国家和人民都饱受欺凌，我看这次也是给他们一个教训，杀外交人员是有点过火，但报上不是说，那是北方散兵游勇便衣队干的，跟国民革命军没有关系，也有说是北方兵穿了牺牲的国民革命军士兵衣服后干的，目的是嫁祸于国民革命军。各方说法不一，这个问题，我们就不争论了。

至下午3点左右，突然从下关方向传来了炮声。寝室里的人都竖起耳朵，听外面的声音，议论着，这是谁发的炮？是国民革命军，还是长江上炮舰发的？到了晚上，有学校老师说，是长江军舰打的炮。到底是不是呢？是的话，为什么会打炮呢？顾衡百思不得其解，一夜未眠。

第二天他提前到围墙洞口去等报纸，那个报贩子还真守信用，准时将一叠报塞了进来。果真上面有昨天下午炮击的报道。

外国人在国民革命军攻进南京城前已经有撤侨预案，“诺亚号”、

“普雷斯顿号”和“绿宝石号”等停泊在长江下关段的军舰负责落实。计划规定，当军阀部队准备撤退时，所有妇女儿童都要撤离该城，剩下来的外国侨民都到美孚山的霍巴特家或江边其他指定地点集合。在23日前已经撤离了一批，24日上午，外国人按预备方案逃到美孚山。

美孚山在下关城墙内，系美国美孚公司所在地。24日下午有中国士兵追到这里，被“诺亚号”驱逐舰事先派来的卫队赶了出去，他们躲在附近向霍巴特家射击。海军信号兵曾于3月22日在霍巴特家房顶上临时搭起了一座木平台用于向长江上的军舰发信号，今天终于派上了用场。小树丛里有挺机枪企图阻止信号兵往平台爬，但他躲闪着还是上去了，用信号灯发出了求救信号:“我们遭到攻击。开炮。救命。救命。救命。”“诺亚号”先开炮，“普雷斯顿号”和“绿宝石号”随后也开起炮来。由于事前已经掌握了霍巴特家和美孚山附近的已知目标坐标，所以炮火来得既及时又准确，有效地掩护了这群外国人逃到城墙上，用床单做的绳索下了城墙，逃上了军舰。

顾衡这里聚集的学生越来越多，大家都来探听战事和下关方向的消息。由于大部分人都有反帝情绪，觉得让这些外国人跑了可惜了。

鉴于“南京事件”造成的人亡财劫等影响，英美日等列强向蒋介石政府提出了一系列的要求，蒋将责任推给了共产党，并派人向各国领事馆致歉。并暗地里勾结日本，下令大范围清党。

因为战事和校园里发现炸弹，东大附中停课放假。顾衡在无锡家中依然关心着国事，经常看报纸，了解时势和事态发展。有一天，他看《时事新报》上有南京与武汉政府决裂的消息，想知道更多的情况，于是给在苏州的好朋友汪楚宝修书一封:《时事新报》载南京国民政府与武汉新成立之政府正式决裂，汪谭在汉被包围，触目惊心。你有内幕中消息否? 望兄告。

后来鉴于蒋介石与帝国主义列强勾结，在上海、南京、无锡、宁波、杭州等地，大批屠杀共产党员和革命群众，顾衡和汪楚宝看清了国民党的真面目，入党还不到一年时间，两人决定一起退出国民党。

第五章 勇当主角争取毕业证

事发于 1927 年 3 月 11 日晚上，东南大学发现了几枚炸弹。消息一传开，校方立即组织学生疏散，第二天报告了南京驻军司令部。军方派出了一支部队，封锁了学校，进行全面大搜查。社会上满城风雨，有人说是学生中的共产党干的，有人说是北伐军探子干的，还有人说是军阀部队兵痞子拿来出售的。北伐军即将进攻南京，出了这档子事，驻军司令部下决心彻查。全校师生都觉得这事太恐怖，老师无心教，学生无心学，尤其是学生们纷纷要求停课，加上战争将至，学校决定放假，附中也不能上课了跟着放了假。家在外地的顾衡那时十九岁，在学校和同学们一起待了几天，等战事稍稍平息，也被父亲叫回了家中。

1927年5月初，在无锡家中，顾衡收到一个同学来信，信中说他们这个班已经于4月份毕业了，而且发了毕业证。

他立即返回学校，学校里住的全是北伐军换防来的部队，其他年级的都没有开课，学生们仍在放假中。他们这个年级因为是毕业班，因此于4月已经复课，全班共有二十六个同学没有接到通知。十分诡异的是，学校规定，凡是参加复课的同学都可以拿到毕业证，没参加的不发毕业证，而且发证时间就在复课后没几天。

学生们立马炸了锅，这是什么道理？还讲天理吗？好不容易学到高中最后一学期，先是碰到炸弹，遇上战争，再后来莫名其妙地拿不到毕业证了。

顾衡来到学校的时候，竟然还有近十位同学仍在家中等学校复课通知。他立即设法通知所有人到校。同学们先是不信，到校后知道自己遭遇如此不公平的待遇，有的直接傻眼了，一言不发，不知所措；有的捶胸顿足，嚎啕大哭；有的大骂校方不是人，做出伤天害理的事；个别性急的，甚至扬言要打人……

人称“书呆子”的安徽籍学生谢立惠坐在地上哭，谁拉他也不肯起来。他学习成绩好，全班一流，真是不容易。上高一的时候有一次小考，生物老师王家楫看了他的考卷，气得七窍生烟，拍桌子打板凳，非要教训这个叫谢立惠的学生。“呆乎乎”的谢立惠被叫到他的办公室，劈头盖脸训斥起来：你知道什么叫考品如人品吗？考试你为什么偷看？谢立惠说我没有偷看。王老师就更火了，说你还装的一脸无辜，难道说我在说假话。他已经忍无可忍了，“啪”地拉开抽屉，从里面拿出考卷，说你小子看看，与书上完全一样，连标点都不差，世上哪有这种事？谢立惠辩解说，我没有偷看，这是照书上默写的，你不信我背给你听。他真的一字不落地背了下来。王老师这才知道自己冤枉了谢立惠，原来他读私塾时，都是先把书背下来，再慢慢理解的，所以练就了背书的本领，过目不忘。他不仅语文、生物等要背的课成绩好，数学也不错。上高二时，有一次班里组织数学竞赛，他还得了总分第一，超过了一直以数学见长的顾衡。由于他学习太用功，以至于脑神经受损，整天头痛，不得不休学一年。身体恢复后，成绩还是拔尖，他这样的人拿不到毕业证，能不伤心吗?

顾衡和汪楚宝都是学生会的理事，他俩在学生中说话有分量，平时是老师与学生之间沟通的桥梁。顾衡说，这回我俩更是责无旁贷了。汪楚宝愤愤地说，我们自己都没有拿到毕业证，那还用说啊，我俩领个头，直接跟校方交涉吧。

二十六个学生集中在教室里，共商争取毕业证事宜。

大家一阵七嘴八舌后，顾衡先发言。他站起身来，神色严峻，环视了大家，然后大声说："请同学们不要惊慌，中国有句古话，好饭不怕晚，什么意思呢？就是说好的事情不怕来得晚些，精彩的都是在后面。这件事，学校有责任，处理太草率，所以我们有办法，也有能力去把该是我们的毕业证争取到手。我想，眼下第一步就是要在校内制造同情气氛，你们几个能哭的都去找老师哭。"

听到这话，大家一阵哄笑，前面几个哭得凶的也跟着笑了。

顾衡自己也笑，稍停片刻，他接着说："你们哪个平时与老师关系不错的，这时候要派上用场了，你们找罗家伦老师，找张其昀，找胡焕庸，找雷宗海，找舒新城，找邹秉文等所有可以找到的老师，把我们的冤屈说给他们听，博得他们同情，让他们为我们说话。第二，我们向学校提出给我们补课、补考。哪怕是暑假也没关系，一是我们已经休了这么长时间假了，该上学了。我就想这么两条，汪楚宝还有什么话跟大家讲的?"

顾衡坐下，汪楚宝站起来说："理在我们这边，但权在学校那边，这其实就是一场斗争，是一次维权，把属于我们自己的权利还给我们。大家听好了，我们这样做不过分，都是正当的行为，所以大家也不用怕。我们平时尊重老师，尊重主任，现在也请他们尊重尊重我们行吧？”

顾衡大喝一声：“好！”并带头鼓掌。其他人立即跟着鼓掌，气氛十分热烈，那些原来泄了气的人，也被鼓动得摩拳擦掌，仿佛随时都会挣脱现场冲到主任和老师那里辩个是非，弄个明白，拿回属于自己的毕业证。

然而，正如时下那句话说的，理想很丰满，现实很骨感。老师说，同情的话不用说，最后一学期了，按情按理都应该发给你们毕业证。可是，当时情况特殊啊！给你们发了信，通知你们来开课你们没来。

学生们争辩，我们没有收到你们发来的通知，兵荒马乱的，谁知道信在路上哪个环节出岔子了。你们老师都是讲理的，这可不能怪我们啊！有个别学生更放肆，说我们还怀疑是学校没有把信寄了去呢，你们学校环节上出了差错，责任怎么能由我们学生来承担呢！说着说着师生吵起来了……

顾衡故意让他们先吵一阵子，眼看着矛盾又要升级时，才出来控制局面。他说：“同学们，停下，都不要说了。”同学们很配合，都不说了。顾衡接着继续教训那帮同学：“你们不懂尊重老师吗？老师是我们前辈，如同我们的父母，看看你们这几个人的熊样子，我看就冲你们这一点，也不是个合格的高中生，不给你们发毕业证就对了。”那几个对老师横鼻子竖眼的同学，被顾衡训得一愣一愣的，不知顾衡葫芦里卖的是什么药。顾衡话锋一转，对老师说：“您想啊，他们都跟您的孩子一样，他们拿不到毕业证，您能不急吗？您教他们几年，他们最后却毕不了业，这不是让老师您没面子吗？”

听顾衡这么一说，老师们也觉得说得在理，凭什么不给人家孩子发毕业证？就是因为他们没有来上课？学校4月份就把毕业证发了，这算什么事啊？老师们这会儿不再站在学校立场上讲话了，他们说，我们也觉得你们有点冤，比窦娥还冤，但这事我们作不了主，廖世承主任负责，他的工作做通了，你们才有希望。

这下提醒了顾衡，回来这几天，怎么没有看到廖主任呢?

老师说，去上海开会了，其实也不是什么会，听说上海光华大学校长张寿镛打算聘他去做副校长兼附中主任。

光华大学诞生源于 1925 年“五卅”爆发。当时，教会圣约翰大学及附中的师生也组织罢课抗议，但遭到校方阻挠。但这些学生在遇到民族问题时，皆显出了过人的气节。全体华籍教师计 19 人、学生 553 人，于 6 月 3 日集体宣誓脱离圣约翰大学，十余名应届大学毕业生声明不接受圣约翰大学颁发的毕业文凭。这一日后来被定为光华的校庆日。6 月 4 日，离校学生教师集会商议自行设校事宜，他们的举动受到社会各界和学生家长们的支持，有钱的出钱，有地的出地，有关系跑路子，在短短三个月内就成立了“光华大学”。学校租上海法租界霞飞路房屋为大学校舍，租新西区丰林桥房屋为中学校舍。1927 年，光华大学搬到大西路法华乡王丰镐所捐占地六十余亩之新校舍（现华东大学延安西路校区）。

顾衡急了，这怎么办? 廖世承主任调走了，谁来接他的班?

老师说，现在还没有人来接班，东大附中还是他管，只是不知他能管多久了。

解铃还须系铃人，这发不发证的事都是廖世承主任定的，当然还是要找他。离开老师办公室后，他们又开了个会，决定不能拖，刻不容缓，由顾衡和汪楚宝作为代表马上去上海找廖主任。

顾汪两人赶紧到下关火车站乘火车前往上海。

这廖世承也非等闲之辈，他是我国最早的心理学家、教育家。现在我们实行的中学“三三制”（三年初中，三年高中）就是他提出的改革学制结果，上世纪二十年代初，中国教育改革呈现出一种非常活跃的态势，学制改革是其中的一个热点。当时“四二制”的代表人物是教育界领袖蔡元培先生，而“三三制”的代表人物却是当时初出茅庐的廖世承。廖世承坚持在东大附中亲自试验适合个性顺应时代潮流的

“三三制”。东大附中的学制实验，对“三三制”的确立、最终结束当时中国学制混乱的局面，起到了重要影响。

在火车上，顾衡对汪楚宝讲，廖主任在教学上是有两把刷子，他把教学中普遍存在的弊端看得清清楚楚，他认为，“现在的教师，病在教学科，不教学生；教整个的班级，不教张某李某单独的个人；教数目，不教千变万化的活人。”我觉得他说得太有道理了。光华大学校长高薪聘他，是找对人了。

汪楚宝分析说：“找他还有一个因素，廖主任是上海嘉定人，回上海也是回老家啊！”

顾衡说：“一语中的啊！看来他到光华任职已经是板上钉钉的事了，我们这次无论如何也要想办法把补办毕业证一事搞定，否则来了新的主任，就更难办了。”

汪楚宝担心：“廖世承主任是个学者，办事认真，同时也是个十分固执的人，他讲过的话，做过的事，要想把他再掰回来，也不太容易，这个我们要有思想准备。”

顾衡说：“到这节骨眼上，也不能再有什么准备打算了，按照当兵人讲的话，刺刀见红，拼了。”

顾汪二人下了火车，顾不上吃饭、喝水，立刻前往霞飞路找廖主任。

有人给他们俩引见正在开会的廖世承，廖主任显然已经参与学校实际工作了，很忙，只给顾汪两人十分钟陈述的时间，并且没有表态，只是说：“容我想想，你们先回去，等我的回信。”

顾衡、汪楚宝等一干同学等回音的日子，那真叫度日如年。有的同学问顾衡，是不是廖主任把我们这事给忘记了？有的同学说，忘是忘不了的，毕竟顾衡和汪楚宝两个人亲自上门的，有可能是他不想给我们办，忽悠人的吧。有人提议再去一趟上海，汪楚宝说，我们再等等吧，信也许在路上呢。

盼星星盼月亮，5 月 21 日，终于等到了廖世承主任的来信。信中大意是，东南大学驻扎的北伐军部队至今还没有开拔的意思，开学是没有指望了，学校的三院又遭受了火灾，家具和仪器设备损失了不少，那些留校负责保管财物的人其实也徒有虚名，管不了什么事，只盼望有新的主任来接手这摊子事。最关键的是他还坚持以前的做法不改，4 月来上课的同学发毕业证，其他人只能发高三第一学期的修业证书。

这下，二十六个同学都傻眼了，那些好哭的人，又一把鼻涕一把眼泪地哭开了……

顾衡和汪楚宝上海之行白跑了，他们俩一宿没睡，寻找对策。

汪楚宝说："太气人了，我们学校一直以来都实行的是学分制，能不能毕业应该看学分有没有考足，必修课是不是及格，这下倒好，仅以最后三个星期是否到校为标准，前面两年半的成绩不敌残缺的三个星期，我们不能毕业又不是因为学分不够、成绩不好，这太不公平。"

顾衡更是气不打一处来："你说说这三个星期，时局动荡，老师们哪有心思教书？学生们又能学到什么？我问过来上课的杨超了，英文仅学了两页，化学上了一章，而学校准予他们毕业，照算本学期的成绩，也只是这寥寥几课程的成绩。我们不能算成绩的也只是这一点点呀，他们能拿到毕业证，而我们却因这一点点拿不到毕业证，这样的结果太不合情理，叫谁都看不下去。"

汪楚宝继续吐槽："现在上大学都必须要高中毕业证方能投考，还有几个月就到了大学招考时间了，转学已经来不及，现在就算是有学校接收我们转学，也因为课程衔接不上，无法拿到本该顺利到手的毕业证。我们千里迢迢投考南师附中，目的就是为了考上一个好的大学，现在这个梦就要因为校方的失误和无理而破灭，这个损失有多大啊？"

顾衡突然从床上坐起来说："我们这个班没毕业的占三分之二，为什么会遭受这等无缘无故的重大处罚？我必须再向廖主任呈请，细说学校对我们的不公平，让他收回成命！"他穿衣下床，点上蜡烛，奋笔疾书。

委员先生执事敬呈者：

生等肄业东南大学附属中学高级中学已历二年有半。……

……

兹幸业经我执事等正式接受，生等不得不联名环叩请予矜怜，迅行调取本级历年成绩加以审查，定期召集到校补授课程，予以毕业，俾有上进之途。倘蒙允准，于短时间内即行上课，停止暑假。默读时期，尚不患不足。而生等下半年可以升学，则生生世世永感不忘。除请求廖前主任发给历期成绩报告，宣布分别毕业修业办法之理由外，为此专诚上述，伏祈府鉴。

谨请钧安！鹄候恩谕！

写到这里，顾衡说，楚宝，你名字落在第一，我落在你后面。明天让谢立惠、潘滨他们联合签名。我不相信廖主任不开恩。

汪楚宝边签名边说，我明天拿去，让他们挨个签。

顾衡具名后，在信的末尾写上“敬呈”二字，落上五月二十九日的时间才安心睡觉。

接到这份二十六个人联合署名的请求，再加上老师们的意见影响，廖世承思考再三，在信上签了一个大大的“准”字。

顾衡、汪楚宝为维护学生及自己的合法权益挺身而出，领衔据实申述，合情、合理、合法进行斗争，使得二十六人通过补考，全部获得了高中毕业证书。他飙风铁骨的风范，充分地展示了自己的学生领袖魅力。

第六章 化装成车夫查日货

南京的夏天，太阳像火球一样炙烤大地，坐在屋里热得让人喘不过气来，外面就更甭提了，连树上的知了都热得声音嘶哑。

顾衡买来汽水分给大家，一起庆贺拿到毕业证书。就在这时翟凤阳从湖北黄梅老家回到了学校，汗流浃背的他大口大口地喘着气，像一条刚追过猎物的狼狗。他是赶回来准备考大学的。

顾衡递过去一瓶汽水说：“你不在的这些日子，我们为了争取毕业证，真是几经风雨啊，要是你在的话，还能帮我们出个主意。可你小子偏偏不在。”

翟凤阳一口气喝尽了那瓶汽水说：“还有吗？ 再来一瓶。”喝过了，他才说：“那时你们都不来上课，我还以为你们有什么别的想法，原来是没接到通知，这事弄的。你们做得对，自己不争取正当利益，谁来帮你争取啊？！”

汪楚宝说：“应该有一个先进的社会组织来为大家解决不公平的事。”

翟凤阳若有所思地说：“刚才汪楚宝说的话提醒了我，我们几年前的‘卜社’活动也不经常举行，是不是该调整调整，发挥点作用了。对了，不多说了，今天我还约了去东南大学见一个朋友，你们先庆贺，我去东大一趟马上回来。”

真是天有不测风云，白天还是毒辣辣的晴天，傍晚一阵风过来，天上乌云密布，电闪雷鸣，倾盆大雨一阵狂泻。雨稍息，一个黑影从东南大学校区直奔附中过来，顾衡看出是翟凤阳，身上已经湿透了。

顾衡说：“夏天大多是雷阵雨，一会儿就停了，你急什么？”

翟凤阳急切地说：“不好了，有人要抓我。”顾衡看看后面没有人追来，低声说，“我们进屋说话。”

原来，翟凤阳在东南大学那边得来消息，早在几个月前他就已经上了“赤化分子”名单，被特务盯上了，特务正伺机抓捕他。翟凤阳说：“学校我是不能待了，得尽快离开这里。”

汪楚宝问他准备上哪儿去？ 翟凤阳一时也没有想好。

顾衡想了一下说：“你得走远一点，可以到北平去，那里也有许多大学，到那里去考试。”

翟凤阳说：“对啊！ 我怎么没想到呢？”

汪楚宝提供了一个消息：“上一届有个同学叫高警寒，去年刚考上清华大学。”

翟凤阳说：“我认识，还在一起搞过活动。”

顾衡说：“去了你可以找他帮忙。”

当晚，顾衡和汪楚宝借夜色将翟凤阳护送到离下关火车站比较近的南京同学家住下，三个人打了地铺，几乎聊了一夜，天亮了，顾衡拿出从同学那里筹集来的二十多块大洋说：“我们没有什么能帮你的，这是几个好朋友的一点心意。”

翟凤阳接过钱，十分感动地说：“你们真是我的好兄弟。”

顾衡说：“把路上用的盘缠拿出来，我把剩下的钱给你缝衣服里，就不会丢了，小偷也下不了手。”

送走了翟凤阳，顾衡和汪楚宝、谢立惠、潘滨等几个人都考上了东南大学（1928 后改为中央大学），并且住一个宿舍。顾衡和谢立惠是数学系，后谢立惠转到物理系，汪楚宝是土木工程系。这几个年轻人从中学到大学，在平时的工作和生活中结下了深厚的友谊，受进步思想的影响，共同关心政治时局，有空的时候会聚到北极阁山上交流思想，共同谈论国家大事。

这一天傍晚时分，几个人又聚集在北极阁山上的树林里。顾衡拿了一张报纸说：“我有重大消息，北伐军占领了山东，日本人派遣第六师团五千人在青岛登陆，准备经青岛和胶济铁路沿线要地，‘保护帝国臣民’。上次在南京惨案中，日本军舰没有开炮，但这次要开枪了。”

原来，在济南的奉系军阀张宗昌见蒋介石率北伐军来攻山东，便派参谋长金寿良到青岛请日本快发救兵。这正是想打瞌睡就有人送枕头，日本第六师团侵占青岛后，正愁没有进兵济南的借口，于是满口答应驱赶北伐军，扰乱革命军的后方，但要求将青岛、济南、龙口、烟台等地都交日军负责“防守”。张宗昌眼看地盘不保，顾不了啦，一闭眼一跺脚，全部答应了日军的要求。

日军 4 月 25 日派先头部队占领了济南医院、济南报社等地，并用沙袋筑起堡垒，设置活动电网，不许华人接近。“狗肉将军”觉得日本人够朋友，心里踏实了不少，于是在家中宴请福田彦助及手下将领，并把他的姨太太全都叫来侍候作陪。宾客正与主人喝得酒酣耳热时，参谋长金寿良忽然闯进来耳语，北伐军已占领济南门户万德，胶济铁路也被截断。张宗昌吓得魂不附体，忙向福田彦助求援，岂料福田彦助将金鱼眼一翻说，“大日本皇军只管驻地防守，不干涉中国内政！”张宗昌被日本人耍了，气得直想骂娘，但又惹不起日本人，只得哼他写的“大风歌”以泄胸中烦闷：“大炮开兮轰他娘，威加海内兮回家乡，安得巨鲸兮吞扶桑！”参谋长金寿良哭笑不得，见形势迫在眉睫，不容再加延宕，便上前小声劝道：“大帅，现在不能吞扶桑了，北伐军快攻进济南，我看还是归隐扶桑吧！”张宗昌见大势不妙，赶忙结束筵席，命令家眷尽快收拾金银财宝，带着四姨太，坐上挂着日本国旗的小轿车，连夜逃离济南至烟台，后乘船经大连亡命日本去了。

汪楚宝说：“这是引狼入室。但是后面的情形太欺负人了，日本人以‘日侨义勇团’的名义，保护侨民安全为借口，还妄说一并保护中国民众，济南商埠本是中国领土，其狼子野心昭然若揭！”

这时谢立惠从口袋里掏出一张报纸说，我这张报上详细地报道了济南惨案经过，我来读给大家听听：

1928年5月3日清晨，泉城济南城内还算平静，各处商店相继开门。上午9时许，北伐军一名徒手士兵经过日军警戒区时被射杀。另有北伐军一部移往基督医院时，日军又突然开枪，与此同时又向国民北伐军第四十军第三师第七团的两个营发起攻击，北伐军损失惨重。九十二师、九十三师奋起还击，立即制止住日寇的嚣张气焰。日军指挥官福田彦助急派佐佐木到一去会见蒋介石，并威胁说“如不停火，中日将全面开战”。蒋介石便派出十个参谋，组成传令班，分头到各部队传令，对日军停止还击。

正当中国派人与日本人交涉时，恰有两个日本兵被流弹打死。日本侵略军这下找到了挑衅借口，大举向中国军队驻地进攻。此时，蒋介石怕惹事端，仍下令不准抵抗，日本侵略军更是凶焰万丈，见人就杀，一时尸体遍街，血流成河，哀声恸地，中国军队七千余人被迫缴械。

战地政务委员会外交处主任蔡公时要求日军迅速撤退。未曾想蔡公时等一干外交人员被日军殴打凌辱后，也遭枪杀。在济南卫戍副司令苏宗辙的指挥下，留守济南的李延年、邓殷藩两团将士，与日寇激战三昼夜，打得日寇不敢轻举妄动，直至接到蒋介石令他们撤退的密电后，才撤出济南。

北伐军撤出济南后，日军于5月11日上午举行“显扬国威”的入城仪式，开始惨绝人寰的大屠杀：见人就开枪射击，见女人就割去双乳，乱刀刺死。济南死伤军民1.1万有余，真是血流成河，尸横遍地，惨不忍睹，举世公愤！

念到这里，谢立惠已经泣不成声了。其他几个人眼圈发红，义愤填膺。

顾衡激动地说：“我们都是有血有肉的中国人，我们是有骨气的中国青年，不能再这样让日本人百般欺凌，据我所知，南京的几所大学和中学要罢课，同学们，我们要行动起来，上街演讲，抵制日货，唤起民众，挽救危亡。”

济南惨案发生，又一次激起全国人民的义愤。在中共南京市委的领导下，中央大学（东南大学此时已经改为中央大学）党支部发动同学和全市人民一起参加5月5日的请愿示威。参加这次示威的学校还有金陵大学、安徽公学、五卅公学、东方中学、钟英中学等校学生，共约七八百人。一路上贴标语、散传单，高呼“对日经济绝交”的口号，到“国民政府”请愿。顾衡和几个要好的同学都参加了这次游行。

除此之外，顾衡还想自行组织几个同学上大街演讲，宣传帝国主义侵略挑衅的罪恶，希望唤起民众，认清日本帝国主义的丑恶嘴脸，挽救处于危难中的祖国。

回到宿舍，顾衡思绪万千，心中的压抑和斗志全汇聚到笔端，他写道：同胞们！我们一万多同胞的鲜活生命被倭寇残忍夺去，我们却要忍，不能反抗，要冷眼观看。今天的他们难道就不会是明天的我们吗？醒醒吧！……

演讲词一般都是由顾衡和汪楚宝亲自撰写，让口才好的同学在市中心、在火车站等人群密集的地方演讲。为了进一步配合各学校的游行示威活动，顾衡决定组织几个好朋友到下关去开展抵制日货行动。

下关是南京的交通要道，津浦铁路到江北浦口后，被长江阻断，需要用渡船将火车摆渡到下关，改京沪线向南驶往上海。因此，在长江两岸的浦镇、下关，聚集了大量的人口和商业资源。再加上1899年南京开埠后，英、日、美、法、德诸国列强纷纷在下关江边建造码头，经营客货运输，并沿大马路一带开设洋行，设店经商，当时下关一带巨贾云集，商铺林立，是上世纪二十至三十年代南京城北地区最为繁华的街市。为了阻止城区的学生到下关“闹事”，政府关闭了挹江门城门。

如何到下关去呢？顾衡突然想起北极阁山下的那条小火车的轨道是通往下关的，记得小火车是不从挹江门走的，火车要达到下关必然会穿过城墙，顺着铁轨走就一定能到达下关。

汪楚宝找来一张地图，两个人顺着图上的铁路看，小火车从江边路南下，过惠民河桥，由金川门入城，经三牌楼，丁家桥、鼓楼无量庵至北极阁南……汪楚宝指着地图说，小火车是从金川门这个城门洞走的，我们可以从这里到达下关。

晚上小火车停运，顾衡领着十多个人顺着铁轨，于深夜1点才达到金川门。到了这里发现，坏事了，通小火车的城门洞有士兵站岗。这时，天上下起了小雨，十几个人伏在铁路两侧不敢动弹。汪楚宝小声对旁边的顾衡说：“没想到这里有丘八，我们撤吧！”顾衡说：“先观察一会再说。”过了约半个小时的光景，有人来换岗了。来换岗的这个兵看上去警惕性不高，把枪往墙角一靠，到旁边树林里解手去了。

这时候方能看出顾衡确实与众不同，他说：“我们冲过去。”说着往洞口狂奔，其他人也跟着旋风般的冲向洞口。顾衡绝对是个猛人，第一个冲到城门洞，抓起那杆枪，三步并两步就蹿出了城门洞到了城外。那个兵看到一群人冲来，连忙找枪，枪不见了，看见前面有个人拎了他的枪在跑，就玩命追过去。 顾衡用力将枪扔进了远处的草丛中，那兵只顾着找枪，这边十几个人则顺利地通过了城门洞。

谢立惠问顾衡：“你怎么想到先把他枪抢走的？”

顾衡笑：“你愣啊？ 丘八没有枪，他也就和我们普通人没两样，我们十几个人还干不过他一个？ 他有枪的话，我们十几个也干不过他一人。 所以，我就先抢枪，枪到手了，我们就成功了。”

汪楚宝说：“还是顾衡行，我都打算撤了。”

顾衡说：“我们大老远跑过来，要是到不了下关，那不全白费了。我就想试试，万一成功了呢？ 结果真的成功了。”

大家开心地笑了。 顾衡问：“你们猜那个兵现在在干什么？”

有人说，找枪呗。 有人担心，他会不会报告，然后领人来抓我们。

顾衡笑了：“那是个新兵，如果今天我们把他的枪抢走了，他一定会报告。 他现在找到枪了，我猜他不敢报告了，为什么呢？ 因为人是从他这里放走的，他有责任，他报告了，不是自讨苦吃吗？”

大家都觉得顾衡分析得有道理，胆大心细，能成大事，打心眼里佩服他。

他们在下关火车站的空车皮里睡了几个钟头，没吃早饭就开始到各家寻查日货，发现了立即没收。 有老板不肯交出日货，几个学生一起围着他宣讲。 老板遇上这些“难缠”的学生，再加上怕落得个卖国的恶名，只好交出所售日货。 顾衡把全天收来香皂、火柴、香烟等日货，集中在广场上，点火焚烧，围观的百姓拍手称快。

本来，他们可以顺利撤回学校了，顾衡留下几个人，又在空车皮里过了一夜，第二天再杀他个回马枪。 店里没有日货，他们就在路口查送货的车辆。 顾衡还租来辆人力车，化装成人力车夫，在下关地区到处暗访。

从下关回到学校，他接到了父亲顾倬的来信，信中告诫顾衡要少参加政治活动，不要过激，多埋头读书，学好科学才能救国。 这时顾倬已由办教育转至办农场，和从日本留学归来的大儿子顾复搞小麦新品种实验，关心农村经济，提出对农民“富而后教之”的主张，十分热衷于振兴农业、科学救国。而顾衡却越来越感觉到，国家危亡，科学救不了国。他已经懂得，无论研究任何学问，必定要认清学问与社会的关系，可是救国的道路究竟该怎么走呢？

他打开第二封信，是翟凤阳从北平清华大学寄来的，信中说想邀请清华大学、中央大学、上海大学一些志同道合的人一起成立一个社团，主要研究搞自然科学的人该不该搞政治；在茫茫的大地上如何彼此扶持，共同找到出路前进。他希望顾衡在这个组织里能充分发挥作用。顾衡想，这正是现代青年人迷茫所在，也是他的困惑之处。于是他积极响应，找来了汪楚宝、潘滨、奚景高等人一起商讨成立这个组织，最后定下来的名字就叫“大地社”。奚景高很豪放，提出放暑假的时候请大家一起到他家乡上海川沙去玩玩，就在那里把清华大学、上海大学的“大地社”成员一起请过去，正式开一个成立大会，大家一起认识认识，这个提议得到了众人的认可。

川沙在上海黄浦江之东，县内河流众多，水路交通发达。顾衡、汪楚宝等人乘小客轮从上海前往川沙，河道里不时有大小鱼儿跃出水面，像是专门欢迎远道来的客人，两旁水稻田的稻穗却像个大姑娘，含羞地弯下了头。大家都发出同样的感叹，这里真是标准的鱼米之乡。奚景高家就在县城，是当地的大户人家，主人热情款待九位来自北平和南京的同学，餐桌上天天有鱼有肉，有香喷喷的大米饭。两天时间里，大家谈理想，谈时政，谈“大地社”的发展，开心得无以言表。

鉴于谢立惠同学在反日爱国运动中的表现，下半年顾衡、汪楚宝介绍他参加了中国共产主义青年团的外围组织“大地社”，每隔半个月或者一个月到北极阁的树林里座谈一次，经常传阅《共产党宣言》《哥达纲领批判》《资本论》等被国民党政府查禁的进步书刊，革命的思想逐步在他们的心中发芽生根。

第七章 早逝的爱情

从川沙的奚景高家参加过“大地会”成立大会后，顾衡告别众同学，回到无锡的顾家弄，一场甜蜜的爱情就在这里不期而遇。

走在青砖铺就的小路上，二十岁的顾衡仿佛回到了过去，这条小路见证了自己快乐淘气的童年和少年时光：与弟妹们一起嬉戏打闹，一起背着书包上学，一起上房掏鸟窝……

到家了。推开大门，迎上来的是母亲、大嫂、小弟肖龙、妹妹顾清侣、小妹顾炜，旁边还有一位十分出众他不认识的姑娘。只见她，白色对襟小丝绸上衣，蓝色缎裙，体态婀娜，气质素雅。

母亲开心地拉着顾衡的手，仔细端详说，又长高了，快进屋。母亲说：“那个，肖龙！快去把水井里的西瓜吊上来给你哥解暑。”弟弟肖龙应声道：“哎！”话音未落，活泼的妹妹顾清侣说：“我来。”已经跑到井口。这西瓜就是她和肖龙放进去的，他俩夏天里最爱做的事就是把又甜又沙的大西瓜放在布袋里后系入井中，下午三四点钟光景拎上来吃，又清甜又冰爽。

顾衡的目光好奇地停在那位陌生女子的身上。大嫂反应过来了，马上介绍说：“这是我妹妹钱寿荣。”

姑娘大大方方地说：“你就是顾衡哥吧？”

顾衡说：“大嫂家出美人，妹妹长得也这么漂亮。”

说话间，用人已经接过顾衡的行李。几个人边走边唠，到屋里坐下来后，其他人张罗饭菜去了，留下了顾衡与钱寿荣两个年轻人。

顾衡一直专注于学业，从没有考虑过情感问题，眼前这个清纯可爱的少女，一时间让他心跳加速，不由自主地微微红了脸，爱情来临了。

钱寿荣出生于杭州大户人家，在家排行最小，刚刚考上江苏省立松江女子中学，暑假专程到姐姐家玩的，听姐姐夸奖顾衡功课好，性情温和，做事认真有条理，见面以后，看到这个英俊而又文静的大学生，那么和蔼可亲，说话总是面带笑容，对他更有好感了。

顾衡问：“你们学校什么时候建的？”

钱寿荣说：“我报考时查过，是光绪三十年（1904年），前身是松江府中学堂，现在专门培养女生。你们大学班上有女生吗？”

顾衡说：“有，但是很少。我原来上的东大附中开始没有女生，后来也增加了女生的名额。我觉得这样就对了，男女平等，女子也应该有受教育的权利，这样国民的整体素质才能提高啊！”

钱寿荣开玩笑说：“那你是说我们女子拖累国民整体素质了？”

顾衡的笑中带着歉意，他说：“我不是那意思。女子受教育很重要，岳母刺字大家都听说过，你想想，如果岳飞母亲没有受过教育，怎么会写‘精忠报国’四个字呢？”

钱寿荣开心地笑了，调皮地说：“那我就为提高国民整体素质做点努力吧！”

两个人从“五卅”运动，讲到北伐战争，从南京惨案、济南惨案，讲到反帝斗争……不知不觉已经好几个小时了，直到父亲顾倬回来，他们才意犹未尽地暂时收住话题。

晚上顾衡兴奋得睡不着觉，能谈到一起，看着舒服，志同道合，与钱寿荣一见钟情，初恋的甜蜜时不时涌上心头。

而处于怀春年龄的钱寿荣同样也是睡不着，她想着明天用什么方法能更好地接触顾衡，终于想到一个好方法，这才踏实地睡下。

第二天，钱寿荣拿着课本和作业本找顾衡说：“顾衡哥！ 我有些题目不会做，能不能帮我辅导一下！”理由充分，表达自然。 连自己都想表扬自己一下，多有智慧。

顾衡一看是数学，爽快地说：“这事包给我了，我就喜欢数学。”

钱寿荣带着小姑娘的俏皮，看了顾衡一眼道：“人家知道这是你的特长，我的大数学家。”特别是那个“我的”，心想你顾衡能听懂吧？你已经不是别人的了，是我的。

两个人，一会儿是一个人讲，另一个人听；一会儿又不知为什么事，两个人一起爽朗地笑。 在东边屋里的姐姐钱寿朋心想：我这小妹妹，准是看上我小叔子了，这要是她也进了顾家门，那也不错，自己还有个伴了。

在与钱寿荣相处的这些日子里，顾衡也觉得她天真活泼、纯洁聪明，和她在一起有一种从未体验过的愉悦的情愫。 爱情第一次悄悄地来到两个青年人的心房。 两个人一同学习，结伴游玩，他们漫步在小河边，奔跑在山顶上，欢笑在树林中。 因为有了钱寿荣的陪伴，这个暑假里，顾衡觉得故乡的水是那样清，草是那样绿，街市是那样热闹，乡音是那样亲切。

暑假结束，顾衡与钱寿荣依依惜别，一个去松江报到，一个回到南京。这以后，他俩鸿雁传书，相互倾诉着自己的爱慕之情。

顾家是一个传统的中国大家庭，三代同堂，十余口人生活在一起，非常和睦。因为大嫂钱寿朋每年生育一次，新生儿都由乳母哺养，小孩到了断奶年龄后，继续请乳母抚育，所以家中常年有四到五个女佣和保姆。按照常理，大嫂应该扮演的是这个大家庭管理者角色，但是大嫂连续生育，身体不好，所以只能管管自己屋里的事，无心也无力管这个大家庭。

顾衡母亲是佛教协会负责人，天天要去上班，心里指望着大嫂，却又指望不上，因此在心里隐藏着对大嫂的不满，却从未说出口。于是在她以及顾倬的心中，有一个共同的心愿就是：今后顾衡一定要给他们娶个身体壮能当家的儿媳妇。

有一天吃饭时，大嫂无意中提到了顾衡与钱寿荣通信的事。她说者无心，但顾倬是听者有意啊。饭毕回到书房就给儿子顾衡写信，坚决反对他俩来往，信中他不好说是自己的想法，就把顾衡母亲拿出来说事。不同意的理由是“你妈认为钱寿荣太娇，是个惯宝宝，比较任性，不是个理想的媳妇”。其实是顾倬寄大希望于顾衡，认为他前途远大，指望他光宗耀祖，也担心如果钱寿荣不够理想，或许会影响顾衡的前途，就同意他母亲的意见，不许顾衡与女孩通信。

接到此信的顾衡心里五味杂陈，叫上好朋友汪楚宝，来到大学体育馆前的操场边，倾诉自己的痛苦。他这么喜欢的女孩，为什么长辈却不喜欢呢？

顾衡说：“我父母既开明又传统，说他们开明，是无论如何，不管儿子女儿他们都要送到学校去培养，可是要说他们传统，他们就是要制约你的婚恋。”

汪楚宝体谅他，但又不好说什么，安慰道：“其实，上一辈人都这样，附中时我们班的杨超你是知道的，还让他回家同那个没见面的女孩成亲呢！要让我说，你家人已经不错了。”

顾衡有点不高兴，生气地说：“你是站哪头说话呢？”

汪楚宝没得要领，忙承认自己错了：“站你这头。”

顾衡继续说：“我家已经有先例了。我二姐顾静英在苏州高中毕业后，她本来很想去南洋教书的，可是我那个封建家庭的父母，非要她和我父亲朋友蔡松如大儿子蔡劫存结婚。可怜的二姐无法违抗父母之命媒灼之言，只好在她二十岁那年和我二姐夫结了婚。在我父母看起来，他们门当户对，家里人对她也不错，可是我知道她根本就不幸福，郁结成病。我不想让二姐的命运在我的身上重演，可是我也不敢把家里的态度告诉钱寿荣，怕她承受不了。”

汪楚宝说：“依我看，这事还真的要原原本本地告诉钱寿荣，让她也知道你的处境，一起想办法处理眼前家中的危机。”

顾衡捣了汪楚宝一拳说：“我左右为难时，最需要你给我肯定一下，你小子就是我的智囊啊！”

深深沉浸在爱情之中的少女钱寿荣，愈加可爱与自信。在教室里，她认真学习，原来弱项是数学，现在已经排在班里的前列。她想，这都是顾衡哥的功劳。在体育场上锻炼，她那双长腿，把同班的女生撂下一大截。总之，她时时处处洋溢着青春与活力，让同学们羡慕，受老师夸赞。课余或晚上睡觉前，她总是一遍又一遍地复读顾衡的来信，几乎能背出来他的每一句话，反复地体会着这神圣而炽热的情感。可是，接到这封信，她的心里一下子凉了半截。她决心改变自己在顾衡父母眼中的形象。顾衡的父母嫌她娇气，从此，脱下身上漂亮的裙袄，穿上朴素的衣服就是。他们怕自己撑不起一个大家庭的管理，钱寿荣想，这有什么难的？自己就是大家庭出来的，那些油盐酱醋的俗事，不是一学就会吗？下次放假回家专门跟母亲学，向管家问，有什么难的？

一封封热情洋溢的信，依然执着地从松江寄到南京。天真、热情的姑娘的身影和父亲严峻的面容经常在顾衡的脑海中浮现，争持着，排斥着；爱情的愉悦，变成了矛盾和痛苦。顾衡决定要忠于自己的内心，哪怕父母反对，也不要放弃心中所爱。

就这样，他们俩依旧书信往来，互诉衷肠。

父亲知道后，大发雷霆，向他下了最后通牒，如果顾衡不立刻断绝与钱寿荣的一切关系，家里就断绝经济供给。

顾衡对家庭以断绝经济来威吓，很是气愤，他决定不再要家里的钱。

他跟汪楚宝说："你能不能在外面给我找一份晚上挣钱的事做？"

汪楚宝反问："你缺钱？ 是不是钱寿荣跟你要钱了？"

顾衡说："想哪去了，顾倬老人家已经发话了，我不跟寿荣断了关系，他就断了跟我的关系，先断了经济。 楚宝，经济是命脉啊！ 这个你懂的。"

没想到父子俩闹到这个份上，汪楚宝说："那都事关你的命脉了，我得两肋插刀。 还是晚上干的活，对了，你能干什么？"

顾衡知道这确实有难度，人家工厂单位什么的都是白天干活，晚上休息的，这晚上干活的是夜总会啊。 他突然起到了一件事可做："政府机关文稿多，不是需要校对吗？ 这活我能干，你好好找找关系。现在方向有了，目标就靠你帮我去寻找了。"

汪楚宝一拍胸脯说："这事我能帮，我有不少老乡在政府机关工作，看他们那里是不是需要你这样的人。"

过几天，汪楚宝那里便有消息了，国民党中央党部宣传部秘书处需要一个校对，让他去面试。

中国国民党中央党部位于南京市城北中央党部路，两人坐小火车到丁家桥站下来，走不远就看到嵌有党徽的二层办公楼，前后两进与东西厢房组成的四合院。 汪楚宝是学建筑的，他指着这座法式建筑说："顾衡你看这建筑多美，就讲这钟楼，方底穹隆顶，上覆鱼鳞状铁皮瓦，绝了；在钟楼两侧的屋顶上，是对称布置着两折式四坡顶；还有，你看那屋顶，上面还设有小型的尖塔、烟囱、栏杆以及其他装饰物，形成丰富的变化，很容易联想到法国卢浮宫的建筑特点。"

顾衡不屑：“卖弄，卖弄。”

汪楚宝笑着说：“这是艺术，哪像你，现在心里只有钱了吧？”

顾衡很认真回答他：“不是只有钱，我心里只有爱情。”

汪楚宝开心了：“我们俩一个为了爱情，一个为了艺术，差不多。”

秘书处的黄处长拿来一份打印稿和一份文稿放在桌上，对顾衡说：“你校对我看看，十分钟时间。”这对于顾衡来说轻车熟路，不算个事，顾衡很快就校对出来了，没任何差错。黄处长看过一点笑容也没有，说你明天晚上来上班吧，我们正好要开会，需要校对的文件很多。顾衡说那酬劳怎么说？黄处长说，根据工作量来算，我们这里的工作量最多一个月20块，有时候15，总之就在这个数之间，相差不会太大。

两人退出国民党中央党部宣传部，顾衡有点奇怪问：“这个黄处长怎么一点笑容也没有？”

汪楚宝说：“可能中央党部宣传部人都这样吧，不会笑，笑出来也是假的，不如不笑。”

两个人都笑了。

从此后，顾衡白天在中央大学上课，晚上去中央党部校对文稿。

无锡那边的顾老爷子也只是吓吓他，说说气话，头一个月没有寄钱给他，第二个月又补上了。父亲的那舐犊之情全在这寄来的大洋上了，原来想跟家里决裂的顾衡心软了，毕竟是自己的父亲母亲，生养之恩无以为报，怎么办呢？有苦闷还是跟同宿舍要好的汪楚宝说。

汪楚宝在这方面脑子特灵，说我给你出个主意，你不忍违抗父母之命，致使家庭关系破裂；也不忍摧毁含苞待放的爱情花朵，因为这是你真爱。你不如采取缓兵之计，暂时不和钱寿荣通信，等毕业后经济独立了，再和家庭协商。到那时，你羽翼丰满翅膀也硬了，就由不得你的父母了。

想了片刻，顾衡说，似乎再也找不出比这更好的办法了，那咱就这么做。

顾衡立即找来纸笔，对钱寿荣倾诉了自己的想法，意思就是两人暂时中断联系，不让家中父母着急上火，等到自己毕业有了能力和话语权，再说服父母娶她为妻，信末，顾衡嘱咐钱寿荣千万要相信他，等待他。

可世事无常，造化弄人。

问题就出在这封明明寄出的信，不知道在哪个环节出了差错，钱寿荣竟然没有收到。

恋爱中的少女钱寿荣热切地盼着来自南京中央大学的信，一次次看着邮差来，又一次次看着邮差去，她从希望到失望，又在失望中希望着——信就在路上，爱神还在眷顾她。

收不到顾衡的来信，也许他学业忙，也许他生病了，总之，钱寿荣不断地给自己找理由。不等了，主动给这个小冤家写信，一封、两封……钱寿荣等呀、盼呀，很长一段时间仍不见顾衡来信，活泼爱笑的姑娘沉默了，丰润的面颊瘦削了。

而收到女孩一次次来信的顾衡，内心也在挣扎着，但他是一个意志坚定的人，说到就要做到，即便是爱情，也是如此。他不再拆开信封，而是把她所有的来信都锁在自己的抽屉中。

他并不知道，这样咬紧牙关的沉默，对于一个深深爱恋着他的女孩，是多么残忍的一种伤害。

钱寿荣想到南京去找到顾衡，亲自问问他究竟是为了什么？可一个女学生怎么能随便离开学校呢？恰巧学校要选拔代表到南京去参加运动会，她腿长跑得快，这是唯一的好机会，于是她主动向学校请缨，争取把自己的短跑、中长跑成绩减几秒。老师说，那这个项目得奖就押你身上了，不拿奖回来到时候拿你是问。

百米短跑缩短一两秒，需要运动员付出多少代价？

钱寿荣起早带晚，拼命锻炼，每天早上练一个小时，晚上练两个小时。汗水浸湿了她的衣衫，小腿跑到抽筋，她精疲力尽，最后倒在地上。想到顾衡无缘无故中断来信，她每每在操场上嚎啕大哭。过度的伤心和疲劳，年轻的姑娘病倒了，接着查出患上了伤寒。

1929年秋的某一天，学校给钱寿荣家拍电报，要求家里人接她回去治疗。接到电报后，她哥哥钱潮到松江接回钱寿荣。钱潮是日本留学归来的医生，自己在杭州开了一家私人医院，因当时医疗条件有限，他这位海归博士对于妹妹的伤寒病也一筹莫展。

钱寿荣在最后的日子里，一直呼唤着顾衡的名字。钱潮问，你想见他吗？钱寿荣无力地点头，柔弱地说，想。

接到这份“寿荣病危速来杭”的电报，顾衡如五雷轰顶，寿荣怎么了？他不敢耽误片刻，立即乘火车赶往杭州。弥留之际的钱寿荣终于见到了“绝情”的顾衡。有着一双修长长腿，奔跑起来如小鹿般清纯美丽的女孩，此刻却走到了生命的最后一息，顾衡心如刀绞，颤抖地握住她的手问，你怎么了？钱寿荣的一行清泪滚落，终于无力地闭上了双眼。当顾衡得知由于没有收到自己的信而让她郁结成疾后，他内疚，他悔恨，为什么自己一定要中断和她的联系？为什么要矛盾、犹豫、彷徨、委曲求全，不能和束缚自己的家庭、社会决裂！顾衡跪地痛哭，是我害死了你呀！荣妹……

顾衡精神恍惚，觉得人生已经没有什么意思，心爱的女孩因为自己的疏离过早离开人世，他也想死，化成一缕轻风随她而去，不再活在这个肮脏的世界，他恨这个社会，恨与帝国主义列强勾结的蒋介石。对，死也要拉上一个垫背的，杀了那个“蒋该死”。他想起上次“大地社”开成立大会时，奚景高家里有一把手枪，他特意从川沙奚家绕道，偷偷把那支手枪带走，并在放枪的柜子里留下了一条纸条：我借枪一用，知道你不会同意，所以事先没有打招呼，望谅。

第八章
退学北上寻路

顾衡离开川沙两天后，奚景高发现手枪被顾衡带走了，心想他可是个能做惊天动地大事的家伙，恋人去世了，心灰意冷，痛不欲生，弄不好要出事。听说他是要回无锡老家的，奚景高一点不敢耽误，坐火车直奔无锡。

真不巧，家里人说，他昨天回南京了。顾母听说是来找枪的，枪在顾衡那里，不太相信。

小妹顾炜童言无忌说，我偷看过二哥的箱子，他箱子里有一把手枪。顾母瞪了她一眼说，你小孩子懂个什么，不要瞎讲。

顾母对奚景高说，他每次回家都提到过你，听说你们关系不错，但这枪的事不是小事，你赶紧把它追回来，免得节外生枝。

顾母执意要留他吃饭，奚景高说，饭就不吃了，我这就去追枪。

奚景高来到中央大学，顾衡没在课堂。打听到他的宿舍，一路追过去，开门的正是顾衡。

没等奚景高开口，顾衡主动说："来要枪的？"

奚景高盯着顾衡裤子口袋说："拿出来吧！"

顾衡掏出手枪来，不紧不慢地说："我准备干件大事，需要这把枪。"

奚景高一把夺过来，厉声道："我知道，你想杀老蒋然后自杀，你想过后果吗？你能办到吗？你失恋了，对象不在了，你恨家庭，恨这个社会，我理解你，可是你再恨也不能把自己的命也搭上啊？"

顾衡痛哭道："从我的婚恋问题，足可以看出这个社会是个恶魔社会。旧的婚姻制度不适合时代的要求，旧的制度就是你的生命桎梏，你自然不愿意投进这个桎梏中，可是家庭的压力、社会的闲言碎语，就像一个八卦阵，你反抗，父母养育了你；你决裂，社会也不容你。这谜般的旧社会，这恶魔般的旧制度，让人痛不欲生。"

这些日子里，悔和恨日夜煎熬着顾衡的内心。过去他恨帝国主义、恨军阀，恨国民党的腐败，恨背信弃义的蒋介石，现在又恨自己的家庭，也恨自己。他真正领会了鲁迅《狂人日记》中说的"人吃人"的道理了。钱寿荣是被他敬爱的父母吃掉的，是被他自己吃掉的，是"人吃人"的社会制度吃掉的。而这绝不是学好数学能解决的问题，社会制度已经到了非改变不可的地步！

由于爱情的凋零，家庭的决裂，社会的冷酷，顾衡绝望中作出退学的决定。

老师们惊诧，一个数学高材生怎么能放弃大好前程，说退学就退学呢？于是，派出一名平时与顾衡关系较好的教授吴成天来做说服工作。为了制造一个平等友好的谈话氛围，吴教授把他约到夫子庙的茶馆里。

夫子庙算是南京城的注册商标，在人们的心目中，这里曾是文人骚客和香艳佳人的聚集地。大成殿、科举贡院等文化地标以及李香君、寇白门等八艳传奇，吸引八方来客，因此夫子庙地区商铺林立、酒旗飘摇，商贩叫卖、杂耍卖艺、茶社说书的，构成了一幅新的清明上河图。

吴教授四十岁不到，从日本留学归来一直在大学任教哲学，平时了解顾衡的一些言行，知道他比较激进，所以他们的话题从时势开始。

吴教授品了一小口茶说："中国衰弱到这步田地，民穷财尽，一天也经不得再扰乱了。欧美各国，工商业发达，市政建设完美，空中电车，地下铁道、电报传真、无线电收音机，一切都是最新最进步的科学方法建设起来的。回头看中国，是如何的落后，也怪不得民穷财尽。欲国富强，只有迎头赶上，要谋建设，必须上下一心。我们政府正在积极努力，兴筑铁道的计划已经拟好，正在接洽外资，各省的公路都在抓紧建设。东方大港、北方大港、南方大港，已经罗致许多工程人才，积极计划开工。我们还要设法开发矿山，振兴实业。只要有人才，什么都有绝大希望。你们学生，是最有希望的青年，是将来的建设人才，切不要耗费了宝贵的时间，做许多非分的活动。静心读书，努力研究，将来以研究所得，供诸社会。"

教授说完这席话，看着顾衡。

顾衡说："吴教授您说得没错，请允许我举一两个事例来说明您说的都是美好的愿景，而这个社会和制度又是如何阻碍您的理想实现。浙江省算是我们国家经济上比较好的一个省吧？我曾经跟浙江建设厅一个测量队员聊过，他们省公路已经测量过好多次了，一个厅长就任，首先就是建设公路，我们知道，建设公路，第一必先测量，于是一队一队测量队出去了，等到测量完竣，这一个厅长的地位已经动摇，新经任命的走马上任，他的所有部下和职员又重新换一遍，已经测定的图形路线都随之失散了。建设公路首在测量，一批一批的测量队又派出去了，一次一次又一次，建设厅的经费是一年年照样耗费着，浙江的公路大多还是空中楼阁。”

吴教授咳嗽了两声，又喝了口茶说：“你也品品这茶，今年的龙井。”然后说：“你讲的事，我也听过，确实有问题。”

顾衡一口气把杯中的水喝完，站起来帮老师倒茶：“平汉路去年客运费收入是1118万元，而支出的是1295万元，收支相比，短缺177万，由该路段交往的银行增补，员工已经欠薪4个月没发了。而此路需要修换桥梁、钢轨的维修费350多万没有着落，行车将有极大危险。建设是个时尚的名词，我想问，在现状下，建设有没有可能？统治者建设是因人设事，封建军阀照样割据，搜刮剥削愈演愈烈，连修铁路的费用都没有，还谈什么扩充发展？其次，现状下的建设，究竟谁得利？平汉路尽管多年失修，罗掘俱空，铁道部却是皇皇新屋，庆祝落成。铁轨尽管危险，部长科长办公室宽敞舒适，中山路光滑梧桐树笔直，委员们的汽车风驰电掣……然而大多数百姓究竟得到了什么利益？除掉捐税格外加重，征发格外厉害外，没有其他好处。建设，建设，究竟是什么玩意？究竟是为谁建设？简直就是请了黄鼠狼替鸡雏造屋——正配了它的胃口。在我看来，不从根本上推翻现行社会制度着手，‘建设’永远只是一个口号。”

听了顾衡这番话，吴教授有点意外，身在象牙塔里的学生，怎么知道这么多的国家大事？怎么知道这么多数据详情的？今天来劝留这样的学生，值。他说：“也不能看到我们建设上有点问题，就彻底否定社会的进步嘛！如果你觉得工业建设有问题，那你们学生完全可以在农业发展上为国家出力。中国以农立国，而现在的农业十分衰疲，出产一天天减少，唯一的原因是中国农民不知应用科学方法，种子不知选择，肥料不知试验，新式机械不知应用，当然比不了外国人了！更可怜的，乡下人一遇到螟虫、蝗虫，便只知道求神占卦，丝毫不知用科学方法去扑除。你是有志青年，可以好好学习，可以到农村去帮助国家搞新农村建设，破除农民的迷信，指导农民科学种田。现实一点讲吧！你可以去办个农业学校，散播优良品种，指导他们加施适当的肥料，螟虫可于晚间点油灯扑杀，畜牧也可用种种方法改良。这样，农业收成就可以增加，农民也就富足了。”

顾衡听了教授的话，有点忍不住了，不再给教授留面子。他说：“您这话说得漂亮。那我就说说农业改良的现状，北方农民大多须预交本年的田租，否则不得耕种，以定县（现在河北省）来说，每亩约须6元，故每当下种施肥，全靠借债。改良品种，试验肥料，农民根本无力实行。改良养猪养鸡，按理念可得到良好效果。母鸡依最新方法饲养，每只每年产蛋320个，普通的只有六七十个，但须按时喂食鱼肝油，乡民无从实行。鸡瘟可以打针，立见效果，唯每针须洋银三角，而在定县一带每只鸡只值两毛。中国猪与美国特种猪所产小猪，肥大而肉鲜美，但乡下人养猪，主要在得其粪肥。这种猪大后食量太大，亏折太巨，所以还没有长大，大多数人会选择宰杀了卖肉。这不是定县一个地方的个例，其实中国大部分都这样。再说杀除螟虫，在晚间点灯让它落水而死，是个除虫的办法，但需要各地同时举行，否则一家点灯，数里内的螟虫俱至，扑杀虽多，而田中稻禾被毁尽。各地同时进行，每十亩至少须备一灯，每灯需要1元，而油钱需要另算，农民无力购置。所谓的农业改良、平民教育在当下都改变不了社会的面貌，并没有改变农民和底层群众被剥削的实质，唯有改变这个社会制度，才能彻底地实现您说到的建设、改良的目标。”

吴教授不想败在学生的手下，他反问：“你说工业建设救不了国，改良农业也救不了国，那教育总可以吧，你的成绩在班上数一数二，尤其是数学，你完全可以继续求学，然后到国外深造，说句不好听的话，最起码可以像我一样当个教授。”

顾衡苦笑了一下说：“我们全中国的中学生也只有十五万人，能进大学的没有几个，能留学的就更少了，而这些留过学回来的又怎么样呢？依大多数人想法，留学回国后自己在社会上地位很高，只要有想法、有能力一定能实现抱负。其实，据我所知，大部分人是出去骗一个头衔回来混饭的，那些真正硕学之士，放着一肚子学问却没地方用，一切的事业和重要部门都被统治者把握着，你要有作为，得先仰权贵们的鼻息，最后除了大学教授没有什么事可做，最多能培养几个大学生，白白地浪费了国家的许多教育银两。教授的身份愈高，愈不能为人民代言，不是随着统治者做傀儡，便只有安分守己做个废人。”

吴教授抹着头上沁出的汗，心想原来我是来做工作的，结果反倒让学生教育了老师。他问：“那你准备做什么？打算选择什么样的道路？”

顾衡说：“今天我有点犯上了，谢谢您给我这个机会，让我说出心中积蓄已久的想法。其实当下社会的有志青年有两条路可以走，一条是只顾着个人的幸福，求自己地位增高，享受加优，乞食剥削阶级残余拼命上冲，其结果命运好的，做了统治者的鹰犬，命运不好的，受家室牵累、经济上的压力，做懦弱可怜的时代屈服者。另一条是投向劳苦大众的阵营，站在他们的利益上，始终反抗，始终斗争，从根源上推倒现行社会制度，建立一个新的社会。”

吴教授问：“那你是选择后者了？”

顾衡肯定地说：“是的。”

吴教授说：“一个人做什么当然由自己来决定，但一定要想明白了再做决定。”

顾衡说：“这个问题我想了许久，从自己的恋人的夭折，到家庭旧思想的束缚，再到整个社会的腐败，给我的冲击太大了，我做退学的决定，并非偶然。”

吴教授问：“你退学后去哪里呢？”

顾衡说：“我已经跟北方的朋友联系好了，去北方！如果再让我说准确点的话，我也只能告诉您，是北平。”

吴教授无奈地说：“人各有志，一路保重。”

回到宿舍，电灯已经关了。窗口的一弯冷月与眨着眼的星星，似乎都在偷窥这位年轻人的心思。此时的顾衡思绪万千，他想最后给家里写封信。他划着火柴，点上蜡烛，提笔在信笺上写道：父亲大人，我要到远方去！暂时不与家中联系……

就在顾倬收到这封信时，顾衡已经踏上了去北平的火车。

北平的天空阴沉，满天是厚厚的、低低的、灰黄色的浊云。东北风呜呜地吼叫，在车站广场上肆虐，它仿佛握着锐利的刀剑，能刺穿严严实实的皮袄，更别说那暴露在外面的脸皮，被它划了一刀又一刀，疼痛难熬。一会儿，下雪了。雪越下越大，天地间像挂着一床白色的大幔帐，白茫茫的一片。雪落在街道两边的建筑物上，就像罩上了一床白色的棉被，马路铺上了白毯，行道树披上了白衣，寒风吹过，雪花乱舞，周围的一切顿时沉浸在银白色的世界里。此时的顾衡一点也不喜欢雪，他深一脚浅一脚在雪地里行走，鞋子里灌进了雪，双脚变得麻木，他现在的目标是快点走到清华大学，那里也许有一盆燃烧的炭火在等着他，有一杯热茶也行……

中午时分，顾衡终于赶到了清华大学，并在农事股找到了“大地社”成员葛春霖。见到浑身是雪的顾衡，他热情地上去帮助拍打身上的雪，说到他宿舍去，先填饱肚子，暖和暖和。

听了这席话，顾衡已经感到很温暖了。葛春霖是江苏溧阳人，考上清华大学化学系，暑假毕业后留校在农事股工作，单位分给他一个单身宿舍，十平方大，里面一张床，一个书桌兼饭桌，一角还有一只做饭的煤油炉子。葛春霖升火烧水煮面条，没有菜，光面，加了点酱油，顾衡吃了两大碗，身上终于回暖了。

葛春霖指着那张床说：“不嫌弃的话，你今后就跟我合睡一张床，合吃一锅饭，你先弄一下行李，我把碗洗了。”

顾衡抢着去洗碗说：“感激不尽，在我困难之时，你能伸手相助，给你添麻烦来了，我还能嫌弃什么呢？”

葛春霖说：“对了，我给你推荐到农事讲习所教国文，他们已经同意了。不过你得有个心理准备，工资不高，也就三十块钱。”

这是走上社会的第一步，有三十块工资已经算不错了。顾衡说：

“多少钱都没关系，能跟你们在一起共事已经很荣幸了。”

接下来，葛春霖说，既然马上要去农事讲习所工作，就先介绍一下它的来历和基本情况：

民国早期农业教育学校数量少、学生人数不足。1919 年，我国有四所农科大学，八所农业专门学校，学生 1554 人，每年毕业不足 480 人。日本幅员不及我国二十六分之一，尚有农业专门学校 5 所，学生 1083 人。美国幅员不及我国四分之三，全国有省立之农科大学 48 所，有农科大学生 24000 人，每年有毕业生 6000 人。更重要的问题是，农业教育严重脱离中国实际，农校学生几乎均为城市子弟，不了解农村，也不愿深入农村，多数农科学生受“学而优则仕”思想影响，求学目的仍是为了将来出人头地，谋得一官半职。

针对这些不足，清华大学农学系为了振兴我国近代农业，于 1928 年，联合燕京大学、香山慈幼院、华洋义赈会等单位，组建北京农事讲习所，培养农村急需人才。

在清华、燕京大学、香山慈幼院、华洋义赈会等通力合作下，1928 年 10 月 29 日，农事讲习所正式开学。开学典礼上，冯友兰代表清华发言，他指出：中国人的旧思想，总是希望作官，到学校读书的目的亦是预备作官，农事讲习所是打倒这种旧观念的第一个组织。他勉励同学们将来回到乡间去做一个有知识的真实的农民。

当葛春霖介绍到农事传习所旨在造就农村领袖、垦殖先导、农事推广员、新农民，直接吸收农村子弟入学时，顾衡大声说：“好！这才是从制度上革命了。”

葛春霖继续说，用较短时间学会农业实用知识，再回农村推动振兴农业，是我们的基本方针。学业注重课堂内外结合、理论实践并重，学制三年，两年课堂内学习，一年田间学习。我们校舍与试验场所由香山慈幼院与清华、燕京三校供给。学生费用、伙食、由华洋义赈会供给，每人每年一百元，学生津贴以两年为度，一年不及格不复有第二年，第三年由学生自己工作自给。所以我们的生源不成问题，许多人想来呢!

农事讲习所校址在北京西郊原清华南门对面（与燕京大学东侧接近，后随着清华扩展，原址成为清华一部分），顾衡上班很近，由于他自小熟读了四书五经，平时又擅长写文章，多次参加运动搞演讲，所以给学生讲国文非常轻松。从此，顾衡迈向了人生新的征程。

第九章 成功主办《现代中学生》

顾衡到清华大学后很快就熟悉了环境，于是他去找“大地社”成员翟凤阳和高警寒等人。翟凤阳还在清华，见到顾衡和葛春霖来访，十分惊诧，然而更让人惊诧的是翟凤阳的转变。

翟凤阳说，你们来我欢迎，不过不要再跟我讲什么革命，讲什么主义。

平时翟凤阳可是最喜欢讲革命和主义的，顾衡能积极参加各种运动，受他的影响最大。怎么回事?

翟凤阳没有及时回答，憋了一会，眼泪下来了，他哭着说：“我家乡搞农民革命，把我父亲杀了。我父亲是多么慈祥多么老实的一个人啊，就是因为我家里有点地，那点地也是他省吃俭用攒下来的，他有什么错，犯哪条罪了？”

顾衡劝他说：“事已至此，只能节哀顺变了。”

翟凤阳止住眼泪说：“我不再参加任何组织，前不久刚参加过考试，马上去美国读书。”

顾衡不再言语，这真是一件很伤心、很纠结的事，正如吴教授劝自己的那样，人各有志，不能勉强吧。

高警寒去年毕业后在北平《华振社》任英文编辑，他还像过去一样，充满激情，一腔热血好似随时都能喷洒一回。他提议，今后能不能创办个杂志，引导青年人与当下社会制度斗争。顾衡和葛春霖都表示，这件事回去后酝酿一下，拿出一个切实可行的行动方案。

过年后转眼就到了3月，河上的冰开化了。渐渐地，大学校园里的柳树也像睡醒了般，半睁着朦胧的眼，不急不闹，慢悠悠地、一点一点地把冬天灰褐色的衣服脱掉，换上崭新的绿装。天上不见一只北归的鸟，只是看见在那电线杆上，柳树上多了些鸟巢，悦耳的鸟鸣也密了，丰富多彩了。就在这个乍暖还寒的季节，农事讲习所也将脱掉绒毛，变成一只美丽的凤凰。

由于“讲习所”名称为短期性质，一般学习期限三至五个月，很少超过一年。而农事讲习所学制三年，入学资格须初中毕业，为高中性质之农业学校，与一般意义上的“讲习所”性质不符。此外，农事讲习所为清华大学、燕京大学、香山慈幼院、华洋义赈会合办，不是一般私立学校，讲习所与教育部规定的私立学校规程亦不合。有鉴于此，1930年3月中旬，农事讲习所联席委员会决定农事讲习所自3月12日起改名为新农农业学校。3月12日是孙中山先生逝世日，选择这一天，是为了纪念孙中山先生。取名“新农”，包含革新农业及造就新农民的双重含义。

葛春霖出任该校的教导主任，顾衡依然是国文教师。除了学校公务，他俩最重要的事就是琢磨着办一个什么样的刊物。顾衡认为，中学生刚刚从孩童跨入青年时代，不再像小学时代，除了吃饭、睡觉、上课，只管玩耍，中学生空闲时候常常会谈人生，谈社会，谈理想，甚至关心“近来时局怎样了”“世界经济大恐慌”“中国革命”等问题，他们离开家庭，开始接触社会，并且受到各种思潮的激荡，常常会打量自己，常常为将来的出路思考和焦虑。他们是需要引导的一代，需要有一个先进的思想阵地。

葛春霖感叹说，现在这个纷乱的社会，富人一天到晚不劳而食，骄奢淫逸。穷人一天劳作十四五个小时，还愁不得一饱。全国的灾民几千几万的饿死，军人却年年打个不停，今天倒戈，明天反正，循环往复。国家到了这步田地，一定要靠青年来支撑起未来，中学生尤其重要，他们很少一部分人进入大学，成为精英，大多数人则要进入社会，将是社会的中流砥柱。

顾衡分析，许多学生离开学校后，敌不住混浊社会的种种引诱，会不由自主地卷进社会旋涡。从前在学校里义愤填膺地高呼打倒卖国贼，出校门后又变本加厉地干卖国的勾当；从前孤洁自傲，愿以一生为研究学术而牺牲的人，出校门走上政治舞台，唯金钱美女是图；也有些书呆子狷介自好，廉洁自守，孜孜不息，但社会上的事从没有他们的份，不是今天丢了饭碗就是明天颠沛流离，自顾不暇，更谈不上什么救国救民了。

听了顾衡的分析，葛春霖不免有了疑问，照此看来，似乎是纯洁的青年往往财力不足，而有能力的人却容易堕落。青年学生一出校门就随波逐流，这究竟是什么道理呢？照你这么说，他们只要将来到社会上去，一定会去做候补政客，候补军阀，照样腐化，照样卖国，不然的话便一样做倒霉的穷小子。

顾衡解释说，这正是现在青年人的现状，不是做剥削阶级的走狗，就是永远被人剥削而分毫不敢反抗。所以我们要办一个杂志，来引导他们，让他们知道这个社会黑暗的深层原因，要鼓励他们与这个黑暗的社会作最坚决的斗争。

葛春霖听明白了，也觉得应该抓住青年中学生做工作，给他们以先进的思想理论加以引导，于是说，那就办一个中学生杂志，将读者群锁定在中学生这个群体，杂志的名字不如就叫“中学生”。顾衡也说这个名字好，还会引起中学生家长和其他青年人的关注。

有了这个主意，他们俩兴奋得一夜没睡。一合计，接下来办刊的事情和问题还真不少，首先要去当局申请杂志刊号，接下来是，办杂志的经费从哪里来？稿子从来哪里来？要不要发稿费？怎么发行？

葛春霖说，先把杂志社成立起来，大家分头来做事。刊号尽可早些去申办，倒是经费是个大事。这两年我积攒下来的存款有三百多块，全部拿出来，每月八十块工资，留二十块作生活费，其他的全用来办刊。

太无私了，顾衡很感动，他表态：“我的工资只有三十块钱，十五块钱作生活费，剩下的也拿去办杂志。稿子我承担一部分，另外约大地社的朋友撰写一批，稿酬就不发了，算义务劳动，首期杂志上安民告示，把丑话说在前头。”

第二天顾衡去北平新闻出版管理部门办注册手续，发现“中学生”已经被一家书店抢先注册，并且刚刚出了创刊号。他翻了翻《中学生》内容，不过是些不痛不痒的“好人”言论，没有一点思想冲击力，根本担当不起领导青年的责任。他跟葛春霖商量，在中学生前面加上“现代”两个字，分析社会主要问题，重视革命理论指导，介绍科学知识，突现时代特点，抓紧时间让《现代中学生》横空出世，担当起历史使命。

手续办好后，葛春霖亲手将写有《现代中学生》月刊社编辑部的牌子挂在自己单身宿舍门口。顾衡点燃鞭炮，噼里啪啦地一阵爆响，引来了不少人注目。大地社成员袁翰青、高警寒等人特地前来恭贺。

看着这块白底黑字的牌子，顾衡心里十分激动，离开南京后这几个月的苦闷烦恼终于烟消云散，一份崭新的事业摆在面前，这正是自己要寻求的并深深喜欢的职业，那就把办杂志作为革命事业开端，尽心尽力做好它。从此后，他除了上好课，所有的精力全部投入到办杂志中。

夜已经很深，外面很静。台灯前的顾衡一会儿奋笔疾书，一会儿停笔沉思。他在写首期的发刊词，似乎想成熟了，他又开始伏案写道：本刊的目的，就是要和中学时代的青年们研究社会演进的现象和改造社会的方策，探求现代中学青年人必具的知识和技能。我们希望从社会的矛盾中，探讨出社会必然的进程和它必然的归宿。我们希望互相指导怎样在这矛盾中认识一切，了解一切，并且研究怎样尽我们的责任，把个人的活力加进社会革进的洪流！……

写完发刊词，放下笔，窗外已经发白。这时传来了“喔喔喔”的雄鸡啼鸣声，那是农学系教授太太们养的鸡，顾衡想，它们是太太们为家里来客备着的，迟早会成为过年过节餐桌上的一道菜肴。公鸡们全然不知统治者的意图，它们只知道准时准点啼鸣，自己要做的正是启发受制者起来革命。

葛春霖醒来，发现顾衡还没有睡，便说：“你不要命了？快上床睡一会，白天你还有课呢！”

此时顾衡还沉浸在写好稿子的兴奋中，毫无睡意。他说：“天已经亮了，就是睡也只能有个把小时，不如晨练去。”说完，出门跑步去了。

当时，鲁迅在北平创办了文学社团未名社，该社主要翻译外国文学，旗下有文艺杂志《新生》、《莽原》周刊、《语丝》周刊等，在学生中有一定影响，几本杂志发行得还不错。葛春霖平时跟该社常有联系，于是赶到位于马神庙的未名社，谈定了代售的协议。

忙碌了两个多月，《现代中学生》第一期终于如期于5月正式出版，由北京书局印刷，用的是新闻纸，32开本，164页，零售价每册1角钱。

在创刊号上，有顾衡化名朱萍写的文章《“五三”与“五卅”》，这是他亲身经历过的事件，向读者介绍两大事件发生的经过，揭露了蒋介石政府与日本及其他列强勾结的罪行。文章对中国现状进行了透彻的分析，指出“封建军阀是帝国主义剥削我们的经纪人，残杀我们的刽子手，贪官污吏、土豪劣坤都与他们一脉相传，上下其手，要打倒帝国主义，不能不同时打倒国内的一切反动势力”。他在文章的最后，向青年发出号召：朋友，现在已经到第二次世界大战爆发的前夜了，我们的民族革命若不能早日起来与世界革命潮流汇合，我们唯有作将来的牺牲者。朋友，革命的五月来临了，我们于“五三”和“五卅”伟大的、悲壮的纪念日中，要认定我们的目标，坚定我们的意志，负起我们的使命，向前努力呀！

拿着散发着墨香的《现代中学生》，顾衡和葛春霖那个激动就甭提了。下班后，葛春林说今晚我们庆贺，也奢侈一把。你去菜场割些肉、买条咸鱼，晚上喝两口。葛春霖会做菜，红烧肉、蒸咸鱼，还有一个炒菜，好久没有沾过荤，两个人大块吃肉，大口喝酒，边喝边聊，着实过瘾，这两个多月的辛苦疲劳一扫而光。谈到发行，葛春霖说光北平还不行，上海市场也要开拓，那里的学生多，有钱人多，我有个弟弟叫葛和霖在上海读书，你最近去一趟，把杂志销到上海滩去。

去上海有两条途径可以抵达，一是乘火车，从北京直达上海，来得快，但是费用高。还有一种办法就是先到天津，然后乘轮船到上海，时间上慢些，但能节省一些开支。眼下，能省一分是一分，顾衡带着三千本杂志乘轮船，三天后抵达上海。

葛和霖跟他哥哥长得非常像，不同的是剪了个时尚的中分头，眉毛比他哥浓一些，脸也稍胖，不用介绍，顾衡一眼就认出来了。葛和霖还带来几个同学，当场便把杂志分给了每个人。葛和霖说，他们是我在各个学校找来的代理，每本给他们一分钱回扣，你在这等两天，他们两天后会把钱交给你。顾衡说，你小老弟行啊？有头脑，有办法。那我们就到外滩逛逛，不用烦心了。

果然在三天后，三千本杂志全卖光了，钱也如数集中到葛和霖的手里。两个人在宿舍里数着钱，顾衡开心地说，这是我头一回数自己赚来的钱，这么多钱，手都在抖。葛和霖也笑了，看你就没有我会挣钱。顾衡说，我负责写文章，编稿件，你哥负责销售，你们家都有这方面天赋，你小老弟专门给我们负责在上海销售，今后我就不用亲自过来了，直接给你发货。葛和霖干脆地说，没问题，这事包在小弟身上了。

上午 11 点多，顾衡带着销杂志的款子，站在船舷旁频频向葛和霖挥手告别。华山丸号离开日清公司码头徐徐前行，他看到江边矗立着高大的建筑，尖顶的桅杆上飘着各色的外国旗。顾衡心想，这都是帝国主义列强们的杰作，总有一天，我们会赶走你们这些强盗。船经过崇明岛驶向大海，顾衡独自坐在船头最高处，望远处海天一色，近处云烟迷漫，船两旁水雾飞腾，打着他的头上脸上，凝成水滴，流淌下来。这些日子虽然辛劳，但是收获巨大，从来没有过的成就感在心底油然而生，宣扬革命理论，开导青春的学生，这是多么崇高的事业啊！他想，我要用我的一生去做破除旧制度的开拓者，哪怕是牺牲自己的前途也在所不辞。

船到青岛靠上码头，有四个多小时才启航。顾衡第一次来青岛，决定去考察一下市政府和看看路政，并顺便作半日游。一路上顾衡边看风景边和人力车夫聊天，询问他们的收入和家里生活情况。一会儿到了德国人修造的炮台，这个叫做一号炮台的地方有七座大炮，炮身庞大而精良，顾衡亲自到炮位操作了一回，各种机械还能运行自如。他想，这又是列强在中国大地上留下的罪证，以后总会算了这笔账的。随后，他到市政府找到各有关部门，详细地询问了青岛市政建设和工商业情况，为今后撰写该类文章收集素材。后来他以游记的文体写了一篇《华山轮上》，署名“萍”，发表了在第二期《现代中学生》上。

第十章 光荣加入中国共产党

带着满满的收获和喜悦的心情，顾衡回到北平。芳菲五月，花意诗情，美景迷人眼，馨香醉人心。此时，桃花正谢，顾衡想到了那首诗《偶遇》，“桃花有开有谢时，清明刚过便落英。八水绕原满锦华，何处可见葬花人。”但他此时没有一点伤感，反而有了落花缔果的希望。而此时的石榴花却盛开在清华校园，花儿红似火，叶儿绿如翠，吸引同样花一般年龄的青年男女在花林中驻足。看到此景，顾衡情不自禁地念出了一句诗，“诗情画意总相伴，迎来馨香共缠绵……”

要是钱寿荣还活着该多好啊！ 他不敢多想了，快步回到编辑部。

《现代中学生》杂志在北平销量也不错，加上上海的销量，葛春霖估算了一下，仅这一期就赚了三百多块钱。

要办杂志，第一要有钱，第二要有稿，顾衡必须要有广泛的稿源才能支撑杂志质量。 这时他想到了国内外的同学，他们中的不少人思想激进，写作水平高。 其中胡风（中国著名文艺评论家，解放后著名“胡风事件”主角）就是一个，他原来跟顾衡在南京同一所中学，经常在一起参加各种进步组织活动，文笔特别好，1929 年考到日本留学。于是他写信给胡风，约他给《现代中学生》写稿。 并很快就收到了胡的来稿——《寄往西伯利亚》，这是他重新翻译的作品，不愧是文学奇才，经他重译后的作品，文学性可读性比以前的旧译作要好得多。 在南京中央大学的老同学徐宗士寄来了作品《谜样的中国》，分析了错综复杂的当下中国社会，号召青年朋友们“猛醒”，与旧社会作最坚决的斗争。“大地社”老朋友潘滨（中国共产党地下工作领导人潘汉年堂弟）寄来了《书籍介绍——唯物史观的哲学》，向中学生系统地介绍了唯物史观哲学的精髓，鼓励青年人用唯物史观论来认识社会，解决社会上存在的问题。 大地社成员袁翰青去美国留学，创作了《赴美途中》向读者介绍各种见闻……

《现代中学生》杂志虽然看起来主要读者是中学生，但是里面的内容也深深地吸引着大学的青年师生。 清华大学助教夏坚白（1955 年当选为中国科学院院士）看了第一期杂志后，对这本充满理想与激情的杂志爱不释手，他专程到编辑部找到顾衡，表达了自己也想给杂志写稿的想法。 顾衡说，你是搞大地和天文测量的，你就从科学普及的角度给我们写写文章。 夏坚白陆续为杂志撰写了《我的科学观》《人是机器吗？》《升学问题》等文章，刊发后深受青年学生的欢迎。

身为主编之一的顾衡当年只有二十一岁，他联络到的作者最大的是二十七岁的夏坚白，最小的是二十岁的徐宗士，平均年龄二十三岁。 已知的《现代中学生》作者中，后来有顾衡、张甲洲等人成为无产阶级革命先驱，袁翰青、夏坚白成为中国科学院院士，胡风、吴朗西成为著名作家，徐宗士、潘滨成为著名教授。

除了担负繁重的编辑工作，顾衡仍然勤奋写稿，朱萍、萍、梦柯、孟宁、忆欣等都是他用过的笔名，在每期杂志上用不同名字刊发作品，宣传革命思想。

这天，顾衡正打算写一篇更有思想冲击力的文章，但一直没有思考成熟，就在这时，清华大学历史系新生江苏籍老乡胡鼎新（胡乔木）来了，他看了《现代中学生》杂志后有许多感想，尤其说到一个“人人都革命”的现象，问道，到底谁是真正的革命阶层？

是啊，当下，革命是个流行的新名词，个个都标榜自己是革命者。封建军阀为争夺地盘终年而战，屠杀了成千上万自己的同胞兄弟，致使百姓背井离乡，赤地千里，而他们以革命者自居，杀人的理由是因为革命，因为他们杀了人，所以成为革命者，只要是军事领袖，反正总是革命的。官僚政府要人也说自己是革命者，推翻了帝制继承孙先生遗志，可是他们利用手中的权力，让自己的腰包一天天鼓起来，看不到百姓正处于水深火热之中。那些大学者也认为自己是最革命的，演讲中离不开革命，要是没有他们革命便不会成功。一切反革命、假革命的豺狼偏会穿起革命的外衣，张起革命的帷幕，来掩饰他们的罪恶，欺骗革命民众，以缓和民众的反抗。

顾衡说这个问题很好，很尖锐，我要好好想想。真正的革命者是坚定的，不会为金钱俘虏，也不会因为敌人的摧残而屈服。讲到有的革命者在狱中受刑，仍然不投降，他十分敬佩，激动地站起来，拎着桌上的茶壶，照江苏民歌“无锡景”的调子唱道：“老头儿拿把壶啊，灌灌辣椒水啊，辣椒水呀真难喝……”表演得惟妙惟肖，逗得盐城老乡胡鼎新哈哈大笑。最后顾衡向这位才气十足的老乡约稿，希望他“多多来稿，没有稿酬”，又逗得胡鼎新一阵大笑。

原来没有找到的感觉，经胡鼎新一启发，到底谁是革命者这个题目一下子钻进了顾衡的大脑里，让他思绪沸腾开来：中国哪些阶层是革命的？ 地主阶级显然是反革命的主力。 中国地主户数只占农民的户数的5.4%，而占有的土地却达总面积的43%，他们不但以极重的地租榨取农民，在其他方面还统治支配农民。 资产阶级的利益本来是与封建势力及帝国主义相冲突的，但是因为帝国主义的强压，他很难成长，他的命运注定其不能担当革命任务，反而不得不中途分化出来，投入反革命的一边。 无产阶级是十八层地狱最下一层被压迫者，他除了向一切统治者肉搏，而没有其他之法生存。 同时，资本主义大生产，将成千上万的工人集合到一起，客观上为团结起来对抗榨取提供了条件，长期以来也训练了他们的组织性和战斗性，只有工人阶段才是最先进的阶级，也只有他们是帝国主义的死敌，是斗争的主力和领导者。 而中国无产阶级数量多，农民占大多数，革命必须是群众的斗争，革命的成功也必须依赖多数群众的努力，所以中国革命的胜利，还须看农民的力量而决定。

有了如此的思考，顾衡用了两个晚上时候，写就了《谁是革命者？》一文。

葛春霖向来是顾衡文章的第一读者，几个月前，葛春霖跟段瑛结婚搬出了单身宿舍，顾衡继而成了单身宿舍的主人。

葛段的爱情就如传说，他俩是在天安门参加集会认识的，段瑛参加过北伐，后来认清了蒋某的反革命性，主动脱离军队，考入北京师范大学。 那一日，在天安门活动中，两人四目相碰，立即产生火花，再听口音几近是同乡（段是金坛人与溧阳紧挨着），一来二往，他俩就好上了，相恋一年，顺利结为连理。

早上，葛春霖带着两块烧饼一根油条来看顾衡。 顾衡接过烧饼油条便吃，说真是心有灵犀，我刚写好一篇文章，想早上上班带给你看呢，你就来了。

看过《谁是革命者？》，葛春霖夸赞说，分析得透彻，千古好文，与日月同辉。 我喜欢你对兵士的分析，他们多数是破产的农民，灭绝了一切生路才到军队里去。 他们在军队里的生活也是异常残酷困苦的。而在军队里，他们就充分领略到统治者的残酷，他们会意识到他们是在帮仇敌屠戮自己的弟兄，他们会觉悟到，统治者是以他们的血肉的积集，易得辉煌的金冠。于是军阀混战的结果，就训练起大量倒转枪口的士兵，他们将成为革命势力中有武装技能的朋友。

顾衡喝了口水说，中国之革命，必须得到广大的佃农、雇农、贫农及士兵的拥护，也非得他们来参加，否则不能取得最终的胜利。

这篇稿子署名梦柯，刊发后，社会反响十分强烈。

中国共产党清华大学党支部专职书记徐子佩一直关注着顾衡和葛春霖，以及他们创办的《现代中学生》杂志，并在工作实践中不断地考察、教育他们。

新农农业学校最初有党员三四人，由清华大学支部领导。1930 年劳动节，党在北京东单组织示威，大批党员和革命群众被捕。农校有两个学生亦被捕，8 月份出狱，学生会特为此开会欢迎他们。但校长不征求教导主任葛春霖的同意，突然宣布开除学生会负责人（党员），引起学潮。进步学生反对校长，顾衡、葛春霖则大力支持学生的斗争。学生多次散发的传单、宣言，都是顾衡帮助起草的，有一次还在北京一家报纸上刊载。在斗争中，农校党的队伍有了较大的发展。

1930 年 10 月，中共清华大学支部认真讨论了顾衡的表现，认为他在 1926 年大革命时期参加过国民党，但在蒋介石叛变革命以后，他在政治上、组织上、思想上已经与国民党断绝了一切联系。白色恐怖笼罩全国的时候，他奔向党，是在理论上有认识，行动上经过严格考验的同志，决定吸收他入党。

在清华大学一间僻静的房子里，顾衡和他的好朋友葛春霖一道，面对一面红旗举起右手向党宣誓：我志愿加入中国共产党，严守秘密，服从纪律，牺牲个人，阶级斗争，努力革命，永不叛党，把自己的一切献给伟大的共产主义事业。介绍人是徐子佩、张钦益，监誓人是市委书记胡锡奎。

顾衡，一个知识分子家庭出身的知识分子，经过长期的摸索、寻求，从二十年代“读书救国”“教育救国”“科学救国”的纷纭众说中走出，他摒弃了梁启超、胡适、国家主义派、国民党蒋介石之流贴着各种商标的虚假、反动的“救国理论”；他丢掉思想里的犹豫和苦闷，丢掉不幸的爱情遭遇中的痛苦与悲哀，丢掉比较安逸的生活和自己喜爱的专业等等一系列个人的东西，勇敢地追求真理，从一个大学生，变成一个马克思主义者，一个无产阶级战士，他终于找到了中国共产党，坚定地走上革命的道路。

顾衡入党后没几天，清华大学政治系的张甲洲来到编辑部。

张甲洲虽然是刚入校不久的新生，但他的革命经历却很丰富，曾因革命入过狱，1930 年 9 月考入清华大学政治系。(张甲洲先后兼任中共北平西郊区委书记、北平市委宣传部长和代理北平市委书记等职。曾主办了一所民校，亲自授课，向广大爱国学生和人民群众讲述抗日救国的道理，号召人民群众起来斗争。“九一八”事变后，北平的中共地下组织遭破坏，遂返回东北家乡巴彦组织一支二百余人的抗日武装队伍，任总指挥，开展武装斗争。游击队很快发展到一千余人，转战于明水、安达、呼兰、青冈、兰西等地区，给日本侵略军以沉重打击。不久，在中共满洲省委领导下，巴彦游击队正式改编为“中国工农红军第三十六军江北独立师”，张甲洲任师长，赵尚志任政委。1937 年 8 月 28 日，遭敌伏击牺牲。) 此时在清华，他是徐子佩书记的领导，而清华支部属于西郊区区委，张甲洲是区委书记，开始连徐子佩也只知道他是市委转到清华的一名党员，并不知道他就是自己的直接领导。

张甲洲很谦虚，他想认识《谁是革命者？》的作者梦柯，葛春霖介绍说，你面前的顾大主编就是梦柯。

张甲洲说我是政治系学生，你的这篇大作，我研读了不下五六遍，有些章节几乎能背下来，你很肯定很明确地告诉人们，工农兵是革命者。那些主张中国革命是反抗帝国主义的民族革命，一切阶级都有革命性的，显然是欺骗革命。那些主张小资产阶级有最大革命能力的，显然是阴谋消减革命的力量，以延长统治者的寿命。这一切一切都是统治者的七十二变把戏，层出不穷的欺骗，站在斗争的唯物论之立场的革命大众决不再为他们所蛊惑了。这篇文章很有战斗力，杀伤性很强啊！

直到下次组织支部活动时，顾衡才知道张甲洲也是共产党员。

由于《现代中学生》杂志不断推出笔锋犀利、思想激进、震撼人心的文章，市场销量不断增加，为此葛春霖和顾衡决定将前几期所赚取的利润全部投入到第六期，加印了数千册。可是不幸的是，刚销出了一部分，就被政府查封没收，编辑部遭到政治和经济上的致命创伤。

1930年底，学校发生学生风潮，由于学潮久不能平息。清华、燕京与香山慈幼院三校经会商，决定停办新农农业学校。所有现在各处实习之第一班学生，在校两年，讲堂功课早经授毕，准先行填发毕业证书，并给予回里川资，一并存于华洋义赈会，各该生可俟实习期满，前往领取。第一班讲堂功课未授毕各生，及在校之第二班学生，均从宽填发修业证书。除资送生外，并准发给回里川资，及本月半个月之饭费。学生与老师其实是皮与毛的关系，学生被遣散了，老师也没有地方能待，葛春霖11月去山东济南女子师范学校教了两个多月的书，回到清华后工作半年，被大学解聘免职。

顾衡舍不得《现代中学生》就此结束，于是在支部的支持下，改为《现代学生》又创办了一期，接着全部交给清华支部来打理，张立森接手后，为了躲避国民党反动当局的查禁，名字改了又改，又发行了多期。

失去了工作、失去了阵地的顾衡，更刻苦地学习马列主义和党内文件，更加废寝忘食地为党工作。这以后他努力收集一切可以收集到的马克思主义书籍阅读，并结合斗争实践进行研究。他知道沉沦在痛不欲生的绝望之中，是软弱的表现，他决定从此和一切他曾经抱有幻想的旧的东西决裂，用自己的青春和热血勇敢地开辟改造国家社会的新路。

鉴于他在创办《现代中学生》杂志时的成就，以及他扎实的宣传革命理论功底，再加上他细致、踏实的工作作风和在斗争中的出色表现，不久，就被曾作为入党监誓人的北京市委书记胡锡奎相中，调他到北京市委工作。

第十一章 “皖北马列主义学院”

年轻的时候，人们往往不知道命运中那条“未来之路”在哪里。此时，身在都市里的顾衡怎么也不会想到，他的命运将与皖北一个名叫“太和”的小县城联系在一起。然而，故事就这样在意想不到中发生了。

安徽太和县位于淮北大平原西北部，县城不大，南北一条街，东西几条巷。刮风时漫天黄土，下雨时遍地泥泞。偏僻是皖北的写意，穷困是太和的写真。

太和县城北关，有一所专门为农村培养教师的乡村师范学校。

1930 年 5 月，共产党员江赋纯应聘来到乡师任教，“不安分”的江老师除了偷偷在学生中传阅“禁书”外，还在国语讲义中，公开宣传革命理论，引起了“上面”的注意和不满。1931 年 2 月，国民党太和县党部对他进行了严厉查办，砸了他的饭碗。顺藤摸瓜，继续追责，捋到上面，原来他是校长李文园聘请的，李校长放纵他在学校“胡闹”，一不做，二不休，县党部把李校长的饭碗也顺便给砸了。

老话说了，国家不可一日无君，乡师也不能没有校长，没有校长哪能行呢？老师和学生都跟放羊似的。这时，有人想起了太和籍远在北平的清华大学高材生高警寒。

高警寒此时正在北平华振社当文字翻译，干得正起劲。收到家乡的邀请，既兴奋又为难，兴奋的是家乡的人没有忘掉他，为难的是在北平挺顺风顺水的。经过几天的思想斗争，高警寒决定回太和，接过了乡师校长的权杖。

了解学校的状况后，高警寒觉得学校的师资力量太弱，不借助外援不足以解决这个棘手问题，于是他就想起了顾衡。

顾衡当时调在北京市委工作，千万别以为这是个什么美差，那时候的北京市委还是地下的，既没有权，也没有钱，有时候还很危险，随时会被抓起来蹲监狱。因为没有正当职业掩护，危险不说，生活上也没有着落。更重要的是，恽代英先生的话一直在他的耳旁回响：广大农民最应当渴望革命，农民哪一天觉醒，改造的事业便是哪一天成功，所以革命的青年到农村去，这是中国革命最重要而且是必须的预备。

经过一番思考后，顾衡郑重地向市委申请去太和农村开展革命工作。

市委书记胡锡奎问他：“你了解太和吗？”

顾衡老实说：“不了解。”

胡锡奎说：“我的一个朋友叫魏野畴，他是西北地区共产主义启蒙运动中的英勇旗手，中国共产党陕西地方组织的创始人，前两年就牺牲在太和。据我所知，当地的党组织基本上处于瘫痪状态。”

顾衡十分好奇：“他远在西北，怎么会到太和的呢？”

原来，出生于陕西的魏野畴于1917年考入北京高等师范学校（今北京师范大学的前身）史地部学习，1923年初，经李大钊、刘天章介绍，加入了中国共产党。毕业后，到榆林中学当历史老师。他不照课本教学生，跟当下“百家讲坛”的纪连海老师一样，上课时绘声绘色讲故事，学生都竖着耳朵听，有时下课铃响了，学生还不肯放他走，要他继续讲。更牛的是，他在小县城，竟然编写出版了《中国近世史》，名噪一时。1923年春，杨虎城率部驻榆林与魏野畴相识，魏有机会就给杨灌输革命道理，杨虎城正好也深明大义，心中装着救国图强信念，因此他们俩彼此建立了深厚的友情。

大革命失败后，杨虎城不但没有执行蒋介石的“清党”命令，反而启用了大量的共产党员在军中担任职务，聘任魏野畴为政治处长就最能说明问题。后来杨虎城任第十军军长，部队移防太和县，魏也跟着升任第十军政治部主任和该军中的中共军委书记。根据中央要求，他们顺势在第十军中成立了中共皖北特委，南汉宸任书记，魏野畴任组织部长，蒋听松任宣传部长，党员迅速发展到几百人。后来，杨虎城出国考察，反动势力乘机对共产党进行清理，形势十分不利，皖北特委决定暴动。1928年4月，魏出任皖北革命军事委员会总指挥，与吴岱峰等人一起组织领导了阜阳暴动，双方都是操枪弄炮的专业级别军人，对抗起来自然十分激烈，终因寡不敌众，起义部队被迫转移，4月9日，魏野畴在突围时被捕，于临泉老集惨遭杀害。

顾衡了解到这些情况后，去太和县的决心更加坚定。他说：“皖北党组织被严重破坏，更需要有人去做恢复工作，我希望组织能批准我的请求。”

这些日子里，胡锡奎检验过顾衡的工作热情、理论水平、执行能力，是个职业革命家材料，其实他不情愿这个得力助手离开，但是为了让他有更多的经历与磨炼，以后能更好地为党服务，他忍痛割爱决定放行。他说："也好，到哪里都是革命，我也就不留你了，太和更需要你。"

就这样，是年春，二十一岁的顾衡来到了位于县城北关的太和乡村师范学校。

高警寒见到顾衡格外高兴，他冲上来抱住顾衡激动地说："承蒙老弟能看得起俺太和这个又偏又穷的小地方，我这是小庙请来了大菩萨！"

顾衡说："话哪能这么说，又偏又穷，才正是要我们这样的人来开发改变。"

高警寒拍着顾衡的肩膀说："还是老弟说得在理。我知道你是条龙，能翻江倒海，乡师是我的天下，就尽管在这'龙宫'里折腾。"

顾衡笑了："还是老兄了解我，现在我是背靠大树好乘凉，在你这里做事，心里踏实。"

高警寒鼓励说："好好干！我负责摆平上面的人际关系，争取再要些银两，今后还要多引进几个像你这样的干才。"

乡村师范学校是在原来的蚕桑学校基础上创办的，高警寒校长觉得师资力量达不到要求，又接着聘请了傅鲁、冯骞、蒋云涛等人，教师的队伍和教学水平不断增强。

一点儿也不错，顾衡就是一个"翻江倒海"的人。他心里琢磨，不出半年，一定要把太和乡村师范学校变成皖北的"马列主义学院"。

学校从北平请来了教师，成了乡师甚至县城的一大新闻，师生们都想看看这外来的和尚能念出什么不一样的经来。

"当、当、当……"硬朗的上课铃声在学校响起，学生们快速回到课堂，刚才还在沸腾的校园，立刻安静下来。

一身整洁长衫的顾衡走进教室，他先作了自我介绍，然后按照花名册开始点名：黄二狗、孙小驴、刘定……这些同学一一站起来答是。

顾衡情不自禁地笑了："咱们班怎么跟动物园似的，不是牛就是驴？"

这句话逗得全班同学一阵大笑。孙小驴自己也跟着笑，他突然站起来回答说：“俺爹怕养不活俺，就起的这名，好养活。”

顾衡接着又呼点：李二瓜、朱斗夫……

顾衡又幽默地说：“二瓜、豆腐，这回又改菜了。”

大家接着又哄笑。这台上的小老师也大不了自己几岁，挺幽默，特好玩。短短的几分钟，同学们已经对顾老师有了一定的好感。

对于顾衡而言，他需要在短时间内树立威信，光凭站在讲台上照本宣科是很难俘虏学生们心的，他设计了打开局面的“三板斧”，其实是他的“玩到一起、走访家里、分享禁书”三个具体举措。

顾衡跟这帮学生年纪相仿，如果把自己当成教师爷，那些学生只能敬而远之，只有放下架子，与他们一起玩，才能融入学生群体。顾衡从不抽烟，但身上总是带上一盒火柴，课下会与学生们玩火柴杆。他蹲在地上，身边会围着一群同学，他用火柴杆排成不同形状的图案，讲有趣的数学题。有时，他也会盘起腿，参与学生“斗鸡”游戏，结果，不是将同学撞倒，就是被学生斗翻。渐渐地，在学生们眼中，这位来自大城市的老师一点也“不夹生”，学生们也十分愿意接近他。

串门子是走进学生心里的一个法宝。顾衡欢迎学生们到他宿舍里作客，不论是一个或几个人一道来，他都热情接待。但凡屋里有吃的东西，他一定拿出来招待大家。有次来了五个学生，只有一个红薯，于是他用刀均分成五块，每个人只分到手指宽的一片。他也反过来到学生家里去走访，了解社情民情。王新义同学只比顾衡小两岁，大新镇王寨村人，顾衡来到他家，与其父交谈，了解到这位老先生是前清秀才，精通医术，数十年行医惠及乡里，远近闻名。王父非常佩服顾衡对时下社会弊端的分析，有数据，有事例，深入人心。老人家感慨地说，我是给人把脉看病的，看得出来，你是能给这个社会把脉问诊的人啊！了不起啊！说着竖起了大拇指。

顾衡从北平带来了一套《现代中学生》杂志，那个年代，偏远的小县城根本看不到这些书籍，拥有“禁书”，就拥有资源。顾衡悄悄地跟一两个同学讲，我这里有几本适合你们看的禁书，现在你有钱也买不到，绝版。你们想不想看？乡师的学生除了手里几本课本，根本没有机会看到课本以外的书，面对这种诱惑，几乎没有人能拒绝。顾衡故作神秘地叮嘱，不要告诉别人啊，我还舍不得借外人呢。学生看了《现代中学生》杂志，被里面的内容和思想吸引，他们哪能憋得住，怎么也得在好友面前炫耀一番得瑟得瑟。好友同学，那简直就垂涎欲滴，不管三七二十一，非要把书弄到手，点灯熬油，直至天明。那些家长都被感动得不行，孩子知道用功了，出息了，第二天怎么也得想办法加点荤菜，给熬夜的孩子加点营养。孩子们明白是怎么回事，看了禁书，吃了大肉，精神的物质的都得到了丰富，心里那个美啊！顾衡几本《现代中学生》就这样被乡师的学生们翻烂了。后来，当他们知道这些书中很多文章都是顾老师本人写的，那简直就把顾衡当神来信仰了。

顾衡使出“三板斧”后，时间不长，身边就有以王新义为首的几十个学生，像“跟屁虫”一样地不离他左右。顾老师隔三差五地把他们聚在一起，由浅入深讲国家大事，说世界形势。诸如，第一次世界大战是怎么爆发的，苏联十月革命的成功，中国各地军阀的混战，土豪劣绅、贪官污吏对人民的敲诈勒索，蒋介石背叛革命不抗日……再进一步，便介绍共产党领导革命，各地青年学生要求抗日的爱国运动，以及党领导的农民武装起义，红军的胜利等等。日积月累，这些革命道理像春风吹绿荒芜的田野，年轻人的心一天天和他靠得更紧了。他们喜欢顾衡的热情、和蔼，佩服他有修养，有学问。革命真理像蜜汁一样滴进这偏僻小城的年轻人的心田里。

一花独放不是春，百花齐放春满园。顾衡把乡村师范学校传播进步思想的氛围营造起来了，接下来，他计划培养更多的骨干，让他们成为传播马列主义思想的先进分子。办法很简单，就是在师生中组织读书会、社会科学研究会等革命青年群众组织，这样做有利于培养师生们的组织意识、组织能力，为党培养后备人才，通过一段时间的锤练，各组织的负责人很快就能成长为党需要的人才，可以直接发展成共产党员。

乡村师范缺少课外书，尤其是进步的政治书刊。顾衡多次写信跟北平党组织中的熟人讨要，有时也请葛春霖采购，南京那边同学也会帮他寄来一些公开出版的思想激进的书籍，一批批新的“禁书”长流水不断线地进入校园，进一步丰富了乡村师范学校师生们的阅读范围和视野。

读书会是学校里的公开组织，每十人一小组，有组织地阅读进步书籍。有《南国月刊》(广州出版)、《拓荒者》(上海出版)等，还有鲁迅先生针砭时弊的作品……

顾衡暗中观察读书会学生，发现思想进步的，就介绍他们参加“社会科学研究会”，阅读和研究社会科学，学习马列主义，并在社会科学研究会中挑选对马列主义有认识，觉悟提高快的，培养并吸收他们参加共产党。

顾衡不光在学生中传播革命理论，还经常跟学校的老师们讨论国家的形势。傅鲁、冯骞等一批老师，往往喜欢饭后跟顾衡一起散步，其实更多的原因是他们想听听这位知识渊博的顾老师，跟他们分享以前从没有听过的故事和形势。

这一天晚饭后，傅鲁、冯骞等又跟顾衡散步，顾衡说，最近东北流行一首《血盟救国军军歌》(是国歌的“母本”)，歌词我非常喜欢：起来，不愿当亡国奴的人们，用我们的血肉唤起全国民众，我们不能坐以待毙，必须奋起杀敌。中华民族到了最危险的时候，起来！起来！全国人民团结一致，战斗！战斗！战斗！战斗！顾衡接着说，这首歌用四个“战斗”，向法西斯蒂开火。

“法西斯蒂”是个新名词，傅鲁不解，问顾衡，“法西斯帝”是哪国的皇帝？

顾衡说：“不是哪国皇帝，他是现在地球上最反动的一种主义。

法西斯本义是‘束棒’，是一种被多根绑在一起的木棍围绕的斧头，在古罗马是权力和威信的标志。”

冯骞好奇：“这是啥玩意？”

顾衡解释说，这玩意可不得了，它是用来处人以死刑的一种刑具。倘若有人犯了严重罪行，执政官便声若洪钟地宣判：“用‘法西斯蒂’对他处以死刑。”侍卫官立即从肩上解开笞棒束，狠狠地抽打罪人，直到把他打得皮开肉绽时，再拉他跪在地上，从“法西斯蒂”中抽出斧头，当场砍下他的头颅。法西斯蒂国家崇尚暴力、不讲民主，没有自由，典型特征通常伴随着强权和民族主义。

蒋云涛问：“现在哪些国家是法西斯蒂？”

顾衡介绍：“像意大利墨索里尼政权、纳粹德国希特勒政权、西班牙弗朗哥政权、日本军国主义政权等都是法西斯蒂。”

傅鲁对目前中国的封建军阀是否存在不明朗，希望顾衡谈谈看法。

顾衡说，国内的军阀混战，最近有了一点变化，又展开一幕新的割据形态。前两年阎锡山、冯玉祥两大军阀归顺革命，人们就说封建军阀宣告寿终正寝，其实现在山东是韩复榘的，广东是陈济棠的，福建是海军系的，云南、贵州、四川，还有远处边陲，小军阀割据不用说，河南、广西还在混乱中，要说统一，也仍旧是苏浙皖三省。东北还有一些军阀，只不过是由中央发饷而已，本质上还是军阀割据中。

大家都感叹，顾老师知道得太多了，简直就不应该在太和这小地方教书，北大、清华这样的大庙方能容得下他的真身。绝大多数老师都佩服这个青年人，愿意跟他多交流。

不到一个学期的光景，革命的烈火在有着三百多个师生的太和乡村师范学校里燃烧起来。学生可以在学校里听到顾衡老师《辩证唯物论》《国家与革命》等额外的课程，不少学生会唱《国际歌》，乡村师范学校充满了革命的青春朝气。校长高警寒对忙得不亦乐乎的顾衡说：“我说你是一条能翻江倒海的龙吧！这乡村师范让你弄得像皖北马列主义学院了。”

顾衡笑了：“没你校长大人支持，我哪能弄出这么大动静来。”

高警寒说：“后面还会支持你，你等着。”

让顾衡意想不到的是，两天后，一身长衫，戴着眼镜的葛春霖突然出现在顾衡面前。顾衡以为自己在做梦，捏了一把大腿，疼，是真的。葛春霖告诉他，由于自己一直比较激进，6 月份被清华大学开除了，正好高警寒这里缺少人手。他说：“我知道你也在这里，他请我，我就来了。”

又来了一个帮手，顾衡欢天喜地，没想到这小小的太和县城，成了他们几个志同道合革命者的乐土。顾衡说晚上我们去城里下馆子。葛春霖拿出一个沉甸甸的包说，这是我给你带来的最新书刊，都是你喜欢的。顾衡感激道，真是雪中送炭。

晚上高警寒作东，为老朋友葛春霖接风洗尘，还请来了双庙第二区区长胡鸣九等县里好几个头面人物作陪。

第十二章
徒步千里找组织

如今，太和是阜阳市的一个县，而那时，太和县与阜阳县是两个紧挨着的县，没有隶属关系。在顾衡来太和前，因为阜阳暴动失败，太和的党团组织受到极大的破坏。在几个月前，因新蔡县委书记身份暴露，中共豫皖边特委决定，调中共太和特支书记王复初任新蔡县委书记，中共太和特支书记由胡鸣九接任。

胡鸣九，1899 年出生于士绅家庭，自幼在太和读书，后考入阜阳六中。1922 年中学毕业后考入保定陆军讲武堂。1925 年他带着满腔的爱国热情到西北军任职，立志于从军报国的道路，后参加北伐战争。1927年，蒋介石叛变革命，冯玉祥投蒋“清党”，胡鸣九大失所望，于1929年离开部队返回家乡。当时太和县正筹备成立骑兵大队，国民党太和县政府了解到他有勇有谋，又懂军事，就任命他为县政府骑兵队队长。

胡鸣九有了骑兵队队长的身份，广泛接触社会，看到的是国民党各级政府普遍腐败，土豪劣绅横行乡里，老百姓处在水深火热的境地，不免对百姓产生同情，对恶势力反感，路遇不平，拔刀相助。

太和县公安局长邱象峰贪赃枉法、欺压无辜，1930年间非法逮捕了地下共产党员、双浮小学教师李灼华。胡鸣九平时就看不上这姓邱的小子“对上拍吹，对下欺压”那副嘴脸。于是，利用自己的影响，带领数百名青年走上街头游行示威，高呼“铲除贪官污吏！打倒邱象峰！把邱象峰拉下马！”等口号。队伍闯进县公安局，邱象峰被众人扭住，并遭人用木棍一顿围殴痛打，其他警员见是骑兵队长带人来的，不敢贸然动武。邱象峰被打得跪地求饶，并答应释放李灼华。李灼华被释放后，胡鸣九继续发动群众在街上贴标语，制造舆论压力，最终邱象峰被罢免了公安局长一职。这场斗争的胜利，使胡鸣九更加认识到国民政府的反动和虚弱，也看到了人民群众的觉悟和力量，从而增强了革命必胜的信念

胡鸣九赶走了公安局邱象峰局长，县长很生气，后果很严重。县太爷大人给他指明了两条路，一是作出深刻检讨，保证今后不再聚众闹事；二是离开骑兵队。胡鸣九有个性有血性，说爷不伺候了，于是离开骑兵队。

这年头，谋官不易，胡鸣九却弃官为民，这不是“二杆子”吗?外人不解，家人反对。后来他的一个决定就更加让人觉得他是货真价实的“二杆子”了。

在刘和鼎部任职的二哥给家中来信，说给胡鸣九在刘部谋了个副营长的职务，让他速去。胡鸣九看信后，甩出一句话：我和二哥走的

不是一条道路。他的言行把老父亲气个半死。老人家哪里知道，他胡鸣九心里向往的是共产党，想着是为人民大众翻身作主做事业的，那些乡邻们怎能了解他的鸿鹄之志呢?

后经太和特支书记王复初介绍，他加入中国共产党。再后来接任王复初任中共太和县特支书记。为了掩护身份、便于工作，经党组织研究同意，胡鸣九再次接受国民党太和县政府的委任，到双庙任第二区区长。

还得介绍一个关键性人物——共产党员梅雪友，又名梅和、梅流石。因其在新蔡县暴露身份，经中共阜阳中心县委介绍，1931 年开学时到原墙小学任教。梅雪友以原墙小学为依托，在太和东部一些学校和乡村中秘密开展建党活动。

阜阳暴动遭到重大挫折后，共产党组织全部转入地下，分散开展工作，有的地方基本处于停滞状态。顾衡把乡村师范弄成“皖北马列主义学院”，太和党的工作似乎有了点生机，太和处于松散状态下的党组织因为与上级长期不联系，党员发展以及其他工作都无法正常展开。

太和党组织不健全，顾衡手下有一帮发展对象，无法入党。有一天，顾衡主动找到胡鸣九，告诉他，自己想去找皖西北党组织恢复联系，重建太和党的组织。

胡鸣九有点担心，这些年，上级党组织也是若隐若现，东跑西颠，没个固定地儿，没有人知道在哪。

其实，作为上级领导机关的皖西特委临时委员会也在努力工作着，就在两个月前，即 1931 年 4 月 17 日，中共皖西特委临时委员会在六安县金家寨召开第三次扩大会议，在沈泽民指导下，传达了党的六届四中全会精神。因皖西苏区正遭敌军第二次“围剿”而处于十分危急之时，会议只能解决组织领导问题。根据中共中央指示，将中共皖西分特临委改组为中共皖西北特区委员会，由二十二人组成，隶属中共鄂豫皖特别委员会，下辖苏区的六安、霍山、霍邱、商城，非苏区的英山、合肥、舒城、桐城、潜山、太湖、寿县、颍上、阜阳、凤台、涡阳、蒙城、息县、固始、新蔡，共十九个县。在非苏区的十五个县中，英山县直属特委领导，其余十四县分属皖西（合肥）、皖北（寿县）两个中心县委领导。他们以为太和组织已经不存在了，所以就没有列进去，按此要求，太和应该属于非苏区，隶属皖北比较妥当，皖西也可。

刚刚粉碎敌军对皖西苏区的第二次“围剿”，中共皖西北特委即于1931年4月27日在金家寨召开第一次扩大会议，按照党的六届四中全会精神检查过去、讨论今后的工作，通过了会议决议案。5月4日，皖西北特委召开第六次常委扩大会议，决定扩大特委的组织，提拔大量的工农干部参加指导机关工作。经过重新调整充实，特委由二十五人组成，并且建立了党员干部培训制度和巡视员工作制度。首先派员巡视苏区各县，帮助六安、霍山分别成立了县委；接着派员巡视非苏区，帮助成立了六霍县委。5月底前后，特委又派员进行了第二次巡视。

总之，中共皖西特委并不了解太和的情况，甚至在当时的工作计划和布置任务中从没有提到过太和。

顾衡有点急，问胡鸣九：“难道一点线索也没有吗？比如说，寿县或者合肥有没有联络点什么的。”

胡鸣九说：“我听以前的交通说过，寿县香草店是个交通站的联络点。”

顾衡问：“有暗语吗？”

胡鸣九说：“有的，让我想想。”他想了一会说：“你问，你家的香草香吗？对方会说，自己有鼻子自己闻。你说，我鼻子不通，感冒了。那人会问，那你要几担？你说，什么担不担的，给我来二斤。”

顾衡记住了暗语，决定跑一趟寿县。

从太和到寿县有三百多华里，这一路交通十分不便，主要靠水路乘小船，陆路只能步行，走了四天才到看到寿县的城门。

据光绪《寿州志》记载，今寿县城墙重建于北宋熙宁年间（1068—1077），明清时曾多次修筑，迄今完好。

由于寿县地处襟江扼淮的重要位置，千百年来一直是兵家争夺的军事重镇。因此，历代对其城垣修筑颇为讲究，屡毁屡建，日益坚固。清末状元孙家鼐曾在文中描述：“城堞坚厚，楼橹峥嵘，恃水为险。”眼前的城墙果真如此，由此，他想到了南京，想到了台城，然而，作为皖西北的一个小县城，如此重视城墙修筑，可见寿县战略地位之重要。

城里主要街道宽阔，两边的商铺林立，寿县的商市似乎比太和要繁荣，顾衡此时重点关注的是香草铺，转了一个上午，他发现问题来了，县城里总共有三家卖香草的店铺，到底是哪家呢？他不敢贸然下手，于是在一家最大的香草店附近的小旅馆里住下。

住下后已经是黄昏时分了，肚子有点饿。他在旁边烧饼摊子上买了两块烧饼，分了一块给店老板，并借此机会与他攀谈起来。

顾衡没话找话起个头，问：“听说你们县的香草还有个传说啊？”

老板边吃烧饼边眉飞色舞地介绍：“传说，寿州香草的发现，是在五代十国末期，后周大将赵匡胤率军攻打南唐寿州时，他的战马挣脱缰绳，跑到东禅寺，也就是现在的报恩寺东边一块草地吃草，打不走，牵不离。赵匡胤闻知后，便实地观察，顺手摘枝野草嗅嗅，闻到这草奇香。他妈的，是香草，难怪这马不肯走。以此后，长在这里的草就叫香草了。这不，现在成了名扬千里的寿州特产。”

寿州香草是两年生草本植物，高一米左右，叶对生，花柄长，形似芝麻秸。头年农历九月下种，第二年四月收割，满城飘香。端午佳节，家家户户用干香草缝制香荷包，以驱虫、避汗气。每年五月，会有湖北、上海、河南等地客商前来采购。

顾衡问：“你们寿县的香草为什么长得好呢？”

老板回话：“寿县也不是每个地方的香草都长得好，只有在寿县城内报恩寺东边的一片地上生长，才能有馥郁的香味，如果换个地方长，那叶子长得好啦，但没香味，枝茎也由空心变实，就跟桔子似的，长在淮南与淮北，它就不是一个东西了。”

话说到这时，也只是顾衡的前奏，后面的话题才是他想知道的重点。顾衡问：“你们寿县有三家香草店，我就怕他们不规矩，有人以次充好，不是报恩寺长的也拿来当极品香草卖。”

老板忽然醒悟：“哦！原来你是来买香草的，难怪对这香草这么关心呢！头一次来寿县？

顾衡点点头：“头一次。”

老板很自信：“不是自己夸俺们寿县人，实诚，做生意的人也老实，童叟不欺，不掺假。要说有什么不同，俺斜对面这家是寿县最大的一家，生意做得大，远至北面的河北人，南面的武汉人，都来他家买香草，客人住我这儿，我知道。”

顾衡接着问：“这个何记香草店当家人是什么样人？”

老板不假思索说：“四十多岁，五年前从芜湖过来的，生意做得好，人也规矩。”

顾衡若有所思：“哦！还有两家呢？”

老板回话：“在城北的那家叫张来顺香草店，历史最久，他家的香草质量最好，百年老字号了，但他家的价格最高。”

顾衡接着问：“当家的规矩吗？”

老板说：“不规矩做不了这么久。他乐善好施，常做善事。荒年会在店门前支口大锅，熬粥给过往的穷人吃。善人啊！”

还有城南一家，顾衡笑着说：“看来你也是个善人，从不讲人家的缺点。”

老板喝了口水说：“城南那家最大的缺点是质量差一点，但便宜，物有所值。”

经过了解情况和两天的观察，顾衡觉得城北的张来顺香草店比较像。于是，走进他家店铺的大门。

伙计很客气：“老板买香草啊？我们家店是百年老店，买我们家的东西没错，假一罚十。”

顾衡抓起一把香草闻了闻：“你们老板呢？ 把他叫过来。”

老板是个年近六十的老人。 顾衡有点疑惑，是他吗？ 不管是不是，先用暗语试一试。

顾衡问：“你们家香草香吗？”

老人乐呵呵地说：“那还用问吗？ 我相信，你走到我们家门口就闻到了香味。”

意思是有了，但完全不按路子出牌。 不行，继续试。 顾衡说：“我鼻子不通，感冒了。”

老人说：“我家的货假不了。 你买多少？”

顾衡说：“二斤。”

旁边的伙计笑了：“你是我做这么些年生意，买得最少的一个。”

老人说：“不买没关系，二斤我们不卖。 不过看你也是头一次来，送你二斤香草，算是给我们家香草做一个广告。”

话说到这份上，顾衡知道这不是他要找的那家香草店。 于是来到旅馆对面那家何记香草店。 四十多岁的中年人正在算账，算盘打得噼啪响。

顾衡问：“您是老板吗？”

老板连头也没抬：“是啊！”

顾衡问：“你们家的香草香吗？”

老板这才抬眼看他说：“一笔账刚算好。 香。 你自己闻闻。”

顾衡想坏了，没对上。 不行，还得接着试试。 他说：“我鼻子不通，感冒了。”

老板心想看不出你感冒的样子，于是警惕地问：“你要多少担？”

顾衡心里有点激动，接着说：“什么担不担的，给我来二斤。”

老板看门外没人，说：“移步，到里屋说话。”

谢天谢地，总算接上头了。

从老板那里得知，中共皖西北特支不在寿县，在合肥。“接头地点是赵千户巷的豆腐店，暗语是，你家豆腐是石膏点的，还是卤水点的？他会说卤水点的。你说我家老爹就喜欢吃石膏点的豆腐，你能做吗？他问，你家老爹吃过我们家的豆腐吗？你说，吃了，吃了十年半。”

寿县到合肥有二百多里路，顾衡依然是徒步去的。从寿县出来进入长丰县境内，一条河拦住了他的去路，当地人说这条河叫池河，池河河面宽阔，中间水深达两米以上，如果冒险过去，说不定会溺水身亡，如果要顺流下去走到桥的位置，需要多走三十里路，为了节省时间，顾衡决定游过河去。

都说“近怕鬼，远怕水”。附近的人知道那里闹鬼，会心生恐惧；远道的人不熟悉情况，遇到看不到底的水流，会担心出事。为确保万无一失，顾衡在附近找来几根烂木头，用藤条扎牢作为漂浮物，借此顺利泅水过河。

不几日，走在江淮大地上的顾衡身上的盘缠用尽，住宿问题相比之下还好解决，反正是夏天，晚上找一个寺庙、亭子能避风躲雨的地方，蜷缩一晚就过去了；最要命的是吃饭，以前他没有缺过钱，从来就没有到过山穷水尽的地步，眼下兜里没了银两，心里就开始着慌。他感叹：真是一分钱逼死英雄汉啊！

起初，他饿了，在路边的树上摘些野果子，虽然青涩，但还可以充饥。不是每个地方都能找到野果的，他就顺手在地里捋把山芋叶子往嘴里填。后来，实在是找不到充饥之物，饿得眼冒金星，双腿发软，支撑着来到一座村庄，歪靠在村头的大树下休息。

有位大爷看他在大树下休息了很久还没有走，主动上前询问：“看你这娃儿穿得也算体面，像个读书人，怎么在这里半天了还不走？有事啊？”

顾衡吃力地说：“走不动了，两三天没正经吃过东西。”

好心的大爷让孙子送来了一碗玉米糊糊，一块粗面饼，顾衡将这些食物一扫而光，顿时觉得身体回暖，腿脚也有了力气。

谢了大爷一家，顾衡继续在这条充满希望而又孤寂苍凉的路上前行。他体会到了饥饿对人的折磨，更加理解那些失田丧地农民的心酸，他们受到上层阶级的严酷剥削，整日为糊口而挣扎，这种命运必须通过革命才能得以改变。想到这里，他的责任感和历史使命感油然而生，家国情怀平添了他许多力量，脚下的步子迈得更加坚实和轻快了。

到合肥后，顺利地找到了那家豆腐店接上头。顾衡要求见中共皖西北领导，豆腐店接头人说："不能见，这是规矩，有什么事，你写出来，我代为呈送。"

顾衡把太和的情况及要求派巡视员去指导工作想法一并作了书面汇报，随后沿原路返回太和县。这一来一回路程足足有一千华里，当蓬头垢面的顾衡回到乡村师范学校时，算起来虽然只有十多天时间，却足足瘦了十多斤。

第十三章 比农民还像农民的“老顾”

接到顾衡的报告，中共皖西北特委书记方英有点吃惊，想不到太和县革命火种还在，不仅在，而且还有燎原之势，得给他们一点东风，把这盆火给烧旺点。

1931年6月间，方英派巡视员黄伯领来到太和。他先找到顾衡，让顾衡把太和县的党员收拢起来，成立党的特别支部干事会。

胡鸣九和梅雪友等十多个人被请到乡村师范学校，黄巡视员介绍形势，给大家打气。

黄巡视员说，皖西北的革命形势一片大好，不是小好。我们皖西北特委在第一次扩大会议后，分别作出了政治决议案、组织工作决议案、妇女工作决议案等，并制定了各种组织大纲，成立了皖西北特区苏维埃政府及其政治保卫局、皖西北特委军委会、少共皖西北特委、皖西北特委妇女委员会、皖西北特区总工会；帮助组建红四军第十二师和红二十五军，扩大地方独立团，将赤卫队改编为赤卫军；普遍建立与健全了县、区、乡苏维埃政府，重新分配土地，贯彻各项经济政策；吸收了大量积极勇敢、对革命坚决的工农分子入党，至6月，苏区内已有六安、霍山、霍邱、商城4个县委、24个区委，建起了293个支部，其中特苏、特总、特苏政治保卫局、交总局、军特5个支部为直属支部，还有建起了红十二师党委会、军医院院委会、留守处处委会和特苏党团、特总党团等直接指挥的党部，党员总数增加到近5000人。

会场上一片唏嘘，乖乖隆的咚，原来不是我们一个人战斗，周边的形势真是很好啊！

黄巡视员说，根据你们太和的实际情况和皖西北特支委员会的意见，决定把太和的组织关系从阜阳划分出来，单独成立中共太和特支干事会。

胡鸣九提出自己是国民党的二区负责人，事务繁重，恐难挑起特支干事会的担子，不如继续隐藏在地下，掩护党的工作。组织上同意了他的想法和要求。

经过组织选举，选定梅雪友、顾衡、王凤臬为干事会干事。梅雪友曾在外地当过书记，又有在太和开展党的工作经验，情况熟悉，被选为书记。干事会下设两个党支部、一个团支部，同时又把阜阳北乡柳集区划归太和特支干事会指导。

太和党的特支干事会成立后，黄巡视员强调："自特委直到支部一定要特别重视党内的教育工作，有计划、有耐心地开办长期与流动训练班，并注意在日常工作，在实际工作方法中来进行个人的教育工作。"他拿出几本杂志说："这是我给你们带来的由皖西北特委主办和出版的《火花》半月刊、《红旗》三日刊和《党的建设初步》。你们要加强学习，了解党和群众组织的关系，学会做党的秘密工作，要学会怎样训练新同志……”

黄巡视员临离开太和时，特别关照顾衡，“你是在南京和北平都做过革命工作的年轻老同志，一定要把宣传工作看成是经常的基本工作，不仅要在学生中宣传革命，还要到农村去，发动农民，这是我们党的方针。”

顾衡认为太和党组织也应该到农村中去搞土地革命，“加紧团结收集统一无产阶级的群众”，才能迅速壮大和发展党的力量。

1931 年太和发生了大水灾，粮食大面积绝收，农民只有卖房、卖地、逃荒，土地加速集中在少数地主手中。顾衡和同志们研究，今后必须把党工作重点转移到农村去，发动组织广大农民起来斗争。离学校放暑假还有一个月的光景，党组织决定，党、团员到农村去搞农民运动。

干啥像啥！同志们不得不佩服顾衡。看他这身打扮：破烂的半截到膝的紫花色的裤头儿，蓝色半截袖的汗衫，腰间束上一条用破布条做成的裤带，背后插着杆旱烟袋，背着一床薄薄的破被。这哪里是北平来的乡村师范学校老师，哪里是在课堂上侃侃而谈挥洒才情的先生，分明就是一个一个地道的皖北农民。

这身打扮的顾衡经常来往于太和县城附近的关集、赵集、行流集、旧县集、十里沟、史老家、十二里庙的田间和村庄。白天，他帮助农民兄弟一起锄秫秫，打秫秫叶儿，拉粪、担水、喂牲畜，专拣繁重的活儿干，以前没干过农活的顾衡手磨破了，腰酸背痛，但他心里却很充实，很满足，很开心，脸上总是挂着微笑。在劳动中，他体会到了农民生活与劳作的艰辛，对贫苦农民产生了感情。在农村的日子里，原本白净的皮肤，被太阳晒，汗水浸，皮肤变得黄黑，这一来更像个皖北农民了。

要说给顾衡颁一个奥斯卡奖，真的一点儿也不过分。他不是演的，是切实践行的。甚至连后来说话，都变成了太和口音，容易吗？

每个地方都有方言土语，太和的方言那真叫难懂，顾衡开始到农民家，听不懂他们讲话，常常是一头雾水。比如说，张老汉提到他家儿子，说俺家那个“半拉橛子”，夜晚把“节拉摆子”摔折了，不沾，这两天不得闲，得闲了，去看医生。顾衡不明白他说些什么，木呆呆地看着他，最后几经解释和比划，才弄明白，他儿子昨天晚上把膝盖摔伤了，现在没空，有空的时候去看医生。

在太和，外乡口音，不利于隐蔽，不懂方言，跟农民谈不到一起，不利于沟通。于是，顾衡把乡村师范学校同来的团员学生小季叫过来，请他当自己太和方言老师。看来，按顾衡的风格习惯，不在短时间整成四六级水平，那就不是他顾衡了。

小季好不容易逮着这个给名师当老师的机会，也格外用心。他说，顾老师，其实这也没什么太难的，此地方言中也就几十处地方有特点，成为区别于他乡的方言。比如，你叫“恁”，我叫“俺”，水念“匪”，有人说“匪桶”你就知道是什么东西了。厉害我们这里叫“占贤”……

在语言方面，顾衡真是个天才，现学现用说，“小季，恁怪占贤的。”

小季跟他开玩笑：“恁这学生，学得真快！”

顾衡说：“恁接着教。”

小季说，动物这块，恁要记好。“骚马”是指公马，“骒马”指的是母马。“犍牛”指的是公牛，“老犍”多指骟过的牛。“叫驴”是指公驴，“草驴”专指母驴。“骟羯子”是公羊，“水羊”是母羊。“牙狗”指公狗，母狗叫“草狗”。“郎猫”指的是雄猫，“米猫”专指雌猫。

顾衡拿笔认真地记录，记下来后开玩笑说：“恁这里，就公母两个字，有这么多说法，有文化啊！”

小季没有理解顾衡的意思，还认真地谦虚道：“俺这块有啥文化？都这么说，恁才是有文化呢！”

顾衡学得很认真，知道了不少有趣的方言。比如，“啥家什”是什么东西的意思。“硌应人”是讨人厌嫌的意思。“噎熊”是算了的意思。“撂板”是扔了的意思，“猫比了”指没希望了……

一位叫张兴禧的农民朋友知道顾衡会讲一些皖北太和话，想难为一下他，说我考考你，看你能不能完全听懂俺太和话。

这老兄讲了一段连本地人都很难听懂的话：“两猴压负上掉到溜地上，大猴佛，‘乖乖儿来，小半拉绝子，你翕我能啥？ 我疼的羊熊呐，打你个孬熊。’小猴佛，‘佛白个啥，你咬我类馒头干啥？ 仅类我里少，你给我跌啦个啥！’大猴佛，‘管！ 管！ 你庆给我井啦，夜个才呼你一巴子，你忘了可是里？’说说这段话啥意思！”

顾衡说是不是这意思：两只猴从树上掉到地上，大的说，你这个小家伙，推我干啥？ 我痛得厉害，打你个王八蛋。 小猴说，你说什么？ 你咬了我馒头还嫌少，你还在这里跟我说这干啥？ 大猴生气说，行啊，昨天我打你一巴掌，你忘了？

张兴禧说：“老顾你真牛，真的把意思说对了。”

拿现在话讲，顾衡已经通过太和话六级考试了，让张光禧等周边一行人佩服得不行。 顾衡学会了一口地道的太和话，与农民朋友交流起来更方便和流畅了。

在农村期间，他不愿意打扰农民，主动要求在牛棚里过夜，因为有了共同劳动和生活的经历，他对农民朋友十分随和客气，对年轻的农民以兄弟姐妹相称，见到年纪大的就“大爷”“大娘”“大叔”“大婶”打招呼。 不论年幼的、年长的，与他都能谈得来。 逐渐地，每到夜晚，他的临时所住牛屋内又像是北关中学宿舍一样，总是挤满了人。 这些农民这辈子连着上辈子也没有跟文化人打过太深的交道，打心眼里喜欢顾衡，喜欢听他深入浅出地讲革命道理。

牛棚本来臊味就大，再加上一屋子人，各种味道混杂在一起，十分难闻，但顾衡没有嫌弃他们。 让他们坐得离自己近些，再近些，更近些。 把群众围拢到身边，他才开讲。 他说，我今天的话题是农民为什么会这么苦？ 面朝黄土背朝天，从早到晚不得闲，三天两头借米面，一年到头没油盐。这就是俺们在座各位的生活写照。这只是平常情况下俺们农民的生活，一旦遇上荒年，遇到疾病，那就立刻陷入人间地狱。像今年遇到水灾，恁都看到的，灾民们掘吞树根，树皮没了外出讨饭，如果说这些人还能勉强活着苟延残喘的话，还有一些人，只能饿死。有些地方灾荒严重到什么程度？讲出来都骇人听闻啊！饿死的人成千上万，“易食子女”听过吗？饿到互相交换吃自己的孩子的程度。不错，比起他们，俺们还算是好的，可是看看恁家的孩子，个个面黄肌瘦，大部分人不能去上学，只能在田间劳作。俺要问一问恁，这都是啥原因？俺告诉大伙，这都是当今制度造成的。大部分土地集中在少数人手里，俺们百姓只有少量的地，产的粮食也少，加上交租子，就所剩无几。遇到今年这种水灾，有些人就要把地卖掉，有钱的人把地买走，这样地主的土地越来越多，而穷人的地越来越少，富人剥削穷人也越来越“占贤”（厉害），这日子还怎么过呢？

他的这席话引起人们的议论，好像是这个理。也有人说，我们东家对人还不错，也不像他们说的吃人不吐骨头……

听到这些议论，顾衡必须把这些模糊的认识给破解开。他点到刚才议论的二驴子问：“是你，刚才说东家人不错是吧？”

二驴子嘿嘿憨笑了两声说：“俺东家人是不错！我帮他家放牛，他给我口粮，过年还给两压岁钱。”

顾衡望着大家说：“俺想，跟二驴子同样想法的人还不少。俺问恁多大了？”

二驴子说：“过年就25了。”

就从年龄这个话题剥茧抽丝，把问题搞清楚。他继续问：“成家了吗？”

有人替二驴子回答，光棍一根。

顾衡接着问：“你东家多大？”

二驴子说：“五十二。”

顾衡追问："他有几房媳妇？"

二驴子答："一个大太太，两个姨太太，一共三个。"

顾衡说："你看看，你一个二十五岁的大小伙子，正是结婚成家的年龄，但是因为没有钱，结不了婚，还是光棍。你们东家五十有二，已经到了老年，最近才娶了个三姨太。凭什么啊？因你们东家有钱。他的钱从哪里来的？钱本来是靠劳动才能挣来的，这是常理，但你们东家劳动吗？不劳动对吧！他不劳动哪来的钱呢？租地啊！租给你地，你来劳动，你给他钱和粮，这是什么？这就叫剥削。是恁的东家剥削了恁，他才有钱的，恁被剥削了，所以穷，因为穷，所以娶不上媳妇……"

话说到这里，大家都明白了，议论开来，原来俺们认为东家租地，租地人交租子天经地义，现在才知道受了东家的剥削。有人问，"那俺们该怎么做呢？"

顾衡说："这个问题问得好，我告诉你们，只有团结起来，一起努力革你们东家的命，恁才有出头之日，才会有幸福的未来。"

顾衡的这番话，使终日饿着肚子却仍要像牛马一样干活的农民们，在漫漫的黑夜里看到光明，他们中的一些人终于知道怎么样做才会有出头的机会和日子……

顾衡离开乡村师范到农村扎根，搞农民运动，逐渐地成为农民的亲人。他年龄不大，但是懂的东西多，问题看得准，他说的话，总是让农民朋友心里痒痒的，跃跃欲试。他人缘特别好，大家服他，尊敬他，都亲热地称他"老顾"。

老顾这段时间在农村生活，不浮不飘，那真叫扎实，他的变化真是大了去啦。有一次，跟他关系十分密切的学生小季竟然都差一点没认出来他。

乡村师范学校因为有高警寒、顾衡这批受过东南大学附中先进教育理念熏陶的人执掌，学校形成了重视培养学生能力的氛围，很多事务都让学生自己去做，在实际工作中增长才干。

有一天轮到小季值日，值日生负责每天早上给学校食堂采购物品，天不亮他就起身先到柴行买烧柴。因为来得早，大部分卖柴的人还没有到，只有一担约重百斤的柴，放在柴行门口，一个农民蹲在旁边，伏着扁担上打瞌睡。

小季走近人叫一声："大哥，你这一担烧柴多少钱？给俺送到北关学校！"

这个农民从瞌睡中惊醒说："无论多少，不经行里评价，俺不送。"

小季急等着到城内买别的东西，就又叫了一声："大哥，学校就在那边不远，请恁劳神送去吧！俺还要给大伙儿买菜。"

说话间，这个农民便挑起那担柴慢慢地往外边走，走到一处墙角转弯的地方，他向小季招手，示意小季过来。

小季心里不快活，想，恁这卖柴的，到墙角解手，叫俺做什么？但因想请他早点把柴送到学校，只好走过来。只见那卖柴人微笑着低声说："小季，恁也不认识俺了？"

小季惊异地仔细打量这个卖柴的农民：头上戴着已烂了半边的帽壳儿，脸晒得油光，脚上穿着草鞋还带着泥，小腿和胳臂乌黑，有的地方正脱皮呢！"哎呀，是恁……"卖柴的连忙摆摆手，四处望一下，没人，便从腰中取出十元钱，说："你进城买东西，就便把钱交给胡鸣九，叫他快速出城到小官庄。"说完，担起他的柴往东门走去。

小季看着他的背影，傻眼了，顾老师咋变这样了呢？连我都认不出来他，太吓人了。

第十四章 救灾均粮系列斗争

小官庄一家村民的厢房里，油灯亮着微弱的光。顾衡、胡鸣九等几个党员骨干在屋子里讨论下一步工作，已经到了后半夜。

这些日子走乡串户，顾衡了解到大量的第一手资料，他认为，灾情十分严重，连年受灾，不是旱就是涝，收上来的粮食还不够交租子，麦子播种前借麦一斗，麦子收割后要还三斗。借现款普遍为串钱五升麦稞，最低的利率，也在五分以上。农民走投无路，只得卖地，当掉住宅，借高利贷维持生活。很多农民逃荒或饿死，不死的也是以草根树皮为食。

有一首小诗反映太和农民当时痛苦的生活："大雨纷纷下，柴米多涨价；板凳当柴烧，吓得床儿怕。"没有柴烧，劈了板凳和床，这都不算什么，在助农活动中，一个因灾绝收失地的家庭，走上了绝路的活生生事例，至今还深深地刺痛着顾衡的心。

小赵庄的赵老三家有 5 亩旱地，为了能过上好日子，多收点粮食，他还租了地主赵庆知家的 10 亩地，每亩麦收后，往年也只能有 600 斤产量，要拿出亩产的一半 300 斤小麦给赵庆知做租金，总共要还 3000 斤。不承想，麦收前半个月，大雨连连，一口气下了七天，快成熟的麦子全烂在地里。赵老三家的天塌了，这可怎么办？ 3000 斤小麦如果再放到第二年来还，就变成了 9000 斤，还不如把自家的地抵给赵庆知。老婆不同意用地来抵债，回娘家借了一圈，家家皆一贫如洗，一无所获。吃的口粮没了着落，借又无处借。一家四口饿得实在是顶不住。赵老三跟老婆说，我出去想想办法，哪怕是讨饭，也要去试试。老婆说，方圆百里哪里没受灾啊？ 怕是讨饭都没处讨了。赵老三讨了两天，也没有所获，心想县城里的人总比乡下人日子好过，多少还有点吃的，于是来到了太和县城，其实县城里人也好不到哪去，讨了天把还是没有讨到多余的饭食。第二天中午，正赶上有家人在吃饭，一人分得一块玉米饼子，见有人来讨要，个个都把饼子藏掖起来。原来，近日要饭已经变成抢饭的事，在县城已经发生过多起。

赵老三是位四十多岁的汉子，在村子里属于勤快能干的人，娶了一房漂亮的媳妇，让许多人好生羡慕。可是，眼下，他们娘仨已经在家饿了好几天了，这个当丈夫的却一点办法也没有，想到这里，他是一不做二不休，冲进去抢了两个小孩手里的玉米面饼便跑。这家大人反应过来，从门后操起扁担一路追打，赵老三腿上挨了两家伙，他也顾不上那么多了，有了两块饼子，再挨两扁担也值得。

丈夫走后，两个孩子跟妈妈要吃的，她只好哄他们再忍一忍，恁爹马上就带吃的回家了。一哄再哄，一骗再骗，连媳妇自己都不相信丈夫能回来了，真是夫妻本是同林鸟，大难来时各自飞吗？ 不会的，孩他爹不会的，要么已经饿死在外，只要不饿死一定会回来的。 然而，到了第四天，孩子已经饿得虚脱了，她自己也觉得撑不了多久。孩子说，妈妈，俺想吃白馒头。 她无法满足孩子的这个愿望，上哪去弄麦面做馒头？ 生为人母却连一个馒头都不能给孩子，活着还有什么意思。 她骗孩子说，我这就去东家借面来给你们做馒头，你们躺在床上不要动。

她家还欠赵庆知家 3000 斤麦子，人家怎么可能再借给她面呢。她只能用泥巴做了几个假馒头放在蒸笼里骗孩子，孩子也绝望了。 后来，饿得实在难受，她对孩子说，我们到地狱去，那里想吃什么都有，两个孩子信以为真，跟着她跳河自尽。

丈夫抢了两块玉米饼子，一瘸一拐地回到家，发现孩子、老婆都不见了，只见蒸笼里的几个泥馒头，找到水塘边，三个人的尸体已经浮在水面上了。

故事讲到这里，顾衡、胡鸣九眼圈红了，有的人还在抹眼泪，房间里抽泣声一片。

赤地千里，饿殍遍野，农民的苦难，煎熬着顾衡年轻的心。 他想，一定要彻底革命，解救中国穷人的苦难。 经大家研究决定，党组织公开号召群众，发动农民起来进行反饥饿斗争。 特支干事会决定，在全县范围内进行动员发动，三个干事各有分工，王凤臬去西乡，顾衡指导王寨，梅雪友全面协调掌握情况，指挥这场斗争。

西乡受灾严重，王凤臬等人采取分片开会的办法，把村民集中起来做工作。 村民听说欠的租子可以不交，税也可以不交，不明白，不理解。

一个老农疑惑，俺们祖祖代代都种粮吃饭，租地还租，也从不拉下交给政府的税银税粮。 这样做不是叛经逆道吗？

王凤臬说，俺们农民世代种地，却很难有吃饱肚子的时候，你们知道这是为什么？ 叫俺说这是天灾人祸，天灾了俺们收不到粮食，自然吃不饱。风调雨顺的时候，俺们要交很多的租子，粮食丰收也不丰足，还是吃不饱，这就是人祸。俺们喂肥了地主老财。他们不劳动却收获，你们看看，那几个大户人家，谁家饿着了？只有我们这些整天在地里刨食的人才忍饥挨饿。这不是有悖常理吗？

村民议论，是这个理，可是怎么办呢？人家借给你粮，租给你地，祖辈都在这块地上生活，跟他们拉下脸来弄，磨不开面子。

王凤枭说，没问题，只要成立“灾民救济会”，救济会下面成立分会，分会下面成立救济小组，由组织上代表大家来进行斗争，现在需要大家团结在一起，只有这个要求。

出头的椽子先烂，这是祖宗告诉世人的哲理，已经深深地扎在村民们心底。他们凡事不愿出头，老老实实地种粮吃饭，才是他们坚守的人生信条。眼下实在是熬不下去了，此时有人出来挑这个头，他们的积极性也被调动起来。在村民分片会后不久，“灾民救济会”像雨后春笋一般在太和西乡相继出现。挣扎在饥饿、死亡线上的贫雇农热烈响应，积极参加，太和西乡，一日之内就发展三个分会，另成立二十余个小组，共组织四百余人，为抗税、抗租奠定了基础。

王凤枭等党员一直站在最前面，事事身先士卒，带领村民与地主富农进行斗争。

那些大户也不是吃素的，岂容穷棒子们这样闹。欠债还钱，租地还粮，这是天经地义的事，现如今，怎么的？长反骨了。他们除了正面阻击“灾民救济会”，私下里偷偷地报告政府，请官府来抓人。

由于缺乏斗争经验，以致所有干部都公开在明处。不几日，县府的警察和民团出现在西乡，他们四处捉拿“灾民救济会”的负责人。

地主豪绅见势更加猖狂，动用自己的武装家丁，配合警察和民团非法捕人，他们以不断打击、欺骗等方法，软硬兼施，镇压“灾民救济会”的斗争。他们还到处宣传，“县政府不准开会，开会不经党部备案便是共产党。”使一些干部不能存身于当地继续活动，群众组织不久便自行解散。热闹开场的西乡斗争，就这样匆忙收兵，偃旗息鼓。

顾衡认真总结西乡斗争失败的经验，改变斗争策略，公开号召群众，秘密组织活动，在比较成熟的重点支部组织“斗争委员会”，不屈不挠地继续领导救灾斗争，党的工作又在东乡、东南乡开展起来，声势日益浩大。

王寨的党支部的群众基础比较好，顾衡坐镇王寨，进行顶层设计，具体指导。在他的建议下，该支部领导下的斗争委员会由支部书记做主任委员，另外几个党员分别担任斗争委员、调解委员、平均委员、监视委员。这几个委员又分别领导几个小组，形成一套完整的工作机构。他们的分工是这样的：斗争委员带领他的小组成员，对地主提出要求或是开展小型斗争。如果冲突起来，矛盾过大，由调解小组出面调解。若调解无效，抓起来的地主由收容小组收容，监视小组负责监视被斗争后的地主的行动。斗争胜利果实由平均小组合理分配。这样的组织形式，分工合作，相对专业，收效明显。

小赵庄的赵老三欠地主家三千斤麦，把自家的两亩地抵给了他，在量地时赵庆知做了点手脚。顾衡指示救灾斗争委员会从这件事着手，只许成功不许失败。

斗争小组组长吴小化出面向地主赵庆知提出要重新丈量。

赵庆知不肯：“当时赵老三已经签了字按过手印，都有见证人在场。再说了他赵老三不来，你们凭什么狗拿耗子多管闲事。”

吴小化事先就想好了对策，坚定地说：“你跟见证人串通好欺负赵老三这个老实人，我是他家远房亲戚，这事我不但要管，而且管定了。”

赵庆知叫来家丁，拿着枪对着吴小化，逼他离开赵宅。

第一个回合结束后，顾衡指示监视小组日夜监视赵庆知的行动，收容小组在他离开家时进行收容。

这天傍晚时分，赵庆知打算到邻村去办事。刚走到水塘边，几个人从旁边隐蔽处跳出来，将他扑倒在地捆绑起来，押到一间牛棚里。这几个都是外地人，赵庆知不认得，以为遇到了土匪，吓得小便失禁，尿湿了裤子。

这时候，顾衡派调解小组出面。

调解小组的人假装经过牛棚，发现被捆的赵庆知，向看押人提出和解意见。他做赵庆知工作说："俺看不用量了，还量啥？一量又要请客花钱，赶上这灾荒年头，大家都不容易，干脆拿出几斗粮食给他们不就算了，搁你手里几斗粮食算个啥？"

赵庆知抓住了根救命稻草，感激不尽，说："那就不量了。"当天晚上，他让人拿出一百多斤粮食交给赵老三。

赵老三拿到这袋粮食，激动得流下了热泪。他说："如果早几天拿到这粮食，俺媳妇和孩子就不会死了。"他"扑通"跪在地上，给斗争小组的人行磕头大礼，被拉起来后，他说："俺要感谢你们，感谢你们替我作主！"

这次巧斗，赵庆知不仅补了量地的差额，还拿出十斤粮食酬谢调解组的说和人。

王寨村有种植柏树的传统，村子里的树高大挺拔，粗的树一个人抱不过来。有的栽在路边，有的栽在房前屋后，家家都有成材的柏树。地主王新兰头脑比较灵，在外地联系了一个木材商人到村里看树，木材商很满意，要购买村子里所有成材的柏树。王新兰认为这是个发财的好机会，可以从中赚得差价。他作为中间人，动员村民们卖树。把树换成现钱，不是每日都能碰到的好事。于是村民以较低的价格把树卖给王新兰。一个月中，整个村子里天天都能听到斧子砍伐树的声音，每一斧子都给他带来不菲的利润，对于王新兰来说，这是世上最美妙的声音。

俗话说，世上没有不透风的墙。有人了解到他在卖树过程中，拿了不少差价，便将这事报告了斗争小组。

斗争小组出面和他清算账目，提出柏树卖的钱多，大家分得的太少，必须给个合理的解释。

王新兰显得一脸委屈，一直强调，只是帮大家做好事，卖树要向外运输，运输费用太高，申明自己也没有挣到钱。

斗争小组的人说，你把账目准备好，明天我们有人到你家去查账。

王新兰很不高兴，说你们想查就查吧！

斗争小组的人说，你别以为我们好糊弄，木材商人我们已经见过面，你的账对不对，我们一看就知道。

王新兰本来想糊过去，看这阵势是蒙不过去了，于是改口说，我作为中间人，替大家做事，从中间赚点钱也是正常的。

斗争小组的人说，你少赚一点是正常的，但是你赚得太多了，就是喝村民的血，抢大家碗里的肉，这是绝对不允许的。

就在争吵的时候，调解小组就来了。有中间人出来调和，王新兰让了一步，斗争小组的人也让一步，最后地主王新兰被迫拿出三十块银元补偿给村民。

连续获得斗争的胜利，鼓舞了顾衡及党支部其他骨干成员。眼下，已到了秋天，许多人家过冬的粮食没有着落，村民的日子非常难过，一天只能吃一顿稀饭度日，有的人家甚至两天才能吃上一顿饭，面黄肌瘦的村民那绝望的眼神，孩子们喊饿的凄惨声音，深深刺痛顾衡的心。有一天，他突然从脑子里跳出一个更为大胆的想法——“均粮”，把地主富农家的存粮，分给忍饥受饿的村民。也有支部成员存不同观点，私下里议论，这不是抢吗？跟土匪没什么两样。顾衡把所有人召集起来做思想工作，他反驳说，这是两个不同性质的问题，均粮为的是贫苦农民的大众利益，而土匪只是为了自身个人利益；地主老财们屯积了那么多粮食，都是从农民那里剥削来的，灾年里农民的命都保不住，地主老财本应放粮赈灾，让农民渡过难关，可是他们捂粮不借，囤积居奇，眼睁睁地看着百姓饿死，这是他们的不仁不义，斗争小组只是主持公道，分他点粮食也就理所当然。原来“老顾”这么会讲道理，经他这么一分析，有不同想法的人也想通了。

顾衡立刻布置支部成员去摸底，看谁家的粮食多。不出一两天，各路信息汇总到了顾衡这里，二驴子的东家胡守富藏粮最丰，他家的粮仓里有麦子约 300 担、玉米 500 担、大米 100 担，顾衡决定就从胡守富开刀，把他家的粮食均给无粮户。

胡守富家里有一条枪，在管家手里，只有把管家给控制了，才能取得成功。于是，顾衡把二驴子叫出来，仔细地询问了胡守富家具体情况，请二驴子作内应。

为了防止走漏风声，顾衡决定当晚就干。他从胡鸣九那里借来了一支手枪，组织了四十多个无粮户，带上口袋，于夜里两点来到胡守富家大门外。

管家住在院内靠大门的第一间房子，枪也在他屋里。二驴子是给东家放牛的，就住在牛棚里，天一黑，二驴子的心里像有只兔子，心一直在蹦跳，好不容易挨到后半夜，他蹑手蹑脚地走出牛棚，来到管家房前，听到管家鼾声如雷，紧张的心情稍稍松弛了些，他走到大门处，把门闩抽出来，然后又蹑手蹑脚溜回牛棚。

顾衡推开门，直奔管家的屋子，其他人按事前的分工开仓放粮。管家听到了动静，拎着枪开门出来，隐蔽在门外的顾衡迅速用手枪抵住管家的脑袋，就在他一愣神的瞬间，旁边一个人上来夺了他的枪，并将他摁在地上捆了起来。

胡守福听到粮仓那边有响动，穿衣出来查看，一长一短两杆枪指向了他。顾衡说，不要乱动，也不要乱喊，我们来你家借点粮食度饥荒，不会伤害你性命。三个太太见此情形吓得又哭又叫。

四十多个灾民见到粮食，两眼放光，本来饿得走路都发飘，这回每人都把带来的口袋装满装实，背的、扛的、挑的，一口气跑出去十几里。

等运粮的人走出半个小时的光景，顾衡和他的队员才最后撤出。走出门外，就听里面胡守富嚎啕大哭，“俺的粮啊！俺的粮啊！……”

一连几次斗争都取得胜利，群众斗争情绪十分高涨，很短时间里，参加救灾斗争的范围增加到二十余村，扩大到八百多群众。

均粮斗争胜利鼓舞了全县农民，不少村镇都有自己的斗争经验，如发动灾民拾红芋、拾柴火、吃大户、借粮等等。逐步由抗租、抗债、借粮等小型行动，发展成大型的打粮、均粮斗争。

顾衡及时收集和总结各乡斗争的经验，集中群众智慧，制定具体计划，指导各个乡镇支部慎重而积极地开展工作，使得这一系列的斗争如火如荼。

第十五章 把贪官沈佩玉赶出太和

顾衡带领共产党员们为群众做了几件救命的实事，众村民都打心底佩服他。“老顾”在农民心目中的地位不断上升，都愿意围在他身旁，有事都爱找“老顾”帮忙，“老顾”成了他们的主心骨。党群关系融洽了，顾衡开展党的工作也方便了，他的周围吸引了不少先进分子。

党的特支干事会一班人扎根农村，依靠群众，发动群众，党的力量迅速壮大。到1931年11月，太和县党员发展至一百人左右，比半年前增加十倍。其中贫农和中农约占50%，工人约占15%。团员发展至五十人左右。

针对太和县目前的形势，根据党章的规定，梅雪友书记认为有成立太和县委的可能与必要，这样重大的事必须征得上级同意。由于白色恐怖，当局加紧对中共党组织的破坏与镇压，太和县与上级组织经常处于断绝联系的状态。

梅雪友跟顾衡讲，上次你步行千里去合肥，找到上级机关，这次还得麻烦你再跑一趟，把太和的情况向上级作汇报，申请成立太和县委。

顾衡清楚记得，自上次巡视员来后，仅得到过上级一两次指示和书刊，后来就再也没有音讯了。去联系上级汇报工作，顾衡有经验，轻车熟路，此项任务非他莫属。

顾衡领命而去，南下合肥，顺利地联系上了皖西北特委。特委领导听了顾衡同志关于太和的专题汇报，十分惊讶。他表扬太和工作做得扎实，斗争轰轰烈烈，组织发展迅猛，同意尽快成立县委。

领导询问谁当党委书记比较合适？顾衡说，我认为梅雪友同志可以胜任，太和取得那么多成绩，都是他的功劳。特委领导点点头，表示认同。

顾衡离开太和后，太和各乡革命洪流涌动，特支工作基本上落到梅雪友一个人身上，他从早到晚不得闲，左等右等还是不见去合肥的顾衡回来，于是跟几个党员商量，尽快成立县委，不再等顾衡那边的消息了，反正早晚要成立县委，晚不如早。于是，他召集全县党员积极分子开会，会议决定成立中共太和县委员会，顾衡、梅雪友、王象贤、王凤臬、葛春霖为县委委员，其中顾衡、梅雪友、王象贤为常委，具体分工是顾衡为县委书记，梅雪友是组织委员、王象贤任宣传委员。

私下里，有人议论，顾衡不在家，特支书记梅雪友选任县委书记板上钉钉，顺理成章，他不选自己当一把手，可惜了。也有人说，这正说明梅雪友的高风亮节。

顾衡在县委成立后两天赶回了太和，听说县委已经成立，而且自己被选为县委书记，十分惊讶。他跟梅雪友说，我都跟皖西北特委汇报过了，选你当书记的，也不等我回来，你们就把县委给成立了。

梅雪友说：“你是不知道，俺天天从早忙到晚，累得跟羊熊似的，再不成立县委，我就噎熊了（太和方言，不行了的意思）。”

顾衡问：“怎么选我当书记呢？”

梅雪友说：“你在农村工作的系列斗争中，亲力亲为，有勇有谋，取得了这么多成绩，大家有目共睹，你当书记领导大家，大伙服气。”

会都开过了，人也选了，顾衡只能作罢，说你个老梅，趁我不在，搞这一手，那也只能这样了。

接下来，顾衡组织党委成员传达上级精神。上级要求其转告阜阳县委，由中共中央转知，从上海转来一名党员，名字叫何义垓，介绍其加入阜阳党组织。阜阳方面尤其是县城，原来特支处于无人组织的状态，上级推举何义垓同志为特支书记，刘、钱二人为干事。后来，阜城特支成立后，坚决要求划分归太和县委指导，因为太和县与阜阳相距不远，工作上联系较多，于是在征得上级和阜阳县委同意情况下，顾衡接受了阜城特支的请求，并指导、帮助他们开展工作。

为了加强党的领导，县委非常注重经常性开展宣传教育工作，加强宣传阵地建设，出版发行太和《红旗》周报和《红旗》副刊，作为对党员和赤色群众宣传教育的教材。《红旗》周报是用“红油印”印成的三十二开本，主要宣传如何组织和发动农民救灾、抗租、均粮，刊发反对日本帝国主义对我国侵略的观点文章，以及“九一八”事变后，中国人民反帝斗争故事等等，上面还刊有太和农民运动的消息动态，也有国内外政治形势分析，还有马列主义通俗论文等等。因为顾衡有编撰《现代中学生》杂志的经历和在太和农村开展斗争的实际经验，再加上葛春霖的到来，《红旗》周报和副刊办得有声有色，在群众中影响很大。县委还以发通告的形式，刊发工作指示。先后印发了“灾荒斗争”“反日运动”“秘密工作大纲”“组织问题”“准备发动游击……”等十余种通告。县委发出的这些党的文件，大都是顾衡起草，《红旗》周报许多重要文章也多是顾衡执笔的。

葛春霖来到太和后，积极参加各种斗争的组织工作，成为顾衡的重要智囊。有一天，他跟顾衡说，农村大多数人都不识字，像《红旗》这样的刊物，他们也看不懂，对于这些人，不如用唱歌方式来宣传革命道理。教农民唱歌，方法简单，容易实行。顾衡听后觉得这办法可行，从此，杂志上开辟歌曲栏目，专门刊登革命歌曲，先教会骨干，再由骨干下乡教农民唱。

开始，一时找不到合适的歌曲，顾衡决定自己来写。他是立说立行的人，只要想到的事，马上就做。晚上，从农村回来后坐在桌前写歌。他想，《苏武牧羊》是一首很多人会唱的歌，不如用这个曲调重填歌词，这样做便于教学和普及。

此时，他的眼前浮现了农民辛苦劳作的场景和画面，他想到了收了粮还要忍饥挨饿的妇女和儿童那痛苦的表情……歌词在他的笔下流淌："农夫一生最辛苦，不论寒热天，锄苗田野间，没饭吃，没衣穿，年年受熬煎。纵然收成好，送给地主餐。受尽苦中苦，幸福难上难，看他挨打忍饥受冻令人心痛酸。革命赴西东，世界血染红，农友们醒、醒、醒，携手齐斗争，推翻大地主，铲除资本营。托洛茨基者，妖言来惑众。贪官污吏，土豪劣绅，齐杀干净。"

歌词写好后，他唱给葛春霖听。葛春霖说太好了，通俗易懂，有战斗力。这首歌很快在太和农村流传，不少农民在唱歌中，思想有了觉悟。《红旗》刊载的革命歌曲渐成党员骨干喜爱的有力武器，起到了宣传鼓动启发农民起来斗争的作用。

县委成立后，各项工作全面展开，顾衡的任务日益繁重，经常夜里写计划、讲稿、文章，工作到凌晨两三点是常事，早上鸡叫，他又开始新的一天的工作。为了培养党的干部，县委集中举办三四次训练班。顾衡亲自授课，给他们讲解党的政治路线、工作方法等等。学员们普遍反映，他讲得生动风趣，易学易记，切实可行。

虽然当了县委书记，事务性工作多了，但他仍然保持过去的作风，经常到农村去，召集农民协会会议，听取汇报，提出建议，布置工作。他发言总能直抵穷人的心坎，让人热血沸腾。有一次，他在王寨说，现在，我们把土豪劣绅的粮食均分给大家吃，将来还要将他们的土地也均分给大家，让大家耕者有其田，收了粮食自己享用，家家有余粮。在场的人兴奋不已，也有人担心这太理想化。他接着说，看起来这事很遥远，其实没多远，我们穷人不能当缩头乌龟，要勇于挑头，组织起来，团结起来，集中力量革地主阶级的命，革腐败当权者的命，我们太和起来了，阜阳起来了，合肥也起来了，到时候，全国革命一片红，就能推翻帝国主义及反动政权，就能打倒全国的土豪劣绅，那时候我们才会成为国家的主人，天天能吃饱，过节有肉吃，逢喜事有酒喝。在场的人都表示，跟着“老顾”干，今后准能过上好日子。

与此同时，顾衡也重视发展外围组织。在农村组织妇女协会、赤卫队和青年革命先锋队……农民们感到，日子有了盼头，心里头向着共产党，参加党组织的各项活动更加积极。

年轻的县委书记顾衡，在得不到上级及时的经常性指导的情况下，独立开展工作，依靠全县的党、团员和革命群众的集体智慧，慎重地一步一个脚印领导农村斗争取得一个又一个胜利。

县委成立后，顾衡想做件震动全县的大事，进一步鼓舞士气，确立共产党在太和的地位与影响。

太和有一个贪官叫沈佩玉，是政府的司法科长，这厮只认钱不认法，也不认理。沈佩玉手握司法重权，却是个“贪货”，减刑多少钱，“捞人”多少钱，一律明码标价，少一个子儿也不行，只要给足了银子，他就利用手中的权力，违规办事。总之，他是出了名的见钱眼开、贪赃枉法、人见人恨的家伙。他曾因贪腐被举报，被迫于1931年春天调到涡阳县，这厮又花重金在上层活动，最近再度调回太和任职。不能让公职法权成为他个人索贿受贿的资本和砝码，顾衡决定就拿这只司法界的老虎开刀，杀杀污吏贪官的威风。

以前搞农民运动，整的是乡下的地主老财，他们毕竟是土包子。沈佩玉可不是一般人，他上有县政府的官官相护，下有司法部门的重权，弄不好，不但扳不倒他，反而会招致反动势力的反击。

顾衡有自己的策略，他认为反贪是人民的事，也是政府的事，尽管政府就是个贪腐的集团，最起码他表面上还要“立牌坊”。咱就利用政府要的这个面子，来斗争他们，撕他们的面子。斗争主要依靠的力量这个问题，顾衡也考虑过了，他手中有一支生力军，那就是各学校的师生。经过党的有效宣传发动，大部分学校都发展了党团员，学生们好组织，有激情。太和县委实际上掌控了各学校，他们发指令比教育局还管用。

党组织到各个学校发动，要求他们提前放农忙假，让学生回去协助家中收麦。各学校竟然都这么去做了，全都放了农忙假。其实这仅仅是虚晃一枪，实际是约定日期，齐集县城请愿示威。

突然一天，县城里到处是各学校师生组成的游行队伍。他们高呼“肃贪反贪！”“打倒贪官沈佩玉！”“贪官沈佩玉滚出太和！”等口号。有人则在街边的墙上张贴反贪标语，目标直指贪官沈佩玉。县城百姓对这个贪得无厌的司法科长劣迹早有耳闻，一时间议论纷纷，有的人跟着游行队伍，一起喊口号助威。

果然不出所料，官官相护，县长就是不答应学生的要求。一连三天的师生游行示威，并没有收到驱逐贪官出县境的效果。

不达目标，誓不罢休。你县长有权，但顾衡也有自己的杀手锏，他策划了一个“粪筐抬贪官出城”夺人眼球的新闻点，要让全社会都主动来传播，到时不仅太和人知道，旁边的涡阳、阜阳，甚至合肥人都知道太和有一个贪官。

顾衡让两个学生抬着一个粪筐，用它来装沈佩玉，要把他当泡臭屎抬出太和城。这个卖点真不错，大家都说这主意好，他沈佩玉就是一泡屎。

有学生举着横幅，上书“大粪筐的作用”走在前面，两个学生抬着粪筐跟着，后面是长长的游行队伍。老百姓看到这只用来装沈佩玉的大粪筐，都跟着起哄。不少人跟着走进了游行队伍，使这个队伍不断壮大，浩浩荡荡地开向县政府请愿。

司法科长沈佩玉见师生们连闹了几天，不仅没有降温的趋势，而且城里的百姓也加入其中，吓得东躲西藏不敢露面。

都说群众的眼睛是雪亮的，一点也不假。藏在东关的沈佩玉被第一高小的学生发现，县第一高小学生主动将其包围，防止他逃跑。有人前来报告，顾衡立即指挥队伍跑步赶赴东关。

被围的沈佩玉手下也有一帮地痞流氓，他们手持刀棒突围，掩护他出城。小学师生虽被打伤不少，但是仍穷追不舍。顾衡带领游行示威队伍追出城外，把沈佩玉从他躲藏的那家人家的床下拉出，捆绑起来，押在队伍的前头，扭送县政府。

一路上“打倒贪官污吏，打倒土豪劣绅”的口号声响彻县城上空，全城的群众几乎都出来了，大街上挤满了看热闹的人。

队伍到了县政府门前，警备队阻拦，不让游行示威群众进去，对空开了几十枪。顾衡当即带头冲上去夺枪，群众和学生跟着一拥而上包围了警备队。

县长无奈，只好装着一副可怜相，走到县政府大堂，当众宣布，将沈佩玉撤职，一定叫他离开太和，并当场要求他不准暗中伤害请愿群众。

第二天，顾衡又组织人马下乡宣传沈佩玉的劣迹，进一步扩大社会影响，让农民也知道，党的领导坚强有力，当权政府也没什么了不起。

两天后，贪官沈佩玉眼含泪水，胸怀憋闷，无奈地灰溜溜地离开了太和。太和党组织取得了这场“驱贪斗争”的全胜。

接着，又一个官吏撞顾衡的枪口上了。这个人不是别人，正是顾衡革命班底的管理者——教育局局长王振武，这真叫不是冤家不聚首。

现在有句话叫“不作不会死”，王振武非要“作死”。这年刚发过大水，县财政困难，他头上顶着教育局长大帽子，想在县长面前表现表现，以博得上司的欢心，竟以受灾为由，扣发小学教师薪金，致使全县小学教师几个月领不到薪水，他们的生活难以为继。王振武作死，也必死，顾衡决定拿这个老冤家开刀。

顾衡让王新义叫来太和女子小学校长孙海如、骨干教师门金锡等人，一起开会研究，制定了“索薪斗争计划”。

在这里有必要介绍一下孙海如，他毕业于武昌中华大学，当时的武汉是全国革命的中心，在汹涌澎湃的大革命环境影响下，孙海如阅读了大量马列著作及其他进步书籍，逐渐接受了共产主义思想，看到黑暗中国给人民带来的深重灾难，认识到只有走苏联十月革命的道路才能救中国，从而确立了救国救民的革命理想。1928 年，在国共合作失败，革命处于低潮时，他毅然加入了中国共产党。1931 年，孙海如返回家里探望重病的祖父。由于革命的需要，党组织要求他留在太和工作，担任太和女子小学校长，并将女小作为太和党组织活动的基地，从此，他在太和一直积极为党工作。

十几个骨干集中在太和县第一高等小学，召开全县教师索薪会议，把教育局长王振武请到会场。代表们愤怒斥责他，要求他坚持灾荒教育，不准停发、缓发教师薪金，并且要公开清算账目。

王振武这小子是个滑头，他知道这些教师的“能量”，上次司法科长沈佩玉被轰走了，更早些时候，公安局长也被拉下了马。好汉不吃眼前亏，会还未散，就借出去小便，溜了。减薪本来是为县长减压的，现在这帮老师要革他的命，他只能求县长保护了。一路小跑，到县长那里告状，捏造教师要造反，要求县长抓人。县长下令，逮捕了王青生、冯昌培等教师。

孙海如把这一情况报告给顾衡。顾衡愤慨，果断作出决定，把“索薪斗争”升格为“驱王运动”。命王新义通知全县各乡一千余名教师和进步学生到县教育局请愿，并在各学校开展驱王罢课游行示威活动。

鉴于多次经验教训，国民党县长怕把事闹大，火烧到自己头上，被迫罢免了王振武县教育局长的职务，并释放了被捕的教师，补发了教师的薪金。

第十六章 建立地下交通站

由于合肥地下党组织经常遭到国民党特务的破坏，太和县委与皖西北特支委的联系时断时续，太和的情况不能及时上报给合肥，上级党委的方针政策也不能迅速得以传达，往往接到的上级指示信总是滞后许多日，有时已经时过境迁，耽误大事，顾衡作为县委书记感到压力很大。为了改变这种状况，畅通与上级的联系，迫切需要建立属于自己的地下交通站，并形成交通网。经过缜密思考，他决定在合肥建立交通站，通过此站，第一时间把上级的指示、情报传递到太和。

谁是交通站的最合适人选呢？顾衡想到了一个人，这个人就是他中学和大学的同学谢立惠。

1931 年 7 月，谢立惠从中央大学物理系毕业，因其学业优异，被留在大学的实验中学当助理教员。就在这时，发生了“九一八”事变，政府不允许学生上街游行示威，否则向校长问责。不让上街，咱就在课堂上演讲。谢立惠在课堂上一番“不抵抗就要亡国”的言论，深深地打动了学生，学生听后，伤心哭泣。这件事震动全校，校长十分恐慌，认为他是个不安定分子，决定不再发给他聘书。此处不留爷，自有留爷处。1932 年 1 月，他接到了安徽省立第六女子中学的聘书。原来这个学校的校长和教务主任都是南京高等师范学校附属中学的学生，在中央大学上学时分属不同专业，顾衡也认得。

是年 2 月初，顾衡决定亲自出马，去合肥找谢立惠，在他的省立女子六中建立一个属于太和县委的地下交通站。

顾衡这辈子没有当演员，确实有点屈才了。此时，化名顾孟方的顾衡，戴着墨镜，穿着长衫，来到校门口。他跟门房说是谢立惠老师的亲戚，给他捎口信的，要求见面。

六中是女子中学，对来客来访管得严，必须得有人来接才放人进去。谢立惠心想自己不记得有一个叫顾孟方的亲戚，他有点纳闷，不管怎么说，还得到大门口去看看。

顾衡远远看到谢立惠走过来，并没有认出自己，于是主动打招呼：“立惠，真是的，到合肥也不跟我们说一声，打听了好多人，才知道你在这里。你妈非常想你，她老人家很着急，让我来看看你，让你给他写一封信呢！”

谢立惠听他说话，才知道原来这个顾孟方就是老同学顾衡，喜出望外，把他迎到自己的宿舍。

两个人交流了各自从中央大学分别后的情况，谈到了刚刚发生的“一·二八”事变话题。其实，在顾衡来之前，谢立惠正在仔细看报上有关新闻。

顾衡说：“十九路军首领蔡廷锴、蒋光鼐也在学我们的红军，在打仗时，激励官兵用的就是我们工农红军的事例，教育他们的官兵坚持战斗，直至胜利。”

谢立惠问：“现在红军情况怎么样？”

顾衡告诉他：“皖北就有一支主力红军在河南与安徽接壤处驻扎，前段时间还打了几个胜仗。”

谢立惠说：“现在到处是白色恐怖，国民党特务和军警经常抓人，你是不是共产党啊？”

顾衡坦白地说：“是的，我是共产党太和县委书记，这次找你，就是为党的事而来的。”

谢立惠说：“请讲吧！ 我愿意为你们做事。”

顾衡说：“前段时间合肥党组织遭到了严重损失，地下交通几乎瘫痪，党组织这次派我来，就是想请你帮助我们，在你这里建立合肥秘密交通联络站，希望你能完成这个任务。”

谢立惠十分佩服顾衡，不屈不挠，不达目的，绝不罢休，早年争取毕业证的事还历历在目，他折服于顾衡的领袖气质，总是在绝望中挺身而出。 谢立惠说：“我希望你能介绍我加入中国共产党。”

对于谢立惠的态度，顾衡十分满意，这正是他需要的结果。 顾衡开诚布公地说：“我们找你建地下交通联络站，是经过党组织慎重考虑的，因为我们了解你的过去，也了解你的现在。 你们女子六中校领导都是我们同学，政治倾向同情支持共产党，你的老师身份，也是非常好的掩护，你现在就是我们的同志了！ 谢立惠同志！”他伸出有力的双手，紧紧握住谢立惠，继续说：“你也要知道，并不是替党做一两件事，就能入党。”

谢立惠被他弄得有点蒙，怎么又是同志，又替你做事，还不能入党呢？

顾衡看出了他的疑虑，解释说：“要加入中国共产党，首先要确立共产主义伟大信仰，必须在思想上不断提高，不断进步，达到一个共产党员的要求。另外，要追求目标，勇于牺牲。现阶段目标是打倒帝国主义，推翻一切反动政权，为中国人民的自由解放而斗争，最终实现共产主义。”

谢立惠不能完全了解共产党的目标意义，他知道帝国主义压迫中华民族必须打倒，当局腐败必须打倒，他最关心的是，眼下党需要自己具体做哪些事。

在合肥城周围，只有城内才有邮局，庞大的农村地区都不通邮，需要建一个交通联络站来接收上下级秘密文件，然后负责传递到太和县委。交通站还需保管和中转党的一些杂志和宣传品。另外，还要担负起对六女中党的宣传组织工作，揭露国民党政府对中国共产党的歪曲、造谣和污蔑，发现和培养进步学生，条件成熟的，推荐给党团组织。

谢立惠表态，这些事，都能做到，请放心。

接下来，顾衡结合自己的经验，手把手地介绍方法。他说：“你在这里工作，要打牢群众基础，把课上好，跟师生交朋友，这样你就有地位，他们也会尊重你，听你的话，甚至关键时候会保护你。”

谢立惠觉得他说的有道理，频频点头。最后顾衡交待他联络暗号，及地下工作的纪律，强调“千万不要打听上下线来联络人的姓名和职务，他们都是你的领导。如果一旦发生危险，要立即想办法脱身”。

谢立惠点头：“记住了。”

顾衡告诉他：“做这事很危险，被抓住是要杀头的，你怕吗？”

谢立惠坚定地说：“既然做了，我就不怕。”

三个小时的谈话，对谢立惠来说，是他人生的一个重要转折点，从此他踏上了为劳苦大众奋斗的征程。

第一次对暗号的时候，谢立惠莫名其妙地兴奋，潜伏在国民党眼皮底下的地下工作终于拉开序幕了。遵从顾衡的要求，他不问来者是姓名，来自何方，但是听来人讲话口音，谢立惠能判断出此人是皖北的，后来时间久了，方知其姓张，只知道这些。又过了一段时间，有合肥口音的人对暗号跟他接头，他依口音估计是上级党组织派来的，也不敢多问，后来时间长了，知道他姓凌。

上下贯通，表明合肥地下交通站正式开张。

顾衡第一份报告就是通过该站传给上级的。自县委成立后，党委班子作了几次调整，必须向上级汇报。这期间，县委常委王象贤未向组织申请，也没有得到批准，无故脱离组织，县委将其开除。县委班子成员中的王凤臬因在均粮工作中失利，遭到批评，并被政府缉拿，他提出辞职，县委照准。县委经过改选，增补傅鲁同志为党委常委，冯骞同志为县委委员。他同时向上级报告了党员发展取得的成绩，请求上级对太和的工作给予具体指示。

对于刚上岗的地下工作者谢立惠，顾衡有点不放心，特别关照接头人，给谢立惠传授地下工作经验。张同志告诉谢立惠，顾衡同志特别关心他，要求他进一步掌握反敌特跟踪的技巧，学会如何发现被跟踪，如何实施反跟踪，尤其是提高处理突发事件的能力，要善于发现周围发生变化的情况，比如有没有陌生人在附近重复出现，甚至连周边人的传言和眼神都是重要信号……

谢立惠倍受鼓舞，向张同志提出要加入中国共产党的请求。

联络员张同志说，组织考验一个人需要一段时间，只要你好好工作，组织会考虑你入党的事。

接下来自作聪明的谢立惠犯了一个严重错误。有一次，上级送来一份秘密文件，说十分重要，一定要快速安全传给太和。待联络员走后，他拿出这份文件，觉得十分好奇，心想打开看看也没什么大不了的，再封上不会有人发现。于是，偷看了文件内容，随后又照原样封好。

顾衡心细如发，他拿到信后就发现，此信途中已经被人拆过。叫来联络员，严肃查问是不是他中途偷看了文件。联络员表示，自己懂得工作纪律，从没有拆看过。顾衡想，那就应该是谢立惠了。

张同志再次去合肥时，询问谢立惠是不是偷看了文件。谢立惠很坦诚，承认是自己好奇，拆了信偷看了内容。张同志说，顾衡书记对你提出了更高的要求，要你作出书面检查，否则撤销你的工作站。

谢立惠这才感到事情不是那么简单，已经到了十分严重的程度，于是，作了深刻的书面检讨，请张同志带给顾衡。这次，他再也不好意思提要求入党的事了。

没几天，交通员送来了顾衡的最新指令，要求他定期刻印宣传品，传给太和，内容由他自己根据时势来定。

合肥是内陆城市，消息闭塞，报纸很少，南京、上海印的报纸一般要五六天后才能送到合肥。宣传品要求时效性强，这事对于谢立惠来说是一次不小的考验。谢立惠想到收音机，那时国内还没有一家收音机生产厂家，全是国外进口货，价格昂贵，买不起。这件事难不倒中央大学的理科生，他上大学学的是物理，买来收音机元器件，时间不长就组装了一台。调试后发现仅能收到附近少数几个台，他找到原因后，又调换了元件，重新组装，经过反复调试，终于收到了南京、上海等多地无线电台节目。

谢立惠发动进步学生，帮助自己以学校的名义采购蜡纸、油墨等，从没有引起有关部门的注意。他还亲自起草宣传稿，并用蜡纸刻好，交给特别可靠的进步学生印刷，一批批时效性强、宣传效果好的宣传品，源源不断地发向太和。

有一次，张同志来拿宣传品时，得知谢立惠自己组装的收音机，得来了许多重要消息，对他进行了表扬。谢立惠更来劲了，主动提出自己会装发报机，有了发报机，跟上级联系更加方便快捷。

这种工作积极性，真叫“不用扬鞭自奋蹄”。张同志十分惊讶，你有这本事？人才啊，人才！不过收发报机这玩意好是好，就是容易被对方监测到，现在时机还不成熟，到党需要时再弄。

那时地下党的情报和文件一般都用稀米汤把内容写在书信的空行里，或者是写在书刊的空白处，晾干后用信件方式，通过邮局寄出，收信后，用棉球蘸碘酒在约定的地方一涂抹，碘酒与上面的淀粉结合，就显现出蓝色的字迹。谢立惠是个十分爱钻研的聪明人，他琢磨怎么才能更方便更保密更安全，不久他就有新的收获，其一是用酚酞稀溶液写在白纸上，干了后与稀米汤写的对照，一点痕迹也没有，收件人在纸上用稀碱溶液涂抹，立即显出红色字迹，神奇的是，再用稀酸溶液一抹，字又全没了。其二是发现用氯化钴溶液写字，收件人只要用灯烘热一下，马上显出蓝色字迹。谢立惠把自己的研究成果告诉上下线的联络人，他们试用几次后，都觉得这两种方法比以前的好。

因为发动群众的需要，他与学校的师生交往十分频繁，关系也比较密切，常常有人到他宿舍去串门，宣传品存放在住处有安全隐患。他管物理实验室，独立拥有门锁钥匙，不如把宣传品藏这里。不愧是物理老师，他把一些破旧仪器设备拆开，将宣传品藏在里面，更绝的是，还在上面撒一层灰，看上去很久没有人动过，伪装得十分到位，就是军统、中统光顾实验室也不会发现其中的秘密。谢立惠主持交通站工作，越来越认真仔细，抓安全防范于未然，合肥地下交通站被他打造成铁桶一样的工作站，多次受到太和县委的表扬。

顾衡关心谢立惠的成长，带给他经过封面伪装的《资本主义的危机与世界共产主义运动的任务》《武装暴动概要》等共产主义革命书籍，让他在思想上更加接近共产党。他也一直指导和帮助合肥地下联络站开展各种工作。根据谢立惠的表现，顾衡决定作为介绍人，介绍他加入中国共产党。联络人把这一消息告诉谢立惠时，他激动地握住联络员的手说："感谢党的信任，感谢顾衡同志的培养与帮助，我终于成了党的人了。"

联络人说："你知道的，入党是冒风险的，弄不好要坐大牢，有的可能还要砍头。"

谢立惠说："我起誓，我不怕，为了党的事业，我可以选择献身。"

联络人说："你不讲起誓我差点给忘了，你入党要宣誓的。这样吧，这里也没有党旗，麻烦你画一个，我们就在你宿舍里宣誓，我作监誓人。"

谢立惠是个无私的人，在经济上，他不仅要承担家庭开支，还要还上大学时的借款，支持弟妹上学。尽管非常拮据，入党后，除了拿出一笔钱来交党费，还特地拿出一笔钱交给联络人说：“这些钱请转给顾衡同志，算我个人捐给党组织的经费，我知道他是个职业革命家，没有一点经济来源，我得帮助他。”从此后，每次联络人来合肥，他都多多少少给老同学顾衡捎去生活费，彰显了他们之间无私的革命友谊。

在顾衡掌管太和县委工作期间，除了合肥地下联络点外，蒙城、阜阳、涡阳、寿县等地的交通网络全被打通，跟以前比，信息交流更加畅通及时，为太和开展革命运动提供了有力保障。这些地下交通站直到后来顾衡离开皖北，甚至在革命遭到敌人严重破坏的情况下依然发挥重要作用，说明当时顾衡在建立地下网络系统时，采取了单线联系等严密的保护措施，就连他身边的领导同志，也不知道各个点的联络暗号和联络人，从而有效地保证了这些联络点的安全。

第十七章 组织自己的革命武装

经过一系列革命斗争实践，顾衡深切地感到，光有革命理论和宣传还不行，还需要枪杆子撑腰。上次均粮斗争，靠的就是从胡鸣九那里借来的一把手枪发挥了决定性作用，太和县委必须有一支自己的革命武装，才能保证革命的胜利。

养一支武装队伍要有财力支撑，县委没有经费来源，也得不到上级的支持，开展活动及顾衡的生活费主要靠老师们捐赠才勉强维持。另外，军事人才十分稀缺，在党员中当过兵的人凤毛麟角。总之，组织武装困难重重。

办法总比困难多，顾衡想办的事，一定要做到。他找来曾在部队当过手枪连连长的太和县城关区区委书记门金锡商量对策。

门金锡是安徽省阜阳县行流集河东郭庄人，1927 年加入中国共产党，曾任阜阳“四一九”起义行流集宣传大队长，起义失败后，阜阳城乡笼罩在敌人的白色恐怖之中，党组织遭到严重破坏。5 月，李乐天受党组织委托，到太和县关集，以北伐军第三军朱培德部名义，把参加“四一九”起义的门金锡、王济洲、杨金豹等人招去当兵，门金锡担任国民革命军第三军第八师第二十二团手枪连连长。在河北省青县驻防时，他积极开展党的活动，发展党的组织，介绍杨金豹、王济洲等人入党，并准备在适当时机举行兵变。是年秋，由于兵变计划泄露，为免遭敌人毒手，他携带两支短枪，和李乐天、杨金豹等人连夜离开部队重返皖北，后参与组织了“灾民救济会”，带领饥民向地主豪绅以“借粮”为名，进行“吃大户”的斗争，使灾民得以渡过难关。

顾衡想当巧妇，向门金锡请教组建革命武装无米之炊的做法。

门金锡告诉他，组建武装第一个问题是枪从哪里来的问题。通常的情况是通过各种关系去黑市或者兵工厂采购，这就涉及到钱，目前县委没有建立政权，没有税收，也没有其他来源，所以这条路走不通。

顾衡听到这里，打断门金锡的话。问他：“难道没有别的办法吗？如果有钱，我就不用跟你商量了。”

门金锡说：“据我所知，一些村民家里有打猎的土枪，如果能把他们连人带枪都招过来，可以作为一个没有办法的办法。蚂蚱不大，好歹也算是块肉吧！还有一些是有枪的人，像我，从部队回来，带回来两把手枪，这种人不多。我们县民间的枪支，大多集中在地主老财家，他们一般都有长短枪看家护院，少的一家有一两支，多的有七八条枪。如果能把他们的枪弄到手，也不失为一个办法。”

听到门金锡有两支手枪，顾衡心里痒痒了，提出来看看他的枪。门金锡不知顾衡什么用意，将插在腰间的枪掏出来递给顾衡。

顾衡特别喜欢枪，几年前他动过奚景高家那支枪的主意，现在门书记有两支枪，借一支总是可以的吧！他把弄了一会儿说：“这是个好东西！能不能借我用用？”

门金锡是个爽快人，他说：“我那里还有一支，这支就送给你了。一个县委书记，怎么也得有个看家的家伙。”

其实地主老财们的枪也是可以收缴的，上次均粮时，不是从赵庆知家弄了一杆长枪吗？顾衡一边玩着那把手枪，一边接着向门金锡请教解决办法。

门金锡说：“还有一个办法就是找上级或者部队要枪。上级要求我们发展武装，时机成熟进行暴动，不给我们发枪，我们怎么跟反动政府抗衡？红四方面军总部在河南新县，他们肯定有枪。”

顾衡连忙摆手说：“不行，不行。上级有上级的困难，我们只能立足于自己来解决武装方面的问题。我以前跟地主老财家借过粮，现在去借几条枪，也未尝不可。”

运气好，真的连门板都挡不住。没过几天，就让顾衡抓住了一个搞枪的机会。土匪邓二黑一伙绑了太和大地主汪成良的肉票，汪家是方圆百里的首富，家中藏有九条长短枪，无人敢惹他。土匪邓二黑早就瞄上了这块大肥肉，盯了足足有半年，乘他赶集不备将其绑走，并扬言只要家里人报官，他们就撕票。家里人又怕又急，三魂掉了两魂半，这时有人提醒，官府不能找，找神通广大的“老顾”试试，说不定他有办法。

顾衡从没有跟土匪打过交道，但是汪良成家的那几杆枪让他觉得这事值得去做。

门金锡知道这事后，主动要求替顾衡去谈判。

顾衡说：“邓二黑这伙匪徒也不是什么好鸟，不如乘此机会，把他们给灭了。我跟汪家已经谈好，把人弄出来，不要他家一粒粮、一分钱，只要他家拿出四杆枪。你猜他老婆怎么说？”

门金锡说：“不同意。”

顾衡笑：“他老婆说，他们家那么多枪也没多大用，九条枪护着，还是让人家土匪把老爷绑了。于是就同意了。”

门金锡不放心说：“邓二黑心狠手辣，手里有两把短枪，你一个人去很危险。”

胸有成竹的顾衡说：“不用担心，按这个方案来办，不怕他邓二黑不就范。”

第二天夜里，顾衡来到土匪约定的树林里。

邓二黑手拎着双枪，恶狠狠地问：“钱带来了吗？”

顾衡说：“这大黑天，带那么多钱太危险，再说我还没有看到汪成良是活是死呢！”

邓二黑一扬手，有人把被捆着堵上嘴的汪成良从大树后面带出来。

顾衡说：“钱好说，我已经带来了，怕上你们的当，我多长了一个心，藏半道上了。你们带上汪成良跟我一起去取，取到钱你们放汪成良，取不到你们把我也一块捆了。”

邓二黑见他这般诚恳，相信顾衡的话，但他狡猾地提出，汪不能跟着走，他带两个人去取钱，见到钱再放人。

一行人来到二里外的岔路口，顾衡指着其中的一棵大树说，钱就埋在那棵树下。

邓二黑和带来的两个土匪注意力都集中在那棵树上，就在这时，旁边窜上来七八个黑影，手里都拿着家伙，围住了这三个人。邓二黑想反抗，说时迟那时快，顾衡以迅雷不及掩耳之势，将邓二黑扑倒，其他人上来缴了他的枪。

顾衡带人再返回树林，成功地解救了汪成良。汪成良拿出四杆枪酬谢，后来还拿出些银两支持革命，这是后话。

在顾衡的倡导和支持下，太和县成立了赤卫队和青年革命先锋队，他们都是组织起来的农民武装力量，主要任务是：打击地主，消灭封建势力，帮助贫苦农民均粮、分地，依靠武装向地主借粮，以武装保卫群众开展均粮斗争。他们手中主要武器有大刀、长矛、喷砂土枪，少数旧式手枪。组织发展很快，如陈庙一个支部就发展青年革命先锋队三百余人，有土枪二十余支。随着农民运动的蓬勃发展，农民武装力量迅速壮大，到 1932 年春天，全县已有赤卫队两千余人。

虽然形势很好，但许多问题继续困扰着顾衡，比如说，有了这样的武装基础，但是没有人来指导和指挥，队伍没有经过正规训练，其实就是一盘散沙，这样的武装没有战斗力，更谈不上去打仗了。他急需军事人才来训练和领导这支队伍，于是派人到合肥、南京、上海找党组织汇报情况，要求派军事干部来太和开展革命军事工作。

1932 年 1 月，受顾衡指派，葛春霖专程赴南京，找到南京市委，希望市委能派些懂军事的同志支援皖北工作。南京市委书记王善堂说，军事干部这们这里没有，但可以派两个人去你们那里，支持你们开展革命工作。他知道顾衡是汪楚宝的同学，就找汪楚宝谈话，派他去皖北。

蒙城教育局局长胡志远此时想开办一个师资养成所，缺一名所长，在当地找不到这样的人才，于是托朋友朱荫桐物色，朱又找到葛春霖，葛想，汪楚宝去正合适。汪楚宝因为担心没有经验，一个人去蒙城孤掌难鸣，就提出要潘滨同去，他们俩都是顾衡的老同学好朋友。王善堂书记领导南京地下党，战斗在敌人心脏，处于白色恐怖中，经常被清洗，人手本来也不够，但是，为了支持皖北革命，还是把两个干将派到皖北。

汪楚宝和潘滨二人一月底离开南京中央大学去蒙城，在路上过的春节，到蒙城已经是二月上旬。在南京时葛春霖就交待，可以在阜阳城关镇找到联系人何治垓，何治垓的特支受顾衡直接领导，找到何治垓就能找到顾衡，但是必须面见何治垓，由何代汪和顾衡约定见面日期和办法。看来顾衡此时已经积累了丰富的地下工作经验，就是这边出点什么事，也不至于一下子被敌人端掉老巢。三月份，汪楚宝一个人步行去阜阳城找何治垓。不巧的是，汪楚宝到阜阳时，顾衡刚到过阜阳才离开不久，要等他再来阜阳时才能约定见面时间和办法，所以何让汪楚宝回蒙城等候通知。

汪楚宝回到蒙城十多天后，何治垓的爱人朱思璧从阜阳来找到汪，说何治垓被捕了，又过了一周，何治垓被阜阳中学总务主任高廷壁出面作保释放，来到蒙城，通知汪楚宝和潘滨立即离开蒙城。当时师资所因缺少资金决定停办，于是他们一起雇了一条船，从蒙城沿涡河到蚌埠，何夫妇留在蚌埠朱思璧家里，汪楚宝和潘滨回到南京。

顾衡没有见到这两位铁杆同学，也没有等到一位外面来的军事干部。他并没有埋怨谁，一切靠自己，只能自力更生了。

1932 年初，中共太和县委组织成立军事委员会，在顾衡的提议下，王辅忠担任军委委员。

王辅忠曾经在部队里当兵，参加过北伐，军事素质和技能出色。王辅忠立说立行的风格有点像顾衡，他根据顾衡的要求，挑选一部分意志坚强、作战勇敢的农协会员、赤卫队员，进行军事训练。为了确保训练的质量，他和队员同吃同住，言传身教，一丝不苟，战术、射击，摸爬滚打，样样做示范，经过夜以继日的苦练，受训人员的军事成绩有了提升。王辅忠同时还积极做队员的思想工作，讲解当前的形势，教育他们不怕牺牲，做革命勇士。在王委员的和队员们的共同努力下，队员的政治觉悟和军事素质有了提高，为武装暴动奠定了基础。

除了训练农民武装，顾衡也不放弃做“兵运”工作。门金锡本来在乡下工作，顾衡将其调任太和县城关特支书记后，指定他专门负责开展“兵运”工作。

门金锡以推销面粉面条为掩护，深入到国民党的武装队伍里开展党的地下工作。门金锡经常以送面为由，出入于国民党驻军营房里，以叙老乡、拜“兄弟会”等方式，在国民党部队中建立关系。

本来门金锡就是个老兵，同士兵有共同语言，再加上他卖面粉，手上有几个活钱，常常请士兵出来小聚，感情就更加融洽了。更绝的是，他常在酒桌上，以发牢骚的形式批判当下社会，灌输革命道理，时间久了，便赢得众士兵们的心。

经过一段时间的工作，他发现太和县警备营第三连四班当兵的刘体龙思想比较进步，人也正直，于是派共产党员丁耀庭进一步做接近他的工作，帮助他成长，在丁耀庭的影响下，刘体龙认识到统治阶级的罪恶，受到革命的教育，思想进步很快，经丁耀庭介绍加入中国共产党。之后，他在警备营中积极开展兵运工作，秘密宣传革命思想及红军政策，并组织了士兵委员会，很快使一部分士兵站在革命的一边。

门金锡在军营官兵中秘密散发县委创办的《太和红旗周报》《CP周刊》，向官兵宣传马列主义和俄国十月革命的经验。在门金锡和刘体龙等人的的影响下，不少官兵先后加入了共产党、共青团等组织，并在敌军中建立了秘密党支部。

太和民团很早便有闹饷的斗争，顾衡派了几个党、团员到士兵中去开展工作，进行政治宣传，宣传红军为穷人闹革命的道理，还编了些士兵们容易接受的农村民间小调，这些小调很快就在士兵中流传。如针对性比较强的《兵变歌》，“莫打鼓来莫打锣，听我唱一支兵变歌。兵友们仔细听着，兵友们仔细听着：地主要租官要捐，债主要债没有钱还，逼得我才进营盘，逼得我才进营盘。出了门，去当兵，手里没有分文钱，一家人饿得可怜，一家人饿得可怜。他打你来我打他，打死都是我丘八，军阀们嘻嘻哈哈，军阀们嘻嘻哈哈。大家造福大家享，大家加入共产党。齐暴动图谋解放，齐暴动图谋解放。”

共产党在士兵中的影响日益扩大，不久建立了赤色士兵团（团的组织）。民团有好几个月没有给士兵关饷，一些民团的新兵反映，没有发大衣，夜间站岗很冷，党支部研究决定组织士兵集体向民团上司反映情况，要求补发军饷，给新兵发大衣。民团司令推托说是政府没有足月拨饷，民团吃饭开支都困难。士兵代表中的党员说，既然连吃饭问题都解决不了，那么我们一起离开民团，给司令减轻压力。民团司令有些怀疑问，是谁教你们这样做的？士兵们说，我们长这么大，不能不懂事理，没有人教。民团司令骂道：“他妈啦个巴子的，军需科长过来，看他们几个羊熊样，给他们几个关饷，一分也不能少，把那些大衣拿出来发给新兵噎熊。”

红军大部队进攻商固、霍邱时，国民党军调皖北民团赴霍邱协防。在阵地上，党组织发动士兵继续闹饷，并且公开宣传红军，宣传红军政策，不少人听说红军是老百姓自己的队伍，纷纷打听怎么能逃到红军部队里。民团司令察觉到部队有赤色分子导致军心不稳，可能会出现意料不到的大事。跟太和县政府“拴好扣”后，让政府来函，说太和北乡匪情严重，急需民团回防，以确保太和政权安全。军方接到此函，觉得太和这个民团战斗力一般，同意他们调回原驻地。党团组织在士兵中开展的活动，一定程度上牵扯了军方的精力，起到了牵扯敌方力量的作用，从侧面支持了红军作战。

经过一年多时间的努力，太和县的红色武装力量有了一定起色，他们在均粮斗争和“吃大户”行动中发挥了重要作用。

王辅忠带领百余农协会员去均季营季保家的粮。季保老奸巨猾，见众人赤手空拳，急使狗腿子守住大门，对群众鸣枪威胁：“谁敢进来，就打死谁。”王辅忠看到地主有枪，和他们硬拼不行，为避免造成农协会员的人身伤亡，只好指挥大家暂时撤离。等到天黑以后，王辅忠带着农民赤卫队，拿着自制长矛、大刀、土枪，趁夜深人静来到季营，悄悄用铁棍撬开了季保的门，打开粮仓，扒粮五千多斤。待狗腿子发现后，王辅忠一面指挥赤卫队员鸣枪示威，一面组织将粮食运走，像这样的武装介入均粮斗争取得胜利的事例在太和不胜枚举，进一步扩大了党的影响，鼓舞了群众的斗志。

第十八章 意外的枪伤之丧

群众被发动起来后，太和县的政治斗争形势一天好似一天，像芝麻开花节节高。有一天，共青团员杨金山来报告，西区陶业手工作坊经常遭税警敲诈勒索。顾衡十分重视，立即派王新义去西区调查了解情况。

起先，西区的个别穷苦人家，为了改善生活，烧制出一些比较简单粗糙的陶盆、陶罐和水缸等日用品出售，换几个钱贴补家用。看烧制泥陶能赚钱，不少人家也跟着效仿，制陶的人家越来越多，所辖李庙、朱窑、卢窑等地冒出了三百多个生产作坊，并逐步形成了一个粗陶自由集市。税警经常带着枪来征集税收，制陶户敢怒不敢言。

太和县几乎没有上规模的工业，三百多个生产作坊，上千人的手工业队伍，是多么难得的一支队伍！工人集体劳动培养了其整齐划一的组织意识和协作精神，如果把他们利用起来，对党的武装建设大有好处。

怎么组织呢？怎么融入？王新义请教顾衡。

顾衡思考了一下说："要组织一个陶业协会，把他们从松散的状态集中起来，再把他们协会的主要负责人发展成党员，以便县委直接控制，有可能的话，把他们发展成一支武装力量。"

王新义说："我也觉得这是我们非常好的工作对象，您还有什么要求？我去落实。"

顾衡冷静地说："现在，反动当局对我们迫害越来越厉害，要学会隐蔽自己，组织他们，对外不能说是陶业协会，当局会十分敏感。这样吧，对外就叫'老君会'，看上去是个宗教组织更加隐蔽些。"

王新义领命而去，在四乡各村发动，要求每家的作坊派出一名代表，到琉璃寺开会，成立"老君会"，目的是为大家减少税赋。

制陶户这些年被税警收去了不少税银，心里那个痛啊，没处申冤。现在有人提出这个想法，一下子就把这些制陶户积极性调动起来了。有一户户主不在家，到外地销陶品去了，儿子还小，当时当地的风俗是女人一般不能抛头露面，可是她又不想失去这个机会，犹豫中问王新义："我一个妇道人家能不能代我家那口子去开会？"王新义告诉她："当然可以，欢迎妇女参加。"

会上，王新义慷慨陈词："你们看，现在的世道坏到什么程度了，咱们窑匠，用自己的土，自己的双手，做了点盆罐换点吃的，怎么能逼迫咱们交税呢？咱们穷人干这么点活计，连口都糊不上，那些吸血鬼，还要向我们敲诈。咱们穷人一定要团结起来，现在以老君会的名义活动，那些坏蛋要是再来欺负咱们，一定和他们斗争到底。"说到这里，王新义随手拿起一双筷子，轻轻一折就断了，随后他又把筷子拢成一把，这样再折，怎么也折不断。王新义对大家说：“乡亲们，一根筷子容易断，一把筷子折不断，这是我们大家都懂的道理，我们最需要的就是团结，像筷子一样团结，税警就拿我们没办法。”

“老君会”成立后，在党的领导下，给制陶户们撑腰，统一了口径，税警征税大家都让他们直接找“老君会”。税警遇到的制陶户都这么说，无从下手，只能找“老君会”。“老君会”负责人因为有县委的强有力支持，跟税警交涉有十足的底气，他们拿出王新义会上宣传的那段话来对付税警。税警无言以对，最后要抓这个负责人。该负责人说：“你抓我，我们三百多制陶户不会答应，上千名制陶工人不会答应。”这时来了很多工人包围了税警，齐声高呼“黑狗子滚出去”！那几个税警一看这阵势，好汉不吃眼前亏，溜吧。从此后，税警逼税就不那么容易了。

随着太和县各项运动的兴起，当局也警惕起来，加强了城乡各主要路口的盘查，广发布告，明令禁止民众集会。他们的这些举措，给太和党的工作带来了不便。为了反制当局，顾衡指示，让女同志专门搞一场运动，搅搅当前的局势。

在灾荒的系列斗争后，各地农民组织中，出现了妇女小组，比较大的党团支部也相应开展过一些妇女运动。县委常委冯骞的妻子、共产党员刘桂真是妇女工作部部长，接县委指示后，组织骨干讨论如何来搅局。最后决定组织各农民组织、党团组织中的妇女骨干，化装成乞丐，向政府讨钱要粮。

那天早上，刘桂真带着三十多个衣衫褴褛的女人，每人左手拎着篮子，右手拿着打狗棍，从各条街走来，汇聚在县政府大堂前，要求见县长。

把门的警卫队见是一群女乞丐，便来撵她们走。刘桂真和另一个人把鼻涕眼泪往卫兵身上抹，就在那兵往后躲闪的空当，众乞丐一拥而上闯进了县政府。人说三个女人一台戏，三十个女人肯定是一台大戏。她们施展女人们常用的招数，大哭大闹，有的大骂县官们不作为，遇到灾荒不开仓济民，大骂那些贪官污吏，不顾百姓死活。一时间各衙门的人都停止了办公，围着女乞丐看热闹。

这群女乞丐是越骂越凶，有人哭诉自己孩子被饿死的经过，有人骂县长和现在的官吏没有良心。一些小官吏遭到谩骂，很不爽，上前还想理论几句，结果被好几个女的团团围住，推推搡搡中被抓破了脸，撕开了衣服。有一个人还被几个女人按倒在地，扒掉了裤子，光着屁股，颜面尽失。

看到这帮女乞丐如此慓悍，没有人敢再上前来干涉。于是刘桂真指挥众人分散到各办公室讨钱要物，那些小吏衙役一时不知所措，不给钱，她们就拿值钱的东西。

县长骂警卫队长："你们是干什么吃的，连几个女要饭花子都拦不住。"

警卫队长说："正因为她们是女人，又是抹鼻涕，又是挠人脸，难缠，要是男的，咱早上去把他干倒了。好男不跟女斗，还是先回家歇歇吧。"

县长在警卫的保护下，逃出县政府。女乞丐们整整闹了一天，政府各部门处于无法正常工作状态。

这件事过后，顾衡清醒地认识到，仅靠这样的搅局，也不是根本办法，工作重点还是应该放到农村，到农村去指导农民开展均粮分地斗争，去农村训练革命武装。但是，当局的盘查越来越紧，一些外地人，常被扣押审查。他几次走到半道上，都被军警武装的哨卡给拦了下来。

刘桂真给他出了个主意说："你一个外地人，是哨卡盘查的重点，不如我给你配个女的，你们俩假扮夫妻，这样人家就不会怀疑了。"

顾衡已经是个二十多岁的大小伙子，长得不错，又有文化，接触过他的人都很佩服他，有些人就想给他张罗找个媳妇。顾衡心中还装着钱寿荣，说什么也不肯接受同志们的好意。刘桂真提出的这个办法连顾衡都没有想到过，他开玩笑说：“那你得给我找一个般配的媳妇。”

顾衡怕她真的找这么个姑娘来，今后产生感情有麻烦，就说：“姑娘就不要找了，他跟我扮过假夫妻了，别人不知道真实情况，今后她怎么再嫁人？ 还是给我配个结过婚的小媳妇吧！”

刘桂真说：“大城市来的大学生，看不上咱太和的姑娘，行，明天我就给你找个结了婚的小媳妇。”

顾衡要去双浮集指导均粮运动，跟他假扮夫妻的是刘桂真的表妹朱小琴。 朱小琴二十四岁，人长得皮肤白皙，个子高挑，她丈夫也是革命积极分子，听说有这个任务后，二话没说就答应了。

路上警察拦住顾衡，要他出示身份证件。 朱小琴上前一步说：“大哥，我们这回娘家，都乡里乡亲的，还查什么证件，俺也不像坏人啊。”

盘查的警察色迷迷地看着她说：“坏不坏哪是能看出来的？ 现在有外地共产党来我们太和，听说是从北平来的，叫顾衡，把俺县搅得不太平。”

朱小琴挡在顾衡前面，回警察的话说：“俺不认得这个人，他长什么样？ 恁告诉俺，下次见到这样的人，俺向恁报告。”

那警察很开心地说：“我也说不上来他长什么样，有你这话大哥很高兴，你们走吧。”

走到双浮集，天色已晚。 来接顾衡的人安排住宿，朱小琴快人快语说，“我是顾书记的媳妇。”弄得顾衡不知所措。 吃过饭后，人家给他们安排在东厢房休息。 顾衡磨磨蹭蹭不上床，朱小琴大大方方地说：“怕什么，现在我们是夫妻，这是任务，快上来吧，俺又不能吃了你。”

第二天天刚蒙蒙亮，雄鸡第一声报晓，顾衡便起床出门锻炼去了。 在跑步过程中，他想着今天该如何组织双浮集的农民进行一场更大规模的均粮斗争，比如，把赤卫队拉出来配合，检验一下他们前一阶段的训练成果……

双浮集支部的均粮斗争大会来了七八个骨干，会议制定了一整套方案，决定五天后动手。说到赤卫队武器的事，顾衡下意识地从裤兜里掏出那把手枪，这在这时，不幸降临了。此枪的子弹已经上膛，保险却是打开的，手指触碰到扳机力度大了些，枪“砰”的一声响了，瞬间，子弹击中了他的左大腿，顿时血流如注。在场的人全被枪声怔住了，清醒后是一阵慌乱。朱小琴流着眼泪，找来一块白布扎紧他的伤处，问顾衡疼不疼？顾衡说没关系，继续开会。红色的血渍浸透了白布，但是顾衡像没发生什么事似的，一直把会开完。

枪响后，此处容易暴露，不能久留，顾衡想到旧县集“大地社”朋友朱葆华，先到那里隐蔽起来找人医治枪伤。

“旧县”曾经是县，目前是太和县的一个集镇。早在北宋宣和年间，万寿县由原墙迁到旧县，更名为“泰和”，后改“泰”为“太”，县城迁至现址，旧县由此而得名。

第二天双浮集的同志用黄包车把他送到旧县集。集镇上早年建造的山西商会馆、伊斯兰教清真寺，至今完好。能看出，这里曾经是政治、经济、文化的中心。朱葆华把顾衡安排在自己家附近的一个小学里住了几天，找了一个当地的中医，用草药敷在伤口上，不仅没有见效，反而化脓发炎了，致使顾衡高烧不退。

朱葆华建议顾衡不能再留在旧县集，必须赶紧到县城去找名医医治。顾衡想，县城不能去，去了等于自投罗网，决定转移到税镇铺张普庆家。

税镇铺因北宋年间官方在此设税卡而得名，它地处于沙河岸边，上溯中原腹地，下达淮河黄金水道，又位居两省交界之地，地理位置十分重要，是水上码头、陆上“驿站”，曾有“小南京”的美称。

黄包车拉着顾衡来到了税镇铺前，眼前是一个封闭的城堡，寨堡的墙如同城墙，有垛子，有枪眼，周围有壕沟。寨堡城墙建有东门、西门、北门、东南门、西北门，南靠沙河，还有水门。顾衡的人力车从西门进入，过大石桥后，两边皆是客栈和商铺。当年，税镇铺流传这样一个顺口溜：“太和县的香椿头，税镇铺的好码头。旧县集的毛毡条，楮皮纸出在十里沟。”码头上，百十号脚夫扛起二百斤重的盐包、粮食麻袋，忙上忙下。

车到了太平街，正逢集日，铁木农具、席箩筐篓、木梳篦子、鸡鸭鱼肉等摊贩一街两行，货物琳琅满目。赶集的男男女女熙来攘往，热闹非凡。来自汉口、商丘、亳州、蚌埠等地的京货、山货、中药、烟草等在这里的几家大商行里销售，设立在这条大街上的杂货铺、酒馆、茶楼、油坊、糟坊、柴草行等一家挨着一家，街市上叫卖声、招呼声以及其他五花八门的声音不绝于耳。

张普庆把顾衡安排在家中后，立即上街采买酒菜为客人接风。不一会，他拎着一小篮子好吃的回来了。

顾衡说：“发财了，买这么多东西？”

张普庆一件件拿出来说：“你来了，我高兴，这都是我们税镇铺的风味食品，这是‘老猪精的满瓤烧饼’，‘老猪精’是个人，姓金，个子大，吃得胖。他的烧饼马蹄形，瓤满有味，撕开炸透，里软外酥，人人爱吃。”顺手递给顾衡一块。

顾衡咬了一口说：“好吃。”

张普庆是个热情四溢的人，他的特别之处，就是把他的每一分热情发挥到极致。他说：“不急，还有好吃的。”接着又拿出水煎包说：“这水煎包的主要馅料是韭菜、粉丝，还有鸡蛋皮、豆腐丁，用发过的面包成的，放入平底锅细火慢蒸。蒸熟时，淋上麻油，吃起来香味扑鼻……”

顾衡说：“这日子像过年啦。”

张普庆道：“我们平时也不会吃，你来了，我们就当过年了。”

这话说得让顾衡很感动，吃过饭，张普庆带他去看医生，几家中医看了他的伤后都觉得伤得太重，怕耽误了治疗，让张普庆另请高明。

太和城内有个开诊所的张性真，曾是顾衡读书会会员，一天晚上，他被人接到离城几十里的张普庆家，进了后房一看是“老顾”，很高兴。顾衡也高高兴兴地坐在床上，像个没事的人一样，微笑着对他说：“老张，我倒楣了，受伤六七天，找卖野药的给治，感染化脓了。”

张性真一看，吓了一跳，子弹从大腿内侧进去，小腿外部出来，两个洞，也没包扎，又是脓又是血从洞里流出，一量体温三十八度多，再不治，很危险。

张性真也没什么好药，他用带来的小锅将镊子、探针、纱布煮开消毒，每天将伤口里的脓冲洗干净，然后用药水泡的纱布捻子放进伤口，外面用纱布包好，在伤口外热敷，一天换一次捻子，三次热敷，这样治疗一个星期，伤口未好，但肿消了一些，脓也少了，热度退了。

张性真不敢久留，回城去了。

此后顾衡又转移到别处，得不到好的治疗，他又不愿意离开太和到大城市医治。腿伤一直不好，不能行走，由同志们帮助他四处隐蔽，辗转于太和农村，县委的工作只好由别人代理。

第十九章 失去顾衡领导的暴动

1931年3月，蒋介石发出“攘外必先安内”的反动训示。各地更加紧了对革命力量的镇压。

顾衡受伤后无法再主持太和县委工作，于是，他召集党委班子成员，在自己的藏身处召开会议，调整领导班子。他向党委提出请假疗伤，由组织部傅鲁代理县委书记，替自己行使书记职权，补充农民张明远为县委委员，冯骞为常委。同时成立了县团委，选孙仲佛、王仪义、王崇之为团委常委，刘森林、徐廷楷为团县委委员。调整确定新班子后，顾衡在同志们的帮助下，又转移到其他乡去隐蔽治疗。

傅鲁本是乡村师范学校的老师，是个比较随性的人，平时看不出来，当了代理县委书记后，由于权力集中，岗位重要，他的随意性立即被放大，显得十分明显而且扎眼。比如说，县委已经决定了的事，他可以随意更改，致使党委的决议严肃性受到了挑战。他爱搞个人说了算，没有经过县委常委会研究，也没有召开过党委会，就自作主张从阜阳县城调了一个同志到太和。思想作风上的问题也暴露出来了，尤其是对待女同志不尊重，时不时会骚扰女同志。这些问题颇让人看着不舒服，不顺眼，终于在一次县委会上，梅雪友与他爆发了严重的冲突，两个人从一般问题争论，到拍桌子打板凳捋袖子要干起来。

梅雪友跟傅鲁搭班子，两人尿不到一壶，因此更加怀念顾衡，从傅鲁的身上反衬了顾衡是个有水平的书记，可是顾书记受伤，已经明确不再处理工作，一切托付给傅鲁，他斗不过傅鲁，于是出走太和去借助外围力量。

在会议上撕斗后的当天，梅雪友就直奔阜阳去串联，打算请阜阳、太和等四地的党组织召开联席会议来解决问题。顾衡得知此情况后，指派交通员立即去阜阳追回梅雪友，让他返回太和好好工作，由傅梅双方自己解决问题。结果这两个人到一起还是互不相让，从辩论发展成指责谩骂。梅干脆直接跑到苏区去找安徽省委上访去了。

县委班子里只有傅鲁和冯骞两个人，失去了梅雪友的牵制，傅鲁独断专行更盛。

梅雪友一把鼻涕一把泪向上级控诉傅鲁，添油加醋地说了太和一大堆问题。你还别说，梅雪友上访还真有效。省委领导很恼火，下达了如下指示：一是省委认为傅鲁同志是预备党员，顾衡同志提议由傅担任代理县委书记是错误的，应撤销傅鲁同志代理书记的决议。二是，顾衡同志应为此事负责，撤销其书记职务，保留常委。另选一名工农分子担任县委书记。三是号召太和全党进行斗争，纠正过去党的一切错误。

梅雪友原来只想把傅鲁拉下马，不承想，省委并没有完全按他的想法来行事，结果把他尊敬的顾衡也顺带着拉下来了，他觉得无脸见顾衡，更不想见死敌傅鲁，于是，带着省委盖了大红章的指示，回到阜阳住了一个多月，没有将此重要的指示及时传达给太和，直到四月中旬才托团委的一位同志带着信去找顾衡。而顾衡因为受伤隐藏在乡下，常常转移地点，团委同志并没有见到顾衡本人。

把指示信交给团委同志代办后的第二天，甩手掌柜梅雪友领着团委书记和三位赴苏区受训的同志去省里再也没有回来。

梅雪友并没有意识到他的这一行为，导致了后来太和革命遭到重大挫折。

傅鲁并不晓得自己已经被省委撤职，没了梅雪友这个碍手绊脚的家伙“捣乱”，他意气风发，正打算大干一场——搞武装暴动。

此时，正处于麦收前青黄不接的阶段，因为缺食少粮，饿死和逃荒的人不断增加，全县到处是乞丐，粮价涨得吓人，小麦五十多元一石，三亩地都换不到一石粮食，人力车车夫拉不到客，工资收入减少，不得不到乡下去挖草根、剥树皮充饥，农村人、城里人一起掘地削树，很快致使资源殆尽，不得不卖儿卖女，男孩可以换一斗麦子，女孩只能换五升。

经济上的衰败也加剧了政治上的恐慌。太和县土匪四起，小股土匪绑票每日数起，以李功臣为首的大股土匪，政府当局多次派兵终不能剿灭。掌握权力的官差，到处敲诈。反动势力加大对党组织的破坏，经常全城戒严，净街搜捕，拘捕了一批党员和进步群众，造成白色恐怖。

此时，由于矛盾日益激烈，也发生过一些自发的群众斗争，但是都以失败而告终。前一段时间，在党的领导下，太和城区曾发生过士兵闹饷、女乞丐闹县政府运动，但是几个乡的均粮运动也因各种原因没有取得预料的胜利。傅鲁觉得这正是自己大刀阔斧证明能力的时候，到时把头上“代理”这两个字去掉。要搞暴动不是件小事，他仅仅是个代理书记，必须请示正式书记顾衡同志。

傅鲁给顾衡写了一封信，信中说：目前主客观条件均已经成熟，决计布置城区暴动，请求你的同意，并请你对暴动的计划发表意见。

正在病痛中的顾衡对新的情况并不了解，当即复函说：我患病请假后，对城内外群众斗争情况均不清楚，城区主客观力量对比也不知道，你的来信没有详细的事实报告，暴动计划非常空洞，我不能发表意见，暴动的举行与否，请你们召集党的会议详细讨论决定，我不能就暴动的条件和暴动时的注意点贡献意见。

1932 年 4 月 14 日，傅鲁召集党委会议研究讨论暴动事宜。他并没有把顾衡的意见完全表达给与会的党委委员，反而借顾衡之名来欺骗党委成员说："本县目前暴动的条件已经成熟，实有暴动之必需，发动城区暴动计划，已经由我和顾衡书记共同讨论过，并且他已经同意。"他接下来给大家分析形势和暴动成熟的理由：一是太和的东区、东南区、南区工农群众坚持日常斗争，搞游击已经多时，部分暴动曾有二十余次，在县委领导下，取得胜利的大斗争有三起，群众的情绪高涨。二是北区工农群众日常斗争有三四起，情绪也高涨。三是西区、西北区附近工农群众日常斗争有一两起，虽然不多，但是情绪也甚高涨。四是城区内经过宣传训练的狱犯，情绪尤其高涨，均跃跃欲试。五是狱内被捕的我方同志，迫切要求我们暴动，去解救他们。六是红枪会和土匪们多次要求来商谈暴动的事，坚决要求率全部力量参加暴动。分析到这里，他说："刚才我说的都是我方的情况，当局政府为了剿灭北乡土匪李功臣自顾不暇，城里的力量非常薄弱，这是我们暴动的大好时机啊！大家鼓掌。"

在他的提示下，大家稀稀拉拉拍了几下手。与会的七八个人因为听说顾衡都已经同意了，没有一人反对傅鲁的暴动计划，草草地通过。傅鲁决定以最快的速度举行暴动，他想了一下说："就定在 18 日夜里。"

傅鲁进一步明确了分工，由王辅忠任总指挥，王毅轩任城区暴动政治指导员，孙海如任秘书处处长，振德为第一队队长，负责进攻民国警卫队大队部；孙树勋为第四队队长，负责进攻公安局；刘体龙率本排士兵打开小南门迎接城外的攻城人员进城。组织破坏小队四个，需要提前进城，分别埋伏在县中，由吴体甫负责；进入清真寺一队由高献珮负责，在山西会馆一队人马由王老拐负责，在王乔政衔的一队由吴春燕负责。在城外由傅鲁担任总政治指导员，城南总指挥由冯骞担任，副总指挥由胡鸣九担任，城北总指挥是傅焕之，东南区、东区、南区参加暴动的群众集中在城南的三里湾，城北的暴动力量集中在北关中学……

最后傅鲁进一步强调："18日12点召集准备，19日凌晨3时正式暴动，到时以城内鸣枪和纵火为号，见到这两个信号，大家就开始总攻。对了，大家别忘掉红布缠左臂，狱犯缠右臂。"

会议结束后，大家议论，时间太紧了，只有四天时间，但已经决定了的事，没有办法，每个人根据分工，分头进行紧张的准备。

暴动在纸上写、口头上讲很容易，落到实处却难上加难。到了暴动的前一天晚上，县委在十二里庙召集党、团及军委会联席会议，听取各方的暴动准备工作汇报。

负责城区暴动的王毅轩第一个发言，他说："我这几天进城进行了实地考察和了解，并做了大量工作，情况并不像傅书记您说的那样，出入很大，据我所知，现在民团警卫队的士兵有三百多人，根据地下线人报告，他们集中驻扎在西大街，县里面天天戒严，防范十分严密。那些所说的经过策反的士兵，目前大多处于观望状态，他们是墙头草，风吹两面倒，不可靠。城内实际能参加作战的不到十人，枪支只有三四杆。再说监狱里这帮人可能会很卖命，但是前提是，要把牢门给打开，否则一切都是零。我个人认为，这次暴动准备不充分，宣传不到位，建议推迟。"

胡鸣九是打过仗的，在检查暴动准备工作中发现许多漏洞，他赞成王毅轩的意见，建议推迟暴动。

傅鲁是代理书记，实际上行使书记的全部权力，甚至经常超出书记的权力范围办事，个性独断，哪容别人提反对意见，他当场批评了王毅轩和胡鸣九，认为他们怕死，不敢担当。经他这么一骂，出席联席会议总共七人，傅鲁和冯骞同意，常委张明远和团委两个人都没有发表意见，按说应该算弃权，结果是两票反对，两票同意，但傅鲁同志嘴大，说没发表意见视为同意，这样一来结果就变成了五比二，联席会通过暴动继续按原计划执行。

王毅轩心里暗骂：多么坑人的"民主集中"。胡鸣九也发牢骚说："我们就等死吧，不远了。"但这就是纪律，他还得执行。

前文中，我们已经提到过胡鸣九，他是弃官革命的，在部队时就当过指挥员，后来经党组织同意，到双庙任第二区区长掩护党的工作，为党和群众做事。关于胡鸣九有这样的故事：他到任不久，就碰到这样一个案子，黄庄一位六十多岁的孤寡老人，因生活无人照顾，在收麦时节，到地主范老碧的地里去拾麦子。范就指使家丁抓住老人又骂又打，老人申辩了几句，即被认为是触犯了他的威严，随后又把老人带到区公所，诬告老人偷麦，要求胡鸣九予以严惩。

胡鸣九看到范老碧颐指气使、骄纵蛮横的样子，再看看战战兢兢、骨瘦如柴的老人，心里就明白了八九分。他对范老碧说："你先到厢房歇息，待我问个明白，一定严惩不贷。"他把范老碧支走后，和颜悦色地对老人说："老人家，您不要害怕，如实地把情况说一说，我会替你做主。"老人扑通一声跪在地上，一边哭诉，一边扒开上衣露出身上的伤痕。没等老人哭诉完，胡鸣九再也按捺不住心里的怒火，大喝一声："将范老碧带上来！"

范老碧原以为新区长一定会袒护他，洋洋得意地想看着老人如何被惩治，自己如何答谢区长，忽闻其声，如雷劈顶，忐忑不安地走了过来。不容他开口，胡鸣九厉声问道："青天白日，家丁在场，一个体弱的老人怎能偷你的麦子！""这……不是人都给你逮来了吗？""既是偷了，麦子现在在哪儿？""这个……""你无凭无据打伤老人，反来告状，公理难容！”这样的事在胡鸣九身上还有不少。

1932年2月，中共太和县军委书记刘宠光被捕，在这危难关头，胡鸣九接任军委书记。前段时间，他天天深入到各区指导赤卫队军事训练，并检查各项准备工作的落实情况。18日会后，胡鸣九没顾得上吃饭，立即召开各指挥部负责人会议，听取暴动准备情况的汇报，进行了简短的战前动员后，于傍晚时分，带领暴动人员携带着枪支、长矛、大刀等埋伏在指定地点。

王辅忠是这次暴动的总指挥，他把经过训练的赤卫队员分成四个暴动中队和四个破坏队。此前，已经教过他们如何破坏敌人的铁丝网、扒城墙、炸城门，训练成果经过了检验。18日上午，王辅忠把暴动中队队长和破坏队队长召集一起，进行了具体分工，进行战前动员。傍晚，他命令各中队化装入城，按照先前的预设地点埋伏以待，里应外合。

孙海如担任这次暴动工作的秘书长，暴动的城内指挥部设在他的女子小学内。接到指令后，他立即投入到暴动的准备工作之中，召开会议研究工作，布置人印刷传单，拟在暴动成功后在城内张贴标语，还协助指挥部将从城外运进的武器隐藏起来……

刘体龙的任务是在暴动人员攻城前，打开南门，迎接胡鸣九的暴动队伍进城，并配合赤卫队进攻县政府。他回去后立即跟几个铁杆兄弟交待了任务，准备在暴动打响后，反戈一击。

如此大的行动，保密工作十分重要，却是难上加难。而傅鲁对阶级成分的重要性认识远没有顾衡那么清晰，他片面地追求发动暴动力量，把地主、土匪等都作为依靠的对象来统战，结果事就坏在这里。

一官吏闺女张小翠，思想上并不进步，她却获知了太和暴动的时间和具体部署。她告诉老子太和要出大事了，其父询问情况后，让她赶紧到向县里汇报。这丫头跑到政府汇报情况，县长起先还不信，后来分析城里异常现象，吓出一身冷汗，一屁股坐在藤椅里，半天才回过神来，立马派传令兵，调剿匪的部队返城保卫县政府。

第二十章 带伤出山收拾残局

1932年4月18日下午5点，一乘快骑穿过北城门，快速向城东北三十里外原墙集方向疾驰。此人是县长的传令兵，是搬兵回城的。他通知原墙集剿匪的驻军，火速撤回县城。这支原本在外剿匪的民团警卫队一路强行军，于晚上9点赶回了太和县城。

接下来的事更是件件出乎傅鲁的意料。

城北埋伏在乡村师范学校附近的赤卫队员，按计划是先解除锁门的校工，然后全体暴动人员藏进院内，可惜负责行动的两个赤卫队员以前从未开枪杀过人，把枪对准了校工，自己却紧张了，连着开了七八枪，才将校工打死。

民团警卫队听到城外的枪声，立即巡查城门，发现小南门、西门、北门均未上锁。指挥官心想这里面必有猫腻，下令拘押守城门的士兵，致使经过策反的士兵悉数被捕。

城内民团警卫队在大西街的兵士立即散在全城开始戒严搜捕，并根据已经掌握的情报，迅速包围了设在太和女子小学的城内暴动指挥部，正在作暴动准备工作的孙海如、张淑真、张殿武等十多人被捕。

而此时正在检查和布置暴动工作的门金锡发现事有所变，打算回去烧掉机要文件，然后再通知各路赤卫队转移。不料途中与敌人遭遇，他拔出手枪与敌人进行殊死巷战。丁耀廷开枪相助，终因寡不敌众，门金锡、丁耀廷不幸中弹被俘。在押往县政府的途中，门金锡高喊："打倒贪官污吏！""中国共产党万岁！"敌人恼羞成怒，气急败坏，将门金锡枪杀在县政府门前。

负责发信号的张岱起听到枪声，误认为暴动时间已到，把火点着了，后来发现不对，又去扑灭火堆，这时敌人进来将其逮捕。

12 时，南北路群众原先计划至少到八百人，实际才到了二百多人，仅有长枪十八支，短枪五支，等到天亮也没有见到火光，但因时间太早未敢攻城。直到拂晓，胡鸣九知道事情有变，命令赤卫队员化整为零，疏散隐蔽，暴动失败。

暴动后的当天，富有军事经验的胡鸣九指挥群众把城外十五里以内的电线杆全部砍倒，割断电线，以断敌人信息。

4 月 20 日，敌人派出大批军警，到处搜捕共产党人和革命群众。隐藏在沙河南岸田老庄妹妹家的胡鸣九，正在和北路指挥傅焕之商议下一步的工作，被敌人堵在了院内。在这生死存亡的紧要关头，胡鸣九随手抓起一顶草帽，戴在傅焕之头上，接着又递给他一把锄头，拖起他往后院跑去，然后用肩膀把傅焕之托上墙头，自己刚返回前院，冲进院子里的法警问："你是胡鸣九吗？"胡高声答道："正是，你小子何为?”法警说:“县长请你!”胡道:“可以。”昂然与法警一道回县城,虽经严刑拷审,始终未暴露组织和同志。

敌人抓住了王新义,知道他担负着党的重要的工作,了解太和全县党、团的内部情况,就对王新义软硬兼施,威逼利诱,企图打开缺口。但是,王新义大义凛然,坚贞不屈,痛斥国民党反动派残害人民的种种罪行。敌人对王新义多次施以酷刑,但最终没有从他口中得到任何东西。

4月23日上午,阴云凄雾笼罩着太和大地,胡鸣九、王新义、刘体龙等十多名党团员骨干被国民党反动派押赴西关外刑场,面对敌人的枪口,他们高喊:“打倒黑暗政府!”“铲除贪官污吏!”“共产党万岁!”响亮的口号冲破了死寂的苍穹,惊醒了沉睡的大地……

暴动前夕,王辅忠出去检查各暴动点的情况,正巧不在女子小学,当他发现指挥部被敌人包围后,准备通知门金锡赤卫队员分散隐蔽,一支民团武装抢先包围了门金锡的暴动队。此时,各暴动力量的隐蔽点均被包围,敌人岗哨密布,挨家挨户搜索抓人。反击已无希望,为了保存革命力量,减少不必要的损失,王辅忠机警地躲过敌人的追捕,手撑雨伞从城墙上跳下逃脱。

王辅忠脱险后,受到国民党的通缉追捕,只好转移外地。敌人抓不到王辅忠,就派兵抄了他的家,家中财物被敌人洗劫一空,又把他的儿子王磊丢到门外的水塘里。他的妻子无奈,只好带着儿女躲起来。在一个风雨之夜,王辅忠回到家中,目睹满屋狼藉,又不知亲人去向,心中十分悲痛。他紧握拳头愤恨地骂道:“你们这群恶魔,虽然搞得我倾家荡产,妻离子散,但我王辅忠还在,总有一日要找你们报仇。”这时,亲友也劝他不要再冒险活动了,避避风声。他声泪俱下地说:“敌人如此残暴,同志们死得那么惨,革命工作怎么能停,我岂能只顾个人安危。”于是,他下决心去找党组织,辗转四方,终于在涡阳找到党组织,被组织介绍去参加蚌埠码头工人运动。

这年秋,他根据党的指示,又回到阜阳,和原中共太和县委员张明远一起，隐蔽在宋家湾妹妹家中，隐姓埋名，以教书为掩护，积极恢复党的组织，重建了刘尚庄、小官庄等六个党支部。

“四一九”暴动失败，以顾衡为首被通缉的共有四十九人，通缉令张贴在全县的各要道路口及区乡寨堡。

此时顾衡伤势甚重，卧病在床，无法行动。同志们把他先后护送到王寨、界牌、行流镇、玻璃寺、原墙、段庄等处，躲避敌人的搜查。

知道暴动失败的消息后，顾衡痛心极了。他不为个人安危担心，而是为党的事业遭受那么大的损失痛心。这次暴动失败，使太和县好不容易恢复和发展起来的党组织又遭到严重破坏，他悔恨自己疏忽大意任人不当，匆促之中竟让傅鲁这样自私自大无组织无纪律的人代理党的书记工作。他为那么多好同志流血牺牲而痛心，在敌人面前英勇不屈，慷慨就义的胡鸣九、门金锡、张淑真……时时浮现在他眼前，他想，如果能用自己的生命换回他们，心里的痛楚也许就会减轻一些。

难道要在挫折面前趴下吗？不，这不是顾衡的性格。太和党团组织虽因突遭破坏，处于无组织的混乱状态，他坚信党的影响依然在。许多同志在被明令通缉、暗地追捕，不能自由行动的情况之下，始终坚持斗争。眼前的白色恐怖笼罩太和，但作为一名共产党员，作为一名县委领导干部，只有勇敢地站出来，不怕任何牺牲，积极地整顿收编分散的党员队伍，太和的党组织一定能很快重新恢复。

端午节以后，团委的刘干事在内线的引导下，来到了顾衡的藏身处，送来安徽省委的指示信。顾衡展开信，看后顿时脸色铁青。他一把揪住刘干事的衣领，大声责问：“为什么到现在才把信送来？”刘干事辩解：“梅书记交给我的时候已经是他回来一个月后了，我拿着信一直找你，始终找不到，这能怪我吗？”

松开刘干事的衣领，顾衡无法控制自己的情绪，用那条没受伤的腿脚连连跺地。嘴里骂道：“这个梅雪友，太和的党组织原来不仅是毁在姓傅的蠢蛋手里，姓梅的也要负主要责任，他要是早点把上级的指示送来，傅鲁会立即被撤职，也就不会有‘四一九’暴动，太和的党组织也不至于受到如此重创。”

顾衡把身边的人召集起来，对他们说：“你们拿着我亲笔信到各区去，收拢失去组织的党、团员，一定要加强对他们的审查，革命意志不坚定的宁可不要，通知他们在十天后的早上到界牌集开会。”

界牌集离他藏身的地方有三十多里地，在约定时间的头天夜里，两个同志轮流背着他，秘密离开藏身处，天还未亮时和大家同时赶到开会地点。到会的有傅鲁、张明远等县委主要领导。

没等同志们问他伤口情况，他就严肃而同又激动地说：“同志们，狂风吹不倒我们的红旗，擦干我们身上的血迹，我们的任务是战斗，战斗再战斗……”

顾衡拿出省委的指示说：“今天会议的第一个议程由我来宣读上级的指示，这是一份迟到的指示，本该在‘四一九’暴动前传达到太和县委，那个对党不负责任的梅雪友在身上放了一个月之久，既不找县委负责同志，也不把指示传达下去进行讨论，连一个交通员的职责都没有做到，祸党害民。”他平息了一下自己的心情，接着说：“上级决定撤销傅鲁的代理书记一职，免去顾衡的书记职务，保留党委常委，另选一个工农出身的同志任书记。上级要求我们开展党内斗争，纠正过去的一切错误。现在就请傅鲁作深刻的检讨，然后由大家讨论是否开除其党籍。”

出了这么大的事，傅鲁应该负全责，事先已经准备了检讨书，但是听到顾衡宣布的省委的决定，他颇感意外，心想这下是彻底完了，草草地念了检讨书，承认自己犯下了不可饶恕的错误。

接下来，大家发言，对傅鲁进行批评。平时同志们对他飞扬跋扈早有不满，今天终于逮着清算机会，每个人的批评都火药味十足。傅鲁低着头，像一只泄了气的皮球。

最后，轮到顾衡对他进行批评和斗争。顾衡严肃地说，“四一九”暴动完全是没有头脑冒险盲动的军事投机。你傅鲁的暴动决定，完全脱离了当前形势。我们的均粮斗争先胜后败，虽然不断有斗争，但群众失望情绪占了上风。他们并没有认识到要根本上解决生活困难问题，不懂得只有夺取政权，才能平分土地，所以没有在斗争中坚定信心。有觉悟的党员和群众想暴动，再不暴动就饿死了，不暴动就被国民党抓完了。但实际上是，大部分群众只是希望旁人打开城，分给他粮食吃，自己怀着恐惧，怕官差来抓他，连小组会都不敢开。这就明显表示阶级斗争还处在较低阶段，斗争形势的发展离武装暴动还差得很远。

第二个错误是，敌我力量如此悬殊，你傅鲁头脑发热，决定了暴动。我们的武装虽有训练，但武器质量数量方面都不如敌人，组织纪律性差，没有实战经验，而你却把希望寄托在土匪、狱犯身上，企图集合四乡八面的乌合之众，以及城里不到四十人的队伍来搞暴动，异想天开，整个就是没有脑子。

傅鲁听到顾衡的严厉斥责，恨不得抱着头找个老鼠洞钻进去。

第三个错误是，作为一个代理书记，你严重违反了组织原则。在做决定之前，你不听群众的意见，在没有得到支部同志的拥护和支持的情况下，就擅自决定暴动。听说有人反对，你还用所谓的民主集中，把不发表意见的人算是同意的票数，岂有此理。连乡下的同志都疑问，“这暴动的事，老顾知道吗？”很多同志认为暴动时机不成熟，东南乡群众口头允诺参加，到时间躲避了。南乡群众于“四一九”前赶往暴动地点，结果半途上又回去了。而你却看不到这些，一味盲动。

第四个错误是，离开阶级立场，勾结土匪，引进员差。纵然他们中有人同情革命，但是他们的阶段立场与农民、工人的革命立场完全不一致，不经过严格的审查甄别，非常容易混进敌特分子。据同志们反映，这次暴动敌人之所以提前得知消息，就是因为有一个员差的女儿向县里告了密。

第五个错误是，暴动地点与日期选择非常不恰当。你把暴动地点选在城区，不是全县斗争的最高涨地点，而是斗争最沉没的处所。暴动时间定为阳历 4 月 18 日，算算看，正好是阴历三月十四日夜间，这时候是月明当空照，所有的行动失去了黑夜的掩护，全部暴露在敌人的眼皮底下。一点军事常识也不懂，你是个十足的傻瓜。

傅鲁听不下去了，哭着说：“顾书记，你不要再说了，我错了。”

顾衡说：“错了就要负责任。现在开始讨论和表决是否开除你的党籍。”

与会人员一致通过，开除傅鲁党籍。

顾衡更加严厉地对傅鲁指出：“太和的党组织毁在你的手里，因为你的失误，造成重大损失，现在正式宣布将你开除党籍。我有一句话要忠告你，虽然你已经不是党员，但也绝不能再出卖我党的利益，不得向当局告密。”顾衡掏出手枪，抵着傅鲁的脑袋说：“否则，我和我的同志都不会饶了你。”

傅鲁见顾衡那支走过火的枪抵在自己的脑袋上，生怕再度走火，吓得连声说：“不敢，不敢，绝对不敢。”

会上，顾衡宣布成立阜太党、团临时指导委员会，下一步的任务是到各地检查、恢复、巩固组织。

会后，有的同志化装成卖煤油的，担着卖煤油杂货的小担子；有的化装成买树的，手持量树的尺……为了躲避民团的盘查，昼伏夜出。他们白天睡在庄稼里或湖湾荒无人烟的地方，饿了吃点黄豆或者炒面，带的食物吃完了，就捞螺蛳、逮青蛙，用柴火烤熟了充饥。夜里赶路，到各地秘密接头，抓紧组织恢复工作。

顾衡则隐蔽在一只打鱼的小木船上，躲过敌人的搜查，把了解收集到的“四一九”暴动前后的大量具体的经验教训，加以总结，写成一万多字的书面报告给寿县中心县委转中央。在小木船上生活十分不方便，同志们又在太和与阜阳、沈丘交界处的小段庄一个柴草园中搭了个小柴草棚住，将他背到这里来藏身。旁边是汽子沟，生满芦苇，向西不远即到河南境内，一有情况可以随时转移。

还有较长一段时间，他住在胡大沟崖岸胡俊卿家牛屋暗房中，雇工李靖宇长期把自己的饭省下来给顾衡吃，端茶送水，煎汤熬药，并且总是在夜深人静时跑到十二里外，请一位同情革命的周姓医生来给顾衡换药治疗。

顾衡在革命斗争中与同志们结下了深厚的友情，连被逮捕在监狱里的同志也带信出来，叮嘱亲友一定要把顾衡照顾好。在同志们的关心、帮助和保护下，顾衡艰难地坚持做党的领导工作。有人见他行走不便，处境危险，劝他离开太和。他斩钉截铁地说：“非水尽鹅飞，不出太和！”这句话在同志中间传开了，县城和乡村革命群众知道顾衡同志还坚持留在太和工作，无形中增添了力量和信心。许多群众爱戴为农民谋利益的老顾，拿出自己舍不得吃的鸡蛋、麦面馍馍，请人转给老顾增加营养。

不到两个月时间，太和党、团组织又逐步恢复了起来。

由于太和“四一九”暴动失败，县委书记顾衡受到上级党组织的批评。他没有因病而推卸责任，也不埋怨上级的决定，一边继续拼命工作，一边检查太和党的工作中不足之处，及时向上级汇报情况，

1932 年 10 月，顾衡被调离太和到寿县中心县委工作。这时他的腿由一个土郎中用火炙法把火吹进伤口，将烂肉烧去，溃烂不再发展，同时也烧断了腿筋。虽可以勉强行走，但两腿一长一短，成了一个跛子。

第二十一章 去南方疗伤

许多猛士，可以冲锋陷阵牺牲自己，但是受不了一点委屈，一般人会在心里点赞，表示敬佩，认为此乃大丈夫也。顾衡不同，他为党的事业既可以抛头颅洒热血，在受到不公的待遇时，仍能无怨无悔，接受组织的任何决定，这就是飙风烈火的顾衡，这才是男子汉、真英雄。

调到寿县中心党委工作后，顾衡的腿伤时常复发，有时候发高烧长时间不退。县委主要领导不忍心他一瘸一拐地带病工作，同情他的遭遇，特地向上级党委请假，送他去大城市治疗。

顾衡首选城市是南京，这座城市曾是他中学和大学读书的地方，还有一个重要原因是何治垓在南京。

上次何治垓书记在阜阳被捕释放后，吓得不轻，带着太太急忙撤出阜阳，到蚌埠他丈人家住了一阵子。丈人是位茶叶商，喜欢这个有文化的女婿，得知他犯了事，中学教师的职业也丢了，有点可惜，好在命没丢，说不如你跟我做茶叶算了。

何治垓是上海交通大学电机系的毕业生，那时老百姓还不知道电机是干什么的，这种优越感怎么能让他屈居在老泰山底下卖茶叶呢？就在这时，走出去，到大城市工作的机会来了。

这个机会是南京正在扩建的中央广播电台。国民党的元老之一陈果夫，曾于1928年春夏之际，在南京丁家桥国民党中央党部后院建成了“中国国民党中央执行委员会无线广播电台”，简称“中央广播电台”。8月1日，中央电台举行揭幕典礼，并实况转播，下午5时半典礼开始，中央大礼堂集中了七八十人，刚从北平参加“五大司令”会谈赶回的蒋介石，亲临祝贺并致开幕词。当时市区马路两旁放置许多收音机，招来很多好奇的市民。

丁家桥这座电台虽名曰“中央电台”，但功率有限，实际电波覆盖范围主要在东南一隅。陈果夫决定将电台发射功率增至五十千瓦，并指定德国一家公司承制播音和发射设备，由国民政府交通部电政司承建并督办，主要负责人是宋子文的表弟温毓庆，他曾留学美国，专攻电讯。上世纪三十年代初，温毓庆曾在上海西郊真如镇建成中央国际电台，并投入使用，名噪一时。1932年，温毓庆受命承建“中央电台”。他征募民工并征得军政部派员支援，在江东门西边征地三十余亩，开辟道路，填平几口荷塘，日夜施工，历时半年，终于建成两座百余米高的钢筋架发射塔，成为上世纪三十年代南京最高建筑，蔚为壮观。

新扩建的电台需要大批懂得无线电的人才，何治垓便从蚌埠来到南京，应聘进了电台。顾衡与他一直有书信往来，来南京治病的第一个落脚点也选在何治垓的宿舍。作为国民党首都，到处都有盘查警察和官兵，这里比较偏僻，相对也安全些。

顾衡走路一瘸一拐十分痛苦，何治垓提出要看看伤情。他脱下裤子，贯通的枪伤十分扎眼，大腿内侧的枪伤还在红肿流脓，外侧的伤口隆肿突起。顾衡说，看了许多中医，不管用，这回来南京，还是到大医院看看。何治垓有点担忧："大医院好是好，治枪伤风险太大。"顾衡说："我想去中央医院，他们要是问怎么回事，到时就说被土匪打的。"何治垓只好说："那就试试。"

中央医院位于南京城东，江东门是南京城正西外廓城的一个城门，地处偏僻，靠近长江边，当时还没有通车，对于腿疾严重的顾衡来说，进城非常不方便。何治垓租了一辆人力车带顾衡进城医治。

人力车穿过汉中门、新街口、大行宫到逸仙桥，到了中央医院。何治垓去帮助顾衡挂号，护士听说看枪伤，十分警觉。

何治垓解释说："是我乡下的亲戚，被土匪打中了腿，久治不愈才来中央医院瞧病的。"

护士告诉他："医院有规定，凡是枪伤，都要提供他的身份证明。"

何治垓脑门上沁出了汗水，他说："我去拿他的证明。"

离开护士台，何治垓架起顾衡就往外跑。

顾衡问："什么情况？"

何治垓说："快走，中央医院管得太紧，来治伤等于送死，快走。"

从中央医院出来，顾衡有点失望，首都对枪伤治疗管理太严，说不定枪伤没有治，却正好送人家枪口上了。他们来到洪武路，何治垓说："葛春霖住在这条街上，不如先到他那里歇个脚。"

在小巷子里绕来绕去，在一个四合院的老房子里找到正在看书的葛春霖。

葛春霖是“四一九”暴动失利后离开太和的，他回到南京来想找一个教书的活作掩护，继续做党的地下工作。

看到顾衡，他十分激动。顾衡说：“我是专门来治枪伤的，人家医院非要检验身份，腿伤已经到了非治不可的地步了。”

葛春霖说：“都中午了，走，先去吃饭，治伤的事我来想办法。”

三个人来到刘长兴面馆，每人来了份大肉面。大肉有四指宽，一拃长，放在碗面上，十分诱人。

顾衡把肉夹给何治垓，说：“我不想吃肉，你太瘦了补一补。”

何治垓又把肉夹回去说：“你身体不好，更要补。”

葛春霖说：“你们不要推让了，老板，每人加一块大肉。”

葛春霖是个侠肝义胆之人，他总是在朋友有难的时候出手相助，有钱出钱，有力出力，从不吝啬。他跟顾衡说自己的太太段瑛在上海乐华女子中学做教务主任，你可以到上海去疗伤，到时她会帮助你。

顾衡了解段瑛，在北京时，给《现代中学生》写过文章。她长得漂亮，天资聪明，敢说敢为，与葛春霖在1928年的天安门集会时认识后，结成革命伴侣，互相鼓励和支持，他们生活非常艰苦，常常经历战争、流离失所、失业，但是有工作时，每月工资自己只留养家糊口的部分，其余全部交给党组织，至少三分之二，或接济贫穷学生，或支持革命，令顾衡敬佩。

吃过饭后，他们三人来到新街口电报大楼。葛春霖给上海的太太发了一份电报，电文内容是：“孟方近日将去沪，住你处治伤，请做好安排。”

顾衡非常感激地说：“我顾衡这些年来干革命，没有职业，没有收入，靠的就是你葛春霖这样的革命同志加兄弟的无私帮助。”

葛春霖打断他的话说：“你为什么干革命？还不是为了与当前腐败政府斗争，为人民大众谋未来吗？革命是有牺牲的，你牺牲了自己前程，专职做革命工作，我们做点牺牲又算什么呢？”

何治垓感慨：“我们一家人不要说两家话，都是为了一个目标，否则，我们干吗冒着生命危险做地下工作？”

三个人的手握在一起，互相打气，互相鼓劲。顾衡倍受鼓舞，表示一定要想法治好腿伤，以便为党为革命多做贡献。

回到江东门，何治垓利用个人关系，为顾衡请来西医。医生看了他的伤后，表明治他的旧伤，需要各种医疗设施、器械及药物，动员其住院治疗。这种结局，恰恰点到了何治垓和顾衡的痛处，要是方便，还用请您来家里吗？他们不便说出实情，借口没有钱，住不起院，谢绝了医生的好意。

顾衡在何治垓家小住了些日子，交谈中得知了好友汪楚宝的一些情况。

原来那次何治垓与汪楚宝、潘滨从蚌埠分别后，汪和潘回到了南京，到中央大学就出事了。他俩在外面几个月，回到学校看到梧桐树，园子里的花，感到十分亲切，两个人在食堂吃过午饭，在回宿舍的路上，遇到了化工系助教杨允植。杨是他们“大地社”的成员，见了面十分惊讶说，好些日子没有见到你们了，老潘你怎么还敢在学校里露面，学校正在抓人，前些天吴春恒已经被捕了，你要当心啊。

汪楚宝和潘滨都认得吴春恒，文章写得好，1929 年开始就发表文学作品，让人羡慕，他讲一口江苏泗阳话，“五卅”运动和“九一八”事变期间，组织领导过南京学生参加全国学生抗日反蒋运动，后任南京中央大学党支部书记，中共南京市委组织部长。

潘滨是中央大学中的“能人”，顾衡离开中大后，每次政治运动都有他的身影，而且跳得高，闹得凶，早已经被校方及当局盯上了，幸好这次与杨允植相遇得知情况危急，否则还蒙在鼓里呢。

汪楚宝问：“我不要紧吧？”

杨允植说：“你是用功的学生，大概没有什么事吧。不过你也要小心点，最近学校不太平。”

三个人在礼堂前的广场上聊了一会，杨允植离开，潘滨跟汪楚宝讲：“我得赶紧回去收拾一下，到别处去，你也要小心点。”潘滨回去拿了重要的行李便匆匆离开中央大学，晚上在校外住了一夜，第二天买了张火车票去了上海。

汪楚宝就没那么幸运了，回到宿舍，跟同室的同班同学陈骏飞聊天。陈好奇地问他这些天去了哪里，汪楚宝不会讲去蒙城的真实目的，告诉他筹办师范培训学校的事，因对方经费不足就停办了。这时，他想应该给葛春霖写信简单报告一下情况，于是铺开信纸写道："我与潘滨已经回到南京，回到了学校……"因为这些日子实在是旅途劳顿，没有写几句话，就困了，便将信放进抽屉里，准备明天再写，倒床上便睡着了。半夜12点，一群宪兵突然闯进宿舍，将他逮捕。宪兵将他押到学校大门口时，大门外停着一辆囚车，汪楚宝发现被捕的不止他一人，上面还有三个人他都认得，分别是杨晋豪、钮长震、黄舜治。

汪楚宝记得，"九一八"后，1931年12月3日，北大示威团二百三十多人，冲破当局重重阻拦，到南京请愿。两天后，示威队伍在成贤街被千余名军警殴打，185人被捕，三十余人受伤。自己出任游行总指挥率中大学生四百余人，举着"中大"大旗前往援救。他们冲开首都卫戍司令部两重大门，质问当局，要求释放北大学生。接着金大、五卅公学等校学生赶来参加斗争。后来，北平、天津、武汉、广州、安庆、苏州、太仓、济南等地学生又陆续到南京示威。当天晚上，在中大召开各地代表联席会议，成立了各地学生示威团联合办事处，每校派代表两人组成主席团，领导示威运动。14日，各地学生4000余人在国民政府联合示威两小时后，在南京街头进行宣传。15日，北平9校学生示威团到教育部、外交部、国民政府，发现空无一人，学生愤怒之下，爬到大门上把"国民政府"改成"乱民政府"。然后又去国民党中央部示威，警察鸣枪，哄乱之中，京沪卫戍司令陈铭枢被打伤，随即示威团撤退。在这次斗争中，示威团5人被捕，十多人受伤。12月16日，《中央日报》用大字标题刊登："'共匪'千余攻打中央党部"。同一天，上海示威团又有3000人来宁。各地示威团决定17日举行联合总示威。

12月17日上午9时，各地示威学生一万余人从中大出发，经中山路、鼓楼、湖南路向国民党中央党部前进。12时到达，见铁门紧闭，军警林立。示威队伍又转向国民政府进发。示威队伍路过珍珠桥《中央日报》馆，质问报馆为何造谣，并要求更正，遭到报馆拒绝。学生愤怒之下，掀下《中央日报》门牌，割断电话线，捣毁经理室、排字房，把铅字、印模抛入珍珠河。这时，早已做好屠杀准备的国民党南京警备师二旅和反动警察，从马路两边冲出，进行血腥镇压，只十多分钟，学生重伤三十余人，被捆绑捕走六十余人。上海文氏英文专科学校学生杨同恒（共青团员）头部、胸部被刺伤后落入珍珠河里，壮烈牺牲。

南京“珍珠桥惨案”后，中大党支部书记杨晋豪的活动引起注意，为预防万一，经过党支部讨论，支部书记由比较隐蔽稳重的经济系学生郁永言担任。郁永言来自南通，是经济系学生。没想到，这回杨晋豪还是没能幸免。

囚车直接开到城南瞻园路的宪兵司令部。先把这四个人关在一个平房里，有人在隔壁打电话，向上级报告人已经抓到。四个人趁机达成攻守同盟协议，约定绝不承认是共产党，一承认反而会被敌人进一步追下去。打过电话的宪兵把他们送到看守所。提审人逼他们承认是共产党，汪楚宝申辩，我是学生，参加过示威游行，要求抵抗日本侵略，爱国人人有责，有什么错？军法官说，你不承认我也一样依法判你有罪。后来法官拿出南京党员总名册，说这上面有你的名字，你自己看，还怎么抵赖。汪楚宝回答很简单，我不是共产党，这是造假的。法官又传王善堂、吴春恒指认，问认不认识这四个学生，是不是共产党员？王善堂点点头，吴春恒没有表示。后来四个人都判五年以上，关在江东门中央军人监狱。后来在汪楚宝哥哥等人的活动下，汪被释放。

知道汪楚宝经磨难，顾衡急问：“汪楚宝现在哪里？”

何治垓说：“我知道他哥把他送到苏州了，应该在家里。”

顾衡与汪楚宝从十四岁就在一起读书，现在已经有十年的战斗友谊，他去上海治伤，一定要先去看一下老朋友汪楚宝。

汪楚宝家住在苏州的阊门，顾衡有他家的通信地址。苏州地区水网密布河道纵横，外连京杭运河，水运环境得天独厚。阊门又位于水陆交通要冲之地，城河沿岸运输码头众多，“凡南北舟车，外洋商贩，莫不毕集于此”，这里成了当时苏州最大的货物集散地和商贸中心，南洋的玳瑁、日本的漆器、朝鲜的折扇……皆汇聚于此，这一带十分热闹。

看到跛得十分厉害的顾衡，再查看他的伤口，汪楚宝眼圈红了。他说：“我有一个亲戚是苏州名医，我请他帮你治疗。”

第二天汪楚宝带顾衡到汪星伯的诊所，汪医生看过后遗憾地告诉说，你这伤治得太晚了，目前外面的伤好处理，关键是里面已经长实了，肌肉和筋腱受了伤，恢复起来比较困难。听了汪医生这么讲，顾衡想终于遇上一个真正懂治我腿的人了，虽然错过了最佳治疗时期，也许还会有办法呢?

顾衡问：“我这腿还能恢复成正常人一样吗？”

汪医生告诉他：“争取吧！”

汪医生采用口服中药，再加上天天用热水泡左腿的方法，保持受伤这条腿有较高温度，让肌肉及盘腱血脉联通，逐步恢复伤腿功能。另外，就是做功能性锻炼。在他的左脚鞋子里垫上厚纸，保持两条腿行走起来长短一致，天天练习快走，并逐渐抽掉鞋子里的纸张，时间长了，走路就不会像现在这样跛了。从此，在苏州城里，一个跛足的人天天在阊门的城墙边疾走，这个人就是顾衡。

到了南方，顾衡得到了同志们的关心与帮助，享受着纯真革命友谊带给他的温暖。在上海的段瑛焦急地等着顾衡的到来，顾衡由汪楚宝护送抵沪，来到新闸路小沙渡口潘滨的家里先住下，然后去找段瑛。看到潘滨，汪楚宝后悔，当天要是跟潘滨一起离开中央大学就不会被抓进监狱了。

段瑛知道潘家是党中央的秘密机关，不便久住，于是在外面另租了一间房子，与顾衡假扮夫妻作掩护，带着顾衡到处看病。顾衡除了看病外，深居简出，换药由潘滨在医院当护士的姐姐到出租屋里来进行。

这段时间，因为离中共中央机关近在咫尺，他一方面向中央汇报太和革命情况，一边有更多的机会了解到中央的文件和精神，尤其是瑞金革命根据地的情况。至1933年的夏天，经过各方治疗和他左脚垫纸疾走的训练，伤痛基本治愈，跛足的程度也好多了。

第二十二章 浦镇机车厂小书摊

1933 年 5 月，安徽省皖北地区的党组织由中共中央直接领导。顾衡感觉腿利索多了，于是找中共中央汇报，请示回去工作。

而此时，南京地下党刚刚遭到第七次大的破坏，地下党处于半瘫痪状态，需要一个经验丰富，赤胆忠心的人去恢复党组织。中央考虑再三，一是顾衡在南京生活过，对南京情况熟悉；二是他有过城乡革命的经历，善于融入社会，能潜得下来；三是毅志坚定，思想上靠得住。最终中央决定派顾衡同志去南京工作。

顾衡奉命到施高塔路恒丰里104号(现山阴路69弄90号)的江苏省委报道。因上一任书记章汉夫刚被捕，几经周折，他在一条弄堂里找到了接任的省委书记袁孟超。

袁曾担任过武汉国民革命军第十一军第七十一团政治指导员，后来一直在莫斯科学习工作，回国后四个月，接任中共江苏省委书记。袁书记向顾衡介绍南京的情况：1932年2月，中共南京市委书记王善堂和军委书记路大奎被捕，叛徒顾顺章出面审讯劝降，王善堂叛变，供出了南京市党员的名单，先后被捕三百余人，其中有一百多名优秀党员牺牲。1932年11月，南京成立特别支部，何治垓任特支书记，只有六名党员，而且何书记身体不好，患有肺病，工作开展不起来。根据中央的要求，省委决定由顾衡接替何志垓同志特支书记一职，全面恢复南京地下组织。

顾衡表示坚决完成党交给的任务。

袁书记说："南京是国民党反动派的首都，据我了解，多任我党的市委书记都被'咔嚓'了。"他做了一个杀头动作。接着说："第一个是南京地委书记谢文锦，被捕后秘密处死的，抛入通济门外九龙桥下的秦淮河。第二个是孙津川书记，上任不久就被捕，牺牲在雨花台。第三个是南京市委书记李济平，时间更短，上任一个多月被捕就义。第四个特委书记李耘生，他跟一百多名党员一起选择了以血祭旗。老顾，你怕不怕？"

顾衡斩钉截铁道："我不怕，就是被捕了，在敌人面前受再大的苦刑，也不变节，不投降，宁愿英勇就义。"

袁书记竖起大拇指说："好样的，是条汉子。南京的书记和一些党员中出了不少叛徒和败类，王善堂就是个软骨头。"

顾衡说："如果真遇到不幸，我就义前还有三句口号要喊，就是'共产党万岁！''打倒帝国主义封建主义！''建立新中国！'"

袁书记夸赞说："听人介绍过，说你是飙风烈火般的人物，今天见面果然看出你是这种风格，我喜欢，共产党特别需要像你这样的人，南京也需要你这样的人去主持工作。”

顾衡来到南京，第一个是见何志垓，把党的文件给他看。

何志垓看过后说：“烧掉吧！”

顾衡划火柴点着文件，顷刻烟雾充斥了不大的空间。

何志垓咳嗽几声说：“还是组织上想得周到，我这身体不太好，肺病已经好些日子了，看我瘦的！你知道的，不久前地下党组织刚遭到洗劫，整个南京市也就五六个党员，工作没法开展。”

顾衡说：“革命处于低潮时，更需要我们努力，不能泄气，我一定会在短时间里，把党的队伍建起来。”

到底如何把党组织恢复起来，顾衡有自己的思考。根据自己的经验，哪里曾经有过党组织，哪里工人阶级最集中，他的工作重点就应该放在哪里。于是乎，他把到南京工作的落脚点选在了江北浦镇机厂。

提到这个厂，不得不介绍一下它的来历。1898 年 9 月，英国和德国决定承办天津至镇江的津镇铁路。1899 年 5 月，清政府在英德两国压力下草签贷款协议，并将修建津镇铁路改为修建天津至南京浦口的津浦铁路。1908 年 1 月 13 日，清政府与英德两国正式签署了《天津浦口铁路借款合同》。根据合同，津浦铁路的修建由英德两国工程管理公司负责，以山东境内韩庄为界分为两段，德国负责北段(天津至韩庄)共计 626 公里，于 1908 年 6 月开工；英国负责南段(韩庄至浦口)共计 383 公里，1909 年 3 月开工建设。

在开工修建津浦铁路的同时，英国方面提出由中英合资在津浦铁路南段建造铁路修理厂，以修配所使用的铁路机车和客货车辆，以及制造维修线路、桥梁、轮渡等所需配件。工厂建设筹备工作由英国工程师负责，厂址最初选定长江北岸浦口，后因太靠长江江边、土质松软，遂改长江北岸江浦县(原浦口旧城)西南隅浦镇万峰门内(即今南门镇)为厂址，工厂名为浦镇机厂，隶属津浦铁路局南段管理局。

由 1908 年开始，浦镇机厂一直从事配件生产，以及桥梁、轮渡、驳船及机械设备维修工作，至 1914 年开始维修铁路机车车辆。 1919 年，随着津浦铁路的运输日益繁忙，为应付需求浦镇机厂进行了扩建，新建厂房两幢。 1923 年，津浦铁路局浦口电气厂建成，促进了工厂电动机器设备的添置。 1927 年，国民政府定都南京后，英籍厂长奥斯登被解职，结束了英国人操纵工厂的历史，厂内生产管理事务由中国人自行决策。 1933 年中国人熊正琬出任厂长，机器设备增至 306 台，工人总人数近千人，加上服务保障机构和家属，总人数达数千人之多，在当时来说，该厂是南京最大的一个单位，俨然是个江北小社会。

浦镇机厂向来有革命的传统，在革命先行者王荷波的策动下，南京的第一个共产党小组就诞生在该厂，各种运动的革命火种从未曾熄灭过。

不久，在浦镇机厂大门口的修鞋摊、缝补摊、水果摊等各种摊位中，多了一个小人书摊，摊主是个二十多岁的年轻人，他穿着褪色的工作服，走起路来腿有点跛，通常每天早上背着一个长方形扁扁的书箱过来，打开书箱，撑起支架靠在墙上，书箱变魔术般成了书架，里面是一排排小人书。 一分钱租看一本，二分钱可以租回家看，收一毛钱押金。 他总是面带微笑和来租书看书的人聊连环画里的内容，聊人生经历，一来二去交往了不少工人朋友。

顾衡本可以在外租一间条件好的房子居住，可是他的特点是做什么像什么，为了跟工人更贴近，他特意在工人住的工棚里安身。 有一家卖油条的老人，楼上有一间阁楼，顾衡就租住下来，早晚在他家代饭。 这样他可以天天与工人们在一起，了解工人们的生活，捕捉他们的思想动态。

看连环画小人书不需要识多少字，仅看画面就能理解个大概，因此小人书成为工人们的最爱。 扁扁的小人书箱里有着大乾坤，吸引了不少爱看书的人围在顾衡周围，有人知道顾衡住在卖油条老汉家，会上门来借书，顺便买几根油条，带动老大爷的油条生意也好起来。 老大爷不解其中奥妙，问：“孟方（顾衡化名）你有什么神力，吸引这么多人来？我这生意一天比一天好。”后来把顾衡的早饭钱也免了。

顾衡隔三差五还会背着他的那个扁扁的书箱到下关码头去摆摊子，醉翁之意不在酒，通过连环画作媒介认识一帮码头工人才是目的。

如果说他哪天有事没有定期出书摊，会有不少人关切询问，“看到孟方了吗？”“孟方是不是生病了？”有的书友还常带上烤山芋、韭菜合子等吃的东西跟孟方一起分享。顾衡也从他们的交往中，知道了厂里的故事，以及新近发生的事情。

有一次厂里接到加工桥梁材料的紧急任务，需要招一批临时工。一个书友把消息告诉孟方，问他是否愿意当工人。顾衡进去面试，很容易就通过了，就这样他进了浦镇机厂当起了工人。于是，他得以天天和工人们一起干活，一起吃饭，一起聊天。在聊天中，结合话题时不时给工人们讲一些革命道理，春雨潜入夜，润物细无声。工人们都觉得这孟方太有才了，愿意听他讲故事，分析事理。时间久了，他就像磁铁一样，身边聚集了一批青年人。

人间总会有奇迹，相遇总在不期时。顾衡没有想到，在这座现代化的工厂里还会遇到熟人。那天他在下班的人流里看到一个熟悉的身影，此人正是几年不见的老同学——杨允植。杨是中央大学化学系的，同情支持革命，他是怎么到这个厂子里的呢？身为地下党特支书记的顾衡，没有冒失地在人群中相认，这样既保护好自己，也可以保护同志。他跟踪到杨的住处，晚上专程登门拜访。

听到敲门声，杨允植开门一看，是位穿着灰色哔叽夹袍的青年人，微笑着从容地站在门口，哎呀！这不是老同学顾衡吗？他知道顾衡在太和被政府当局通告捉拿的事，赶紧把他让进屋，关上门窗。

顾衡看到杨允植慌张的神情，笑着说：“没有事，我是来看看你的。”在杨允植倒水的时候，他接着说：“我现在就在浦镇机厂做工。”

杨允植告诉顾衡：“原来在中央大学化学系留下来当助教的，后来身边的朋友同学一批批被逮捕了，我也不敢再留在学校。正好铁路机务处招工，就应聘来了，现在铁路机务处做化验员。”

顾衡笑着说：“我知道，我上班的机厂就在你们化验室旁边。以后，你不要到厂里找我，在路上见了面，也不要当众打招呼。不必让别人知道我俩的关系。同时，你也要注意，不要泄露自己的身份。”

在同学期间，顾衡平时不多言，言必有物，说到做到，敢于担当，杨允植敬佩他，后来听说他参加了革命，还中了枪伤，受了不少苦。原来红润的脸变得苍白了，因为消瘦，圆脸也显得长了些。杨允植说：“虽然这几年没有见到你，但一直关注着你的消息，今后有什么事需要我做的，我也会尽力而为。”

顾衡一把握住老同学的手说：“后面需要你做的事还很多，现在首要的任务是把自己隐蔽好。今后，我们要大干一场，我想十年、二十年，我们一定会看到光明的，到时候一个新政权诞生，新中国会让普天下的老百姓都过上好日子。”

杨允植后来一直协助顾衡做浦镇机厂党团组织发展工作，成为顾衡得力助手。顾衡牺牲后，他考到德国留学，于1939年获德国柏林工业大学博士学位，同年回国，曾任上海中国科学食品厂经理兼应用化学研究所所长、上海树华企业公司总经理。新中国成立后，历任中国科学院化学研究所研究员、东北化学研究所所长、中科院环境化学研究所研究员，是第三届全国人大代表、第五届全国政协委员。他在科学方面也取得了不斐成就，如，关于柴油低温性能研究的成果，被列入联邦德国工业标准；1951年提出了不透明的雾点测定新方法；1962年研制成功直接利用石油代替轻柴油行使高速柴油发动机技术，并在全国推广。

顾衡的另一个工作目标是电灯厂。上世纪初，首都南京已经用上了电灯。南京人用电灯的历史可以追溯到1906年的南洋劝业会。所谓的“南洋劝业会”就是现在的“世博会”前身，把洋人的东西展示给国人瞧瞧，也让外国人见识见识中国的特产。两江总督张人骏很会做人，借“劝业会”在南京召开之机，给自己及部下谋福利，决定在西华门外建“金陵电灯官厂”，负责给两江将军府和两江总督府提供电灯照明。官厂向上海西门子公司订了3台各1000千瓦的发电机组，这三台发电机可以供1.8万盏电灯用电，衙门里没有那么多电灯，于是向社会卖电，有需要装电灯的都到官厂来登记，装灯每盏5元，每月电费一块二，每晚供电8小时。这届政府挺会做生意的，看起来是“为人民服务”，顺带把自己事解决了，还大赚一笔。

那时候，没有空调、彩电之类的电器，主要为电灯照明供电。因此电灯厂不是现在我们理解的灯泡厂，实质上是发电厂。1933年，西华门电灯官厂并给了下关电灯厂，下关电灯厂全面给首都南京提供照明用电，该厂同样是南京一个比较大的单位，内有员工数百人。

顾衡同志在浦镇机厂摸索了一整套接近群众、发展组织的经验，搞定浦镇机厂后，他又背着那个扁扁的书箱过江到下关电灯厂搞发动工作……

一花独放不是春，百花齐放春满园。顾衡召集党员开会，给他们布置任务，传授经验。这次会地点选得也特别，在玄武湖的船上。在船上开秘密会议是共产党的发明，一大就是在南湖的游船上开的。湖面开阔，无遮无挡，船上开会，周边的情况观察得清清楚楚，边划船边开会，观景、游乐、工作结合到一起了，还特安全。南京的六七个党员骨干都在船上，船到湖中央，会议开始。顾衡作了工作部署，计划在在国民党审计部进一步发展党员，成立一个支部，因为汪楚宝的侄女在里面工作；在国民党无线电台成立工人读书班，让他们学习无线电技术，从中发现党员苗子，这是因为何治垓在里面已经深耕了一两年；在军械修理处再发展两名同志，成立党支部，为今后的武装革命作后备；在下关健全党的支部，发展一批党员，开展工运活动；在中央大学发展党员，扩大反帝组织，成立工程学会，扩大“储蓄会”……

那时候中国人还不习惯储蓄，外国银行以有奖储蓄作利息，诈取民众的钱财，有的银行以设置大奖骗储户把本金拿出来兑换奖券，结果大部分人得不到奖，赔得血本无归。储蓄会任务是吸收存款，到期付本还息，是当时时尚的做法，也是反对帝国主义剥削的一种手段。

顾衡要求大家认领任务，限期完成。他鼓励大家，挽起手来，不怕牺牲，踏着先烈的足迹，向着光明，继续前进。

第二十三章 为了更像工人

浦镇机厂里机器轰鸣，工人们在各自的岗位上，有条不紊地工作着。顾衡是翻砂工，翻砂铸造既是技术活，也是力气活。制模需要精湛的技术，一般都由老师傅来做，翻砂是个粗活，需要力气。顾衡不惜力，别人休息时，他不是加班继续干，就是整理场地，师傅及工友们都喜欢他勤快的劲儿。

又到了休息时间。师傅喊："孟方，歇歇，歇歇喽。这辈子有干不完的活，过来抽袋烟，喝口水。"

顾衡应声放下手中的活，又勤快地给师傅的杯子里续水，为工友点烟。师傅姓马，四十多岁，说话大嗓门，推一把旁边的李大年说："坐旁边去，腾一个位子给孟方。"接着对顾衡说："过来，坐我这儿。"

年轻的工友李大年不悦说："师傅就是偏心。"

马师傅打了李大年一巴掌，骂道："老子就是偏心，你他妈的又懒又笨。"李大年笑着逃到旁边。

顾衡坐下来，马师傅把自己的烟袋递给他："吸两口。"这可真叫偏心，顾衡不能不接受，顾衡也学着马师傅的样子，狠狠地吸了几口。

马师傅接过烟袋锅，笑着说："看你吸烟的样子，就知道你做什么事都有股子狠劲。"

顾衡说："我做工人还是个新手，没有点狠劲学做事，会拖大伙后腿的。"

刚才那个李大年接过话茬说："孟方可不是新手吗？你们看看他的手，嫩得像个娘们。"说完哈哈大笑，注意过顾衡手的人也有同感，跟着也笑了。

马师傅抓起顾衡的双手，仔细地看。他放下顾衡的手说："你这双手还真是不像干活的。看你平时讲话有水平，干活肯卖力气，是块好材料，以后跟着我学制模。"

不等顾衡回话，李大年又开腔了："我跟马师傅两年了，他也没说教我学制模，你小子刚来不到两个月，师傅就收你做徒传艺了。"

马师傅声音比李大年高多了说："怎么地？我就爱收他这个徒弟。"

李大年是个油嘴滑舌的人，敢跟师傅开玩笑。他说："孟方，马师傅家有一个漂亮闺女，今年十八了，你争取做他家女婿。"

马师傅脱了自己的一只鞋扔过去，李大年拔腿跑了。

"你这双手还真不像干活的"这句话刺激着顾衡。他回到住处，对着镜子照，鸭舌帽，跟他们没区别，再低头看自己的手，连自己都觉得太嫩太白了，他一直寻思着，怎么样才能更像工人。于是，他找到楼下卖油条的房东，讨教怎么让自己的手变得粗糙有力，更像个工人。

房东大爷告诉他，用碱水泡，皮肤会粗糙。用手猛插砂子，会变得粗壮有力。

从此，他洗衣服时用大量的碱水，天天坚持早晚各练习双手插砂一千次。房东大爷看到孟方坚持不懈，十分佩服，没有见过这么有毅力的人，更让大爷不解的是，一双嫩手多好，为什么偏要弄成糙手?

一个多月的光景，他的双手已经与工友们无异。李大年惊诧，这孟方手变了，技术也超过了自己许多。他感叹：这人跟人不能比，孟方就是人中的尖子。

马师傅对孟方格外上心，有一天叫顾衡下班后去他家吃饭。在徒弟中间，能享受这个待遇的人不多，顾衡在这种环境下，也是受宠若惊。马师傅家住在老虎巷，离上班的地方不远，这里是个大杂院，十多家人住在一起。马师傅家有两间房，做饭的厨房是在外面搭的一个“披子”，家家如此，每到做饭时候，各家小厨房里都会传出锅铲碰撞铁锅的声响，冒出不同的美食香味。出门迎接的是马师傅的女儿小玉，小玉个子高，快赶上顾衡了。她热情地说：“你就是我爸常提到的孟方啊？欢迎到家里来做客。”

小玉长得也很漂亮，能看出马师傅的影子。顾衡说：“谢谢小玉，早有耳闻，见面果真是美女如玉。”

马家大嫂将几个冷菜端上来，马师傅与顾衡开始喝酒。

顾衡说：“师傅，叫小玉和师母一起来吃吧！”

马师傅说：“家里来客人，她们没有上桌的习惯，她们坐上来，吃着也不舒服。”

顾衡纠正道：“这是对女性不尊重，应该改改这习俗。”

马师傅喝了口小酒说：“这不是尊不尊重的事，世世代代哪家不是这样？”

顾衡端杯敬马师傅说：“我们的母亲是女性、姐妹是女性，女性持家、生子，多不容易啊！ 我看，是不是从您家开始，从今天吃饭开始，破一破这个旧俗。”

马师傅心里有自己的小九九，说：“那就听你的。”他朝那屋喊：“小玉，出来！ 上桌吃饭。”

小玉出来时让顾衡的眼睛一亮，本来这丫头穿的是蓝布小褂，这会儿换成喜庆的红碎花布的了，腰束得到位，胸挺得正，个子那么高，也是亭亭玉立。 小玉看着马师傅说：“我们家太阳从西边出来了，女的能上桌跟客人一起吃饭了。”

马师傅说：“这是你孟方哥的想法，他就是你西边的太阳。”

顾衡说：“吃饭还搞男尊女卑，没有道理。 我家就没有这一套。”

马师傅只知道孟方来自安徽农村，没有细问过家里的情况，于是问他：“你家里都有什么人？”

顾衡这才知道说漏嘴了，马上改口说：“我是孤儿，所以家里没有这一套。”

马师傅端着酒杯，跟顾衡碰了一下，转入正题：“以后要不是嫌弃，就把这当你家，小玉就是你妹妹。”

小玉夹了块菜到半道上了，听到父亲这么说，马上筷头一转，送到顾衡碗里说：“哥，你多吃点，以后常来我们家吃饭。”

这些年来顾衡一直没有回无锡老家，很久没有感到家的温暖，有马师傅和小玉的关心，顾衡心里暖暖的。

不久，顾衡在浦镇机厂成立工友读书会。 工人们的文化程度普遍不高，读的主要是连环画，比如《三国演义》《水浒传》等。 一般情况下由顾衡主持，谈小人书中的内容，说里面的人物关系，借古讽今，启发工友们组织起来，跟社会不良制度作坚决的斗争。 每次读书会，小玉都来参加，她太爱听顾衡的讲话了，简直着了迷。 后来马师傅和小玉分别加入了党团组织。

到了约定与宣传委员汪灼华见面的时间，顾衡头带鸭舌帽，着一身洗得掉色的旧工装，来到了浦口渡口。

斜阳西垂，半江瑟瑟半江红。浦口码头沐浴在金色的阳光中。在拥挤的人流中，顾衡看到了汪灼华的身影。

汪灼华，后来改名汪光焕，1912 年出生于安徽省芜湖市湾沚镇。他在学生时代就积极参加抗日救亡运动，曾跟湾沚镇旅外青年一起募集义款寄给十九路军，支援“一·二八”淞沪抗战。1933 年春，汪光焕在中央大学加入中国共产党，不久担任中共南京市特支宣传委员。

汪灼华名字来自《诗经》中的“桃之夭夭，灼灼其华”，他父亲是当地的小生意人，给他起这个名字意为他是汪家一朵鲜丽的花，然而正如花期之短暂，他的一生充满了悲情色彩。1934 年初秋，南京党组织遭到破坏后，他辗转于上海、安徽芜湖等地继续为党工作，后参与组建中共浙江临时省委的工作，任省委常委兼宣传部长。1942 年 2 月 8 日，中共浙江省委在温州遭到破坏，省委书记刘英被捕，中共浙南特委和瑞安县委在失去上级组织领导的情况下，错误地做出了立即处决汪光焕和他妻子程为昭的决定，汪光焕蒙冤被杀时年仅三十一岁。他的父亲几年前被日寇杀害，其母及兄弟相继病故，家中已无他人。

他们离开码头嘈杂的人群，来到江堤上，边走边聊。江滩上的芦苇在风中摇曳，浅水中的小鱼在芦秆间跳跃嬉戏，溅起的水花一片连着一片；江中小舟上，渔民清理网中的收获……

汪灼华汇报这段时间各个小组工作情况说，经过工作，电灯厂已经组织了读书会，读书会的会员达到了三十四人，每两周开展一次活动。

所谓的读书，实际上是“听书”，汪灼华在外面找了一个会讲评书的老乡，讲《薛刚反唐》《瓦岗寨》，工人们爱听，汪灼华负责点评，点评结合时政，揭露穷人贫困原因，讲工人团结起来的意义。下关电灯厂工人已经逐步觉悟，个别人已经提出要加入共产党的要求。

广播电台大部分都是高学历的专业技术人才，针对他们的业务需要，何治垓编写了《无线电知识》读本，辅导他们进一步普及无线电知识。老何自己买材料组装了一台收音机，能调十几个台，这家伙吸引力大，老何保证，凡是参加读书班的人，今后教他们每人自己学会安装，台里看门的以及个别士兵都想进这个组织学习。

真是形势喜人，顾衡终于忍不住插话道："各个小组都有自己的特点，这都是成功经验，要总结好报给省委。对了，中大和审计署情况如何？"

汪灼华说："中大这边是我负责的，我已经在中大学生中团结了一批进步学生，组织了'世界语学会'，成立了'读书会'。参加读书会的同学有季钟朴、金素、钱德升等。另外，南京中学学生李庚、朱启统、王家祯、罗晋元等也组织了读书会，后来季钟朴、李庚、朱启统等都加入了青年团。准备在中大发展两名党员。审计署的汪曼云工作顺利，一名党员苗子已经确定，等你做进一步的审查……"

日子过得真快，转眼就到了秋天。南飞的大雁越过长江，马路边的落叶飘铺了一层又一层。顾衡选择一个星期天，来到南京逸仙桥国民党建设委员会的单身宿舍找葛和霖。

原来在上海读书的葛和霖怎么会到南京的呢？1930年，葛和霖在上海交通大学机械系读书的时候，就帮顾衡推销过《现代中学生》，为杂志赚了一些钱。1931年"九一八"事变，日本侵略东三省，葛和霖代表上海交通大学新改组的学生会，参加了上海市新学联，组织学生抗日活动，接着组织了一系列的游行、请愿活动，要求政府抗日。1932年，他在无锡参加共产党后，像添了翅膀，活动范围更广了，一会儿北京，一会儿济南，几个月见不到人影，5月份学校决定将其开除。葛和霖想这下坏了，找一个关系比较好的教授家一番诉说，教授同情他的遭遇，说我有一老朋友在南京的国民政府机关建设委员会任职，我给你写个条子，你去找他试试。

那时候正进行全国性的建设，到处都缺人才，上海交通大学机械系学生虽然没有毕业，但有教授的好评与举荐，他被安排任电力技佐。技佐是官名，清末于各部设艺师，民国时改为技正，掌技术事务，以有专门知识特别技能者任之。民国各部亦多设此官，其下并设技士及技佐，相当于现在的技术员。

葛和霖是个坚定的革命者，在他的心目中，学业丢了没关系，让他随时可能坐牢或丢命的组织关系他却轻意不肯丢，到无锡中心县委把自己的关系转到南京特别支部。

葛技佐的单身宿舍是间朝北的小房子，七八个平方。顾衡找到葛的住处，仔细地询问了左邻右舍情况，又利用外出去吃饭的机会，观察了门牌与道路情况，还询问了周围的单位情况，两个人谈了一整天，最后他告诉葛和霖，根据上级的指示，南京将撤销特别支部，改建中共南京市委。他对葛和霖说："市委决定征用你的宿舍做办公地点，你有意见吗？"

葛和霖表态："我是共产党员，人都是党的，宿舍也是党的，你想怎么用就怎么用。"

顾衡说："好。你做组织干事，兼任文书、交通和筹集经费等工作，不要和别人联系，只能和我单线联络。"

葛和霖说："我一定保守秘密，遵守组织纪律。"

从此，每到周末的傍晚，顾衡都到这里来办公。每次来，他都十分谨慎，为了不引起建设委员会及左邻右舍的注意，他总是带一件比较整洁的长衫，在逸仙桥西边的厕所里换下那身工人服装，包好，夹在腋下，从里面出来就变成知识分子的模样，从容潇洒地走进建设委员会宿舍。第二天走时，再到那个厕所里，换下长衫，戴上鸭舌帽，穿上工作服，淹没在浩瀚的人流里。

顾衡每次到机关后，便紧张地工作，拆看上级文件，写情况汇报，给各小组发指示，每每工作到夜里一两点，有时到凌晨三四点，才到葛和霖的床上睡一会。连顾衡自己都觉得与葛氏两兄弟有缘，记得那年去北京时，住在他哥哥葛春霖的清华大学单身宿舍里，也是合卧一铺，如今，到南京又住在弟弟葛和霖的单身宿舍里。

葛和霖也像哥哥葛春霖一样，是个大方的热心人。顾衡的工作十分繁重，睡眠严重不足，脸上没有血色。每次顾衡来办公，葛和霖都想办法给他准备一些好一点的饭菜，让他增加营养。平时，葛和霖都是叫一菜一汤外卖，总共两角钱。顾衡来时，葛和霖会加一两个菜。有几次，送饭的伙计从长方形提篮里多端出一碗豆腐羹，或一盘炒肉丝时，顾衡就提出抗议。早饭一般是一碗阳春面，有时给他叫一碗肉丝面，他也会有意见。

有一次，他问："和霖，你给我汇报一下你筹集到的经费情况！"

葛和霖说："建设委员会发给我的工资每月60元，我在夜校兼课，兼课金是12元，除了每月寄给我被关在济南国民党监狱里的爱人家15元，留下生活费，我都交给组织作活动经费了，其他几个有工资的党员每月捐20元，一共每月100元。最近合肥的谢立惠寄来了50元。平时支出主要是买纸张、油墨钱、邮寄费、交通费等，基本上每月能结余三十多元，目前七七八八总共加起来，还有余款一百四十多元。"

顾衡严肃地批评说："你是帮助我筹措党的经费的，你有钱应该捐给党，或代我多买几本连环画。我在你这里吃的饭，比工人、农民吃得好多了，现在党的经费这么困难，你怎么能浪费呢！"

望着他消瘦的没有血色的脸，葛和霖无奈地流下眼泪。从此后，葛和霖调侃自己成"葛朗台"了。

顾衡工作上那股认真劲，也让葛和霖佩服。所有党内文件，他都亲自起草和抄写，让葛和霖油印或者复写的文件，他总是要亲自校对。那时没有油印机和滚筒，刻钢板是用留声机的唱针刻的，印刷用刷子刷，因为工具差，印出来的东西常常不清楚，到顾衡那里，凡是不清楚的字或者是刻错的字，他都要一一改正过来，写清楚，不管到多晚，都要认真做完，从不马虎。有时候忙起来，能彻夜不眠。

在顾衡的领导下，在工厂、学校、国民党军事机关中恢复了党组织，到1934年春，党员由原来的几个人发展到了三十多人，建立了四个党支部。根据中共江苏省委的指示，重建南京市委，因市委组织机构不健全，上级决定，顾衡任组织部长，负责市委全面工作。

第二十四章 营救革命同志

派在国民党首都做地下党工作的几个书记，没有一个能力弱的，在南京革命处于最低谷时，更需要一个“下能入地、上能通天”的人来主持南京的局面。顾衡擅长与基层的工人、农民打成一片，到南京后，他也经常思考怎么走上层路线问题。一个整天背着小人书箱的瘸子，怎么能打入国民党上层呢?

地缘关系是中国人的一个重要关系，仅次于亲情。顾衡是无锡人，他的老乡中，不乏社会名流贤达，王昆仑便是其中之一。

王昆仑系江苏无锡人，认识一

下他的朋友圈，查看一下他的履历，你就知道他有多牛气了。他毕业于北京大学哲学系，跟共产党创始人李大钊是朋友。孙中山到北京时，他是其身边的工作人员，国父亲自介绍他参加国民党。后来他任黄埔军校潮州分校政治教官，参加北伐战争，有了军旅作战生涯。他是孙科的好朋友，孙提名他为国民政府立法委员，国民党候补中央执行委员。解放后官做得更大了，曾任中国国民党革命委员会中央主席，全国人大常委、全国政协副主席。

顾衡与王昆仑并不认识，但是这时有一个能联系上王昆仑的人汪楚宝来南京了。

汪楚宝在南京被捕出狱后，因为顾衡治伤的事，段瑛认识了汪楚宝，正好学校在招聘教师，就写信给汪楚宝，让他去上海女子中学教书。汪楚宝在家里快憋坏了，去上海教书的美差他当然不能放弃。做通了家人尤其是哥哥的工作后，顺利地通过了面试，本想，就这样一直教下去的。可是，没几个月，段瑛这边出事了。

怎么回事呢？原来，段瑛与驻学校监督的一名特务顶上了，进行了水火不容的斗争，引起了校长不满，校长在上面的压力下解聘了段瑛，汪楚宝是段瑛招来的，自然也无法在学校继续工作。于是，段瑛赴河南一所学校任职，汪楚宝回到南京找顾衡。

汪楚宝有一个小师妹叫王枫，在南师附中读书时，比汪晚几届，他们俩认识。王枫崇拜这位师哥，两人一直有联系，有什么好事也自然会想到他。

王枫有一个哥叫王昆仑，身为国民党高官的王昆仑非常反感蒋介石及其党内的派系之争，他曾在上海发起组织“再造社”，企图再造国民党，并开始阅读马克思主义经典著作。王昆仑到南京任职后，发现代表资产阶级利益的国民党不是拯救中国的主力，越来越感到共产党才是民族的希望、国家的希望，于是，在他的提议下，组织了一个读书会，旨在让更多的人“清醒”，参加的人员有曹孟君、孙晓村、胡济邦、王枫、勾适生。

曹孟君是王枫南师附中的同学，人长得漂亮，王昆仑当老师的时候看上了她，同时曹孟君也喜欢着王昆仑，能有这样才学和地位的男人爱上自己，曹孟君心里那个美啊！ 她决定死心塌地跟着王昆仑。

孙晓村在中国农村经济研究会任理事，兼《中国农村》月刊发行人，并任国民政府行政院农村复兴委员会专员，解放后任国家政协副主席。

钱俊瑞是中国经济学家，1933 年发起成立中国农村经济研究会，1934 年加入左联，1935 年加入中国共产党，解放后历任教育部副部长，文化部副部长，中共第八届中央候补委员，第一、二届全国人大代表，第三至第六届全国政协常委。

不再多介绍了，跟王昆仑在一起的基本上都是能人。

读书会定期开展活动，结合时事学习马克思主义。 他们学习的书籍有《辩证唯物主义和历史唯物主义》和《政治经济学基础教程》等，一般是先自学，然后集中起来讨论，分析研究时事，了解时局动态，这项工作主要由王昆仑和孙晓村主持。 王昆仑着重分析、揭露国民党反动统治的阴谋和内部矛盾；孙晓村则定期去上海了解情况，带回对于国内外形势的分析，然后在读书会上传播。 读书会也开展一些公开活动，如由吴茂荪出面，在《新民报》上办了《时代认识》副刊，宣传进步思想，共出七八期，后被国民党政府勒令停刊。

王昆仑的妹妹王枫介绍汪楚宝参加了这个读书会，后来一个拖一个，一个拽一个，陆续发展了张锡昌、秦柳芳、吴茂荪、孙克定、吴元戊、顾清侣等人入会。

有一次在读书会上，王昆仑谈起国民党有一个内部掌握的规定：凡有国民党中央委员三人以上提出保释的政治犯就可以释放。

汪楚宝向顾衡作了汇报。 顾衡激动地一拍右腿说：“太好了，我到南京来想做一直没有做的事，现在终于有着落了。”接着他给汪楚宝下任务：“下一步，你要集中精力，推动王昆仑营救被关在监狱里的同志，尤其要注意调动王昆仑积极性，不要让他觉得是别人逼着他干的，而要他认为是自己主动为革命出力。”

顾衡这么做没有错，这是他的工作策略。然而，他和汪楚宝都不知道，王昆仑之前已经由智得“铁桶计划”挽救红军命运的前任南京市委书记卢志英介绍秘密入党，因为卢书记在南京时间极短，王昆仑又是国民党高官，所以潜伏下来。当时白色恐怖，党的组织频遭摧毁，作为南京地下党负责人顾衡不完全掌握南京地面上潜伏更深的地下党情况，这也属正常。

汪楚宝和王枫一起做王昆仑的工作，让他出面保释革命同志。王昆仑表示可以试试，他还有一个老乡叫吴稚晖，是老同盟会员，蒋介石的亲信之一，也是蒋经国的老师。把吴老搬出来，再找两个中央委员应该有可能。找吴老出面也得说出一个靠得住的理由，如果让他保无锡老乡，他应该没什么话可说。王枫都知道政治犯中无锡人孙克定比较出名，他在初中时曾和汪楚宝同过学，于去年在无锡被捕，押到南京。

王昆仑这人比较爽气，说既然费老鼻子劲找三个中央委员具保，保一个人太不划算，不如多保几个。第二天王枫姑娘像旋风一样跑到江东门监狱面见孙克定。孙克定纳闷，这么一漂亮大姑娘我也不认识啊！来救我，真的假的啊？最后她说出汪楚宝的大名，他相信了。王姑娘向她询问无锡的政治犯还有哪些人。孙克定能想起来的人，都走运了。王姑娘临走时，用笔记下了这几个人的名字：华应申、吴文珊、陶方谷、施肇周。

拿着这一串无锡籍政治犯的名字，王昆仑找到老前辈吴稚晖说情。他说：“有这么几个无锡老家的人，都是热血青年，爱国抗日，参加示威游行，结果都被判了刑。他们的父母或托七大姑八大姨找到我，以为我是多大的官，我哪有能力办这个事，但都是乡里乡亲的，不好回绝。我只好来拜托您老人家了。”吴稚晖被说动了。中央对委员们有这个待遇，现在不用，过期作废，他在王昆仑拟好的保释书上签上了“吴稚晖”大名。

第二个找的是张继。他于 1927 年任国民党中央特别委员会委员。1928 年起，任国民党中央政治会议委员、司法院副院长、中央监察委员等职。张继胆大和怕老婆同样出名。爱国志士孙凤鸣在中央党部大礼堂前刺杀汪精卫时，很多高官吓得屁滚尿流，张静江滚在地上，孔祥熙一个劲地往汽车底下钻……当时，五十四岁的张继站在汪精卫身边，听见枪声，他猛地扑了过去，紧紧抱住“刺客”的腰；张学良跑过去，一脚踢飞了孙凤鸣的手枪，两个北方佬，制服了刺客，保全了汪精卫的性命。

张继的妻子叫崔震华，中央监察委员会委员，制宪国大代表，有名的“河东狮”。当年，宋庆龄、何香凝在国大提出了“联俄抗日”的提案，张继也在上面签了名。回去向老婆如实汇报，劈头盖脸挨了一顿臭骂。于是找何香凝，要求把自己的名字勾去。众人责问他为何这样轻率，张继红着脸承认：“是老婆不赞同孙夫人的主张，不让我签字，奈何？”有人和张继开玩笑说：“你像猛虎一般，连子弹都不怕，为何怕老婆呢？”张继解释：“老婆是‘狮子’，‘老虎’再厉害，能不怕么？再说，天下男人怕老婆，唯独我老婆不怕我。”猛一听，还真是那么回事。仔细一琢磨，不禁哑然失笑。王昆仑先找的是“崔狮子”，她同意了，张继乖乖地签了字。

第三个签字的是居正。他曾经是位出色的军事指挥家，1931 再次当选为国民党中央执行委员会常委。1932 年起复任南京国民政府司法院院长兼任最高法院院长。王昆仑是立法委员，本来跟他这个司法院就有工作上的往来，私下也有交情。看到吴稚晖、张继两人大名赫然在列，他二话没说，提笔署上了自己的大名。

有了这张放行证，一个月后，孙克定这批无锡籍革命者全被释放。

顾衡非常重视营救工作，汪楚宝天天向顾书记汇报进展情况，对整个营救行动的每个环节了如指掌，有时他还跟汪楚宝商量对策，通过汪楚宝把自己的意见变成王昆仑的行动。

第一批人出狱后，顾衡指示汪楚宝加紧第二批人员的营救工作，营救的重点是中央大学近几年被捕判刑的党员。为了加强对营救工作的力度，顾衡决定成立“互济会”，专门承担党员的互助工作，重点营救自己的同志，将被捕入狱的同志捞出来。汪楚宝被指定为负责人，考虑到他曾在南京被捕过，为了避免再出意外，顾衡要求他今后不再参加党的小组活动，与自己单线联系。

第一次营救成功的喜悦还没有散去，喜气尚在，汪楚宝又带上王枫去找王昆仑商讨第二批营救事。有了成功经历，王昆仑积极性高涨。因为他心里清楚，手头还有几个中央委员关系比较好，再搞一回不会有问题。

见王昆仑同意了，汪楚宝赶紧发挥导向作用，把顾衡的意见传递给王昆仑，他说：“这次营救的重点是不是可以放在中央大学？我们中大学生能有什么事啊？不就是爱国要求抗日，游行时喊过几句过激口号，最严重的就是冲击宪兵司令部了，没有大的问题就被抓了。”

其实，王昆仑对中大的情况略知一二，知道被抓的都是共产党骨干，只是不便讲明。王枫也不知道哥哥已经是共产党，在旁边顺着汪楚宝的话帮腔说：“那些大学生多可怜，他们能有多大的事啊！哥，你一定要尽力啊！”

王昆仑说：“行，你们说救哪些人？跟上次一样，给我一个名单。”

王枫毕竟是年轻的女孩子，高兴地跳了起来说：“我哥同意了。”

王昆仑严肃地说：“看你那疯样子，哪还像个女孩子。”

汪楚宝提出了五个人名单，分别是吴春恒、狄超白、黄舜治、钟潜九、包叔原，这些人都跟汪楚宝“一伙的”。

吴春恒是南京中央大学中共党支部书记，中共南京市委组织部长，南京的那些运动都跟他有关，不是他领导的，就是他参加过的。被营救出狱后，赴日留学。“师夷之长技以制夷”，回来就任苏北抗战支队大队政治主任，跟日本人干上了。解放后不肯当官，当起了作家，成为黑龙江省作家协会专业作家、理事、名誉主席。这人生，真叫人琢磨不透。

狄超白是1930年考入南京中央大学政治系的，第二年就加入中国共产党，第三年因为在学校闹得太凶了，被学校开除，回老家溧阳县当了特别支部书记，还办了一张《溧阳日报》，让县政府的长官们感到不爽，逮捕送南京警备司令部，判了十年徒刑。他出狱后，出任过沈钧儒创办的《抗战周刊》主编，去香港当过教授，后来被任命为中国科学院经济研究所代理所长，是我国著名的经济学家。1958年遭受错误处分，被开除党籍，死后撤销处分，并彻底平反。

黄舜治是跟汪楚宝一批被捕的，那批人只有他一人还在狱中。钟潜九是地下党作家关露的入党介绍人，是中央大学知名人士。包叔原跟汪楚宝关系不错，经常在一起讨论革命前途问题，也是个敢说敢干之人。

名单报给顾衡后，经顾衡审批认可。顾衡指示汪楚宝抓紧推动王昆仑实施。

南京的夏天，天热，雨多，这天早上就开始下了，雨水打在窗户的篷布上，发出悦耳的声音。到南京后这些日子，工作开展得还算顺利，顾衡的心情不错，他索性放下手中文件，躺在床上听雨，这是他劳累后最喜欢的休息方式。就在他迷迷糊糊快要睡着时，突然听到一阵敲门声。他一骨碌翻身下床，从枕头边摸出手枪，蹑手蹑脚走到门边连问："谁？"对方回答，"是我，葛春霖。"

顾衡收起枪，打开门将被雨水淋透的葛春霖迎进屋里。

葛春霖此时在河南商丘农业学校任校长，他曾在清华大学新农农业学校干过教导主任，河南方面聘他算是找对了人。因为他的党组织关系还在南京，他是向组织汇报思想的。目的是想借当校长的机会，在商丘发展党员，开展党的工作，因人手不够，这次回来，一是请顾衡给他推荐一批教师，还有一个要求就是派一名得力的党员过去协助他开展革命工作。

对于葛的要求，顾衡全部无条件满足。关键是派谁去商丘协助工作？思考了半天，他觉得汪楚宝是最佳人选。

顾衡把自己的想法跟汪楚宝说后，汪楚宝没有讨价还价，满口答应去商丘配合葛春霖工作。

这回倒是顾衡放不下他了，营救革命战友的任务是汪楚宝具体抓的。他说："第二批营救方案正在实施中，在节骨眼上把你派走，我还真怕营救工作受到影响。"

汪楚宝说："不碍事，王昆仑有积极性，工作很主动，我走后，会让王枫提醒和督促他。"

汪楚宝离开南京时，给王枫留了一封信，请她经常提醒哥哥尽快把这事给办了。

王枫每次回家都缠着王昆仑，问营救事情的进展。王昆仑说："我办事就像你弹钢琴——靠谱的，你放心就是了。"

王昆仑的后台老板是孙科，这次他就找孙老板，孙老板把王昆仑视作知己，不会不给他面子。他到孙的办公室，一番陈述原因后，孙科说："立法委员找我放人，一定有其理由和原因，来来来，我给你签。"

接下来，王昆仑找的是冯玉祥，冯司令对人情世故还是十分圆通的，有孙科签名，那也签一个吧。到于右任那里，他问都没有问，把名字签在最后。想必，他给别人办此类的事也不会少。

几个月后，第二批人欢天喜地出了监狱，汪楚宝正好完成了商丘的任务回到南京。顾衡指示，再组织第三批营救。

汪楚宝得令后，去找王昆仑商议。王昆仑的意见是连着搞了两批，应该停一停，否则会引起反动派们的注意，反而会把事情弄糟。汪楚宝把这个意见转告给顾衡，顾衡也觉得自己营救同志的心情太急切了，不能这么做。于是同意过一段时间再组织营救革命战友工作。

第二十五章 敢于纠正上级的问题

用“野火烧不尽，春风吹又生”这句诗来形容南京地下党的工作最贴切不过了。经过组织恢复重建，再加上狱中营救，南京的党员队伍滚雪球一样越滚越大。

谢立惠的妹妹谢立珩也加入了党组织，她是在1931年哥哥大学毕业那年考进来的，这样她家有三个人进入了同一所名校，这在当时是非常罕见的。也许是受哥哥的影响，在这所容易滋生革命的大学里，谢立珩走上了革命的道路。

此时，还有一位女将加入了党的组织，这个人不是别人，是顾衡的亲妹妹顾清侣。

市委成立后，与远在上海的省委联系，都是交通员去的，每周一次，葛和霖一个人忙不过来，谢立珩、顾清侣便被顾衡安排做交通员。

顾衡把南京市委各项工作，如党员发展计划、组织狱中营救，以及向组织请示的问题，用米汤写在小说书的字里行间空白处，晾干后让交通员送到上海马斯南路向北的一家酱油铺交给老板，上级的批示也从他那里获取。

一天，顾衡跟谢立珩讲，让他去买一本书来。谢立珩起先并不知道顾衡干什么用，问买什么书，顾衡告诉她，随便，但不能是政治书，最好是小说，不管什么乌七八糟的小说都行。谢立珩花一角钱买回来一本小说《一枝梅》。顾衡把这本线装书拆开来，将向上级请示的问题用药水写在书页背面，再仔细装订好。以前都是葛和霖送的，这次他想培养谢立珩。

第二天早上，他问谢立珩："马上派你送一份文件到上海，你害怕吗？"

当时车站和列车上军警特务盘查特别厉害，小姑娘没有去过上海，从没有单独执行过任务，心里有点紧张。谢立珩小声说："有点怕。"

顾衡以大哥哥的口吻跟她说："做交通员就是要胆子大，不能怕，越怕越容易出事，要从容不迫。我让你送的就是昨天的那本书，书里什么也没有，就是敌人怎么查也查不出问题，你还有什么怕的。"

谢立珩似乎明白了，原来是演习一下，练练我胆子。她说："这样，我就不怕了。"

作为市委领导，顾衡非常注意方式方法。交通线就是生死线，小姑娘第一次在生死线上行走，能不害怕吗？不怕是假的。当交通员与敌人周旋，表面上一定得镇静，不能有半点慌张，否则逃不过敌人狡猾的眼神。为了避免小姑娘内心产生巨大压力，他使了一个计策。

临行前，顾衡要求谢立珩，上火车后，坐下来就看这本小说，回来跟他讲讲小说里的内容。到了上海，把这本书交到酱油铺就行了。

谢立珩顺利地完成了任务，返回南京后找顾衡报到。

顾衡问她："这一路上遇到什么情况没有？"

她说，有一个警察问我看的是什么书，我告诉他是小说《一枝梅》，他拿过去翻翻，就还给我了。

顾衡问："你害怕吗？"

谢立珩大声说："不怕啊。就一本书有什么怕的？"

顾衡表扬说："这就对了，没什么可怕的。但是如果我告诉你，你这本书里有情报，你还会不怕吗？"

谢立珩笑："不是没有情报吗？要是有我可能会有点怕。不过，有了这次经验，以后就不怕了。"

顾衡拍了一下谢立珩的肩膀说："小姑娘，好样的，这就是成长。"

交通员在路上，顾衡的心却牵挂着他们，直到他们平安回来才放心。为了避免出现工作失误，或者出现破绽，每次都会与交通员反复研究文件传递的方式，讨论万一被查出来后该怎么应付。顾清侣送文件的次数多些，顾衡曾让她把信件折叠成小条，放在粉盒中心；有时拆开镜子，把密封的指示放在夹层里。有一次，顾清侣去上海取文件，事先顾衡就交待她，在上海买几斤饼干，把下面的饼干拿出来，放进文件，然后再把饼干重新放好。路上，一组特务对旅客进行逐个检查，走到顾清侣这里，顾清侣主动从饼干筒里拿出几块饼干，请他们品尝。特务说，我们正在执行公务，不能吃你的东西，但是态度方面好多了，随便翻了翻她的包就让她过关了。有惊无险，她顺利地把文件带回了南京。因为事先精密策划，交通员多次往返京沪线，从没有出现过问题。

省委实施巡视制度，派巡视员骆梦英同志负责南京地区党组织建设情况。顾衡与他约定了时间，到市委办公点见面。

初春的一天，南京的冬天刚过，依旧寒气逼人，树上的枝条还没有泛绿，地上的草儿依旧枯黄。又到了与巡视员碰面的时刻，顾衡提前十多分钟到达葛和霖的单身宿舍。左等不来，右等还是不见骆梦英巡视员。顾衡有点担心，是不是出事了？他派葛和霖出去观察情况，他继续在宿舍里头等待。又过去了二十多分钟，葛和霖冲上来说，来了。顾衡紧接着问，有什么什么异常情况？葛和霖回道，没有什么特别异常情况，走路有点摇摇晃晃的。

相比约定的时间，巡视员骆梦英迟到了半个小时。只见他穿着一件夹袍，里面是件很薄的背心，浑身酒气，情绪低落。

顾衡关切地问："您这是怎么搞的？这个样子？"

骆梦英借着酒气说："妻子在上海生病，家里没有钱治疗，现在是走投无路，不知该怎么办。"

尽管他是上级派来的领导，顾衡还是很严肃地批评他说："不管家里出现什么情况，都必须严格遵守党的秘密工作纪律，不能迟到。你迟到，我们无法判断你是被捕了还是出现了其他什么情况。还有，作为一个领导干部，遇到事情，怎么能以酒浇愁呢？这怎么给党员群众做榜样？"

骆梦英抱着头，被低落的情绪包围着不能自拔。他说："你是坐着说话腰不痛，没老婆，没孩子，跟父母也断了关系，光杆司令一个，没有后顾之忧。我跟你不一样，老婆病，孩子小，自己又没有固定收入，老婆突然病倒了，家庭运转不灵，一下子觉得很崩溃，换成任何有情有义的男人，我想，他们都会这么想。"

顾衡向来看不惯受点挫折就颓废的人，他说："你有情有义，这不错，但你是一个男人，更是一名共产党员，没有理由被困难吓倒！更没有权利因此而影响革命工作。你给我说说，时下当局到处抓人，你竟然迟到了半个小时，我们多为你担心？再说了，这半小时没见你，南京市委机关安全风险大增，这个你应该懂吧？"

仿佛被顾衡的话激醒了，骆梦英说："在省委做党的工作多年，这个道理我当然懂。这不是因为情绪不好吗？在小酒馆里要了一壶酒，这一喝就高了，平时这一壶酒根本不在话下，还是因为遇到事了，心情不好，喝醉了，所以就晚了。”

本来作为部下，顾衡不应该批评上级，但他是个肝火强的男人，遇到原则性问题，他还是要较真。他说：“作为领导，你明知有重要的工作任务，却还去喝酒，不但喝了酒，还差点误了事，我都打算撤出这里了。你说，你有没有责任？”

骆梦英深知党的秘密工作纪律，知道是自己的错，主动承认错误说：“不说了，这是我的责任，我检讨。”

见骆梦英认了错，顾衡心也软下来，立即掏自己的口袋，将仅有的两元钱给了骆巡视员，然后跟葛和霖说：“你再筹十二块钱，会后寄给上海嫂子，救急如救火，一刻也不要耽误。”

他又拿出一件夹袄递给骆巡视员说：“老骆，你穿得太少了，这样会生病的，如果你再病倒了，不仅是你家里人的损失，也是党的损失。”

天很冷，骆梦英没钱添衣服，加上这件夹袄，他立即感到暖和多了。他说：“顾书记，你不仅有血性，也有柔情啊！我在你身上看到了南京市委的希望，看到了共产党的希望。”

跟父母断绝关系已经好几年了，骆梦英的话刺激了顾衡，这些年他离开家，一个人提着脑袋为革命做工作，吃尽了辛苦，经历过危险，现在连老婆也没有，更不要说孩子了，按中国的传统，自己是不孝之子，他对不起父母。所以，当妹妹顾清侣来到自己身边时，他仿佛跟家有了联系，妹妹作为桥梁，了解到父母的情况，同样，父母也知道了儿子的动向，虽然没有相见，但血管里流淌着亲情的血脉，让他们的心越来越近。顾衡为此专门跟妹妹顾清侣说过，等革命成功了，他会找一房漂亮的媳妇，生几个健康的孩子，一起去看父母。听到这样的话，活泼调皮的顾清侣开心地吻了一下哥哥，说我到南京来，也是父母的意思，他们不放心你，让我来照应你。顾衡是吸引力十分强大的领导者，让父母想不到的是妹妹也被他变成了革命者，从一名党的交通员，成长为团市委书记。

又到了与省委接头的时间，因为省委巡视员骆梦英同志有重要事项要布置和传达，顾衡特意安排顾清侣和谢立珩到楼下和附近放哨，发现情况立即通知，以确保省委领导安全。

这次，太太的病好了，骆梦英情绪完全变了，换了一个人似的，讲话的底气也足了许多。他说：“我是来传达江苏省委指示的，省委要求全体党员都要填表登记，并且要填真实姓名、真住址和真实的社会关系。”

听到这里，顾衡和葛和霖都有点蒙了。这是省委的指示吗？当前的形势，这种做法，等于说要断送整个南京市委。

顾衡严肃地说：“骆巡视员，这是省委的要求吗？”

骆梦英拿出通知，指着大红章说：“你自己看。”

不错，是顾衡非常熟悉的字迹和公章。顾衡说：“我不是怀疑你，我只是觉得这样做有点不妥。眼下的情况，您比我们要清楚得多。从去年9月开始，蒋介石在德、意、美军事顾问的参与谋划下，纠集了一百多万兵力，向革命根据地发动了第五次军事“围剿”，其中用五十万兵力围攻中央革命根据地。红军在博古、李德的错误指挥下，先是实行进攻的冒险主义，继而又犯了防御中的保守主义错误，使红军和革命根据地遭受重大损失。过年时候，老蒋为配合其反革命的军事“围剿”，强化其法西斯专政，对白区地下党组织和进步文化也进行了“围剿”。据我知道的情况，仅上海一地，在2月份的一个月里，当局就查禁了社会科学和进步文艺书籍149种，进步刊物76种。继吉鸿昌被害、杨杏佛被刺之后，又有大批共产党员和进步人士遭到国民党暗杀与逮捕……”

骆梦英说：“你说的这些事我都知道，可是省委现在就是这样要求的，革命处于低潮的时候，省委非常想弄清楚自己还有多少党员，以及他们的具体情况。”

这种想法可以理解，但是着实充满了风险。顾衡说：“南京地下党，已经七次遭到毁灭，其中第七次，也就是上次，一个很重要的原因就是党员的花名册落到了敌人的手里，这样对方可以从容地一个个地把我们的人连根拔掉。血的教训为什么还不汲取呢？为什么还要让自己的同志处于危险的境地呢？”

骆梦英说：“我们省委都是坚定的革命分子，不会发生以前那种叛党的事情。难道你对省委还有什么怀疑吗？”

在一旁做记录的葛和霖实在是忍不住，气愤地插嘴道：“上级也要相信下级嘛！南京党员是否忠实可靠，可以交给南京党组织来审查，省委为什么一定要叫我们填这种表？万一泄漏出去怎么办？”

不料顾衡倒正颜厉声对他说：“和霖，意见可以提，但是下级应该服从上级，这是我们党铁的纪律。”

葛和霖一头雾水，他原来是站在顾衡这头帮他说话的，怎么还挨了批评？后来一想，顾衡是南京市委负责人，他必须做遵守党纪的带头人，接下来顾衡的做法才让葛和霖真的服气了。

听了顾衡的表态性讲话，骆梦英心里舒坦了不少。接着，顾衡说：“骆巡视员，我有一个提议。”

骆梦英说：“请讲！”

顾衡道：“根据我们南京是首都的实际情况，能不能请您向省委请示，请允许我们住机关的、做交通的、曾经被捕的，以及军委系统下的党员，可以暂时不填真实姓名和住址。”

骆梦英思考一下说：“你们南京的情况的确特别，我跟省委请示后给你们回复。”

几天后，接骆梦英通知，可以。

这件事对于顾衡来说太纠结了，一边是上级的指令必须执行，一边还要想方设法保护革命同志。葛和霖把各位党员填写的表格收上来后，顾衡对他说：“不能这样交上去，这样交上去，如果出了问题，他们想‘赖’都赖不掉，要给他们遇到风险时留有做工作的余地。”

顾衡和葛和霖忙活起来，彻夜不眠。顾衡亲自打草稿，对一些不必要的信息进行删除。他找来一个绿面红格子的毛边纸账本，拆开后，以记账的形式，用一种密码填写。那部分假姓名、假地址的人暴露了也没什么大问题，填好后，他就让葛和霖抄写，这样即便是敌人拿到了，也很难知道真人是谁。

两个人一直忙到第二天天亮，楼下已经有早餐的叫卖声，葛和霖推开窗户，看逸仙桥的河里有一群鸭子在水中欢快地戏水，他对顾衡说："都说春江水暖鸭先知，你看内秦淮河里的鸭子这么开心，一定是它们已经感知到离春天不远了。"

顾衡说："是的，我相信人民的春天也不远了。"接着他纠正说："那不是内秦淮河，我查过史料，它叫杨吴城濠，是五代时杨吴政权统治南京时开挖的护城河。"

葛和霖折服："你怎么什么事都那么认真，处处都值得我学习。"

骆梦英巡视员拿着这本关系到南京地下党生死存亡的本子走了，顾衡心里没着没落的，好几天不能平静……希望春天快点来临！

第二十六章 在沙塘园被捕

在顾衡及南京市委共产党员的世界里，不但春天没有到来，还反转回到了冷酷的冬天。

当时，对付中共地下党的主要机构是以陈果夫、陈立夫为首，掌握着国民党党务大权的特务派系。他们以国民党中央组织部党务调查科为基础，逐步扩大，在各省市党部设置“肃反专员”等，形成了全国性的特务系统——中统。他们逐步加大对共产党清除的力度，致使共产党组织遭到了大面积破坏。

在市委机关宿舍里，顾衡跟葛和霖、谢立珩、顾清侣分析当前的形势时，回顾了中统的破坏经历后说，国民党实施清党运动后，大开杀戒，本指望能将共党斩尽杀绝。即便杀不光，也让那些漏网者胆寒心惊，从此脱尽红色。但他们实在是小看了共产党人。面对国民党的屠杀，共产党人坚决反抗，打响了第一枪——八一南昌起义。接下来的一周后，在汉口召开了八七会议，共产党领袖瞿秋白，号召全党跟国民党真刀真枪地大干一场，决定在全国范围内发动“武装暴动”夺取政权，计划第一步先分散暴动，夺取一城一地的政权，建立“苏维埃政府”；在此基础上，第二步举行全国总暴动，夺取全国政权。一年多的时间里，在全国共组织了一百多处城乡武装暴动，虽然大多以失败告终，但也起到了报复国民党滥杀的目的。后来，国民党开始改变策略，决定采用怀柔政策对付共产党人，不再是一经抓获，即行处决，而是想方设法软化。为此专门出台了《共产党人自首法》，规定：凡是犯有“反革命罪”而在被查获前主动自首者，从宽处理，减去应处刑罚的三分之一到二分之一；如检举其他共产党人，而被检举者亦被查证捕获，则可免除检举者刑罚；虽加入了共产党但却并无现实的“反革命行为”，自首后亦得免除刑罚。同时规定：凡属自首的“反革命犯”，刑期过半而表现良好，确有悔悟之心者，可得保释出狱。

接下来，为了让这些攻心之招能落到实处，在陈立夫、陈果夫的倡导下，国民政府立法院通过并颁布《反省院组织条例》。根据这个条例的规定，一些省市设立了“反省院”（或“感化院”），由国民党中央组织部党务调查科遴选各省市党部委员中二陈的亲信兼任院长。“反省院”名义上是各省最高法院的一个机构，实际上是CC系的特设监狱，借司法机关为掩护，实行对政治犯的非法审讯和拘押。管制的方法，主要是以教育训练为名，实际则采用刑逼或利诱的方法，使政治犯出卖同志，背叛组织，向国民党自首立功。反省院自成一个子系统，实行垂直领导，人事任免和工作处理办法，完全听从CC系统安排，只有经济开支由法院承担。

讲到这里，顾衡的脸色沉下来。停顿一会，接着说：“同志们！

自《共产党人自首法》的颁行和“反省院”之设立后，中共许多重要机关相继被破获。当然，被破获后又会重建，而重建后又难免再被破获。一些重要机关，如此反复者多达数次。《自首法》使得破获一处，得到一批供词；再破获一处，再得到一批供词，如此中共在城市中各个秘密机关遭到巨大破坏。”

葛和霖终于明白，这些天，骆梦英巡视员把党员花名册拿走后，为什么顾衡寝食难安了。

张学继、张雅蕙所著的《陈立夫大传》中说，这之后，“干部党员牺牲不计其数，自首叛变的情况也到处发生。在城市，情况更为严重。”中共上海领导机关共被破获十四次；中共江苏省委共被破获四次；中共山东省委被破获三次；中共陕西省委被破获两次；共青团中央被破获三次；中共河北、河南、贵州省委各被破获一次。逮捕的中共党员和干部则有两万四千多人，其中包括中共三任最高领袖陈独秀、瞿秋白、向忠发。被捕者中，中共中央委员四十多人，省市委干部 829 人，县市级干部八千多人。

接下来发生的故事直接关系到南京市委及顾衡的命运。

1934 年 3 月 1 日上午 9 点左右，上海公共租界工部局警察根据国民党警方的密报，在静安寺路附近同孚路上，将从事地下宣传工作的中共江苏省委宣传部长李默农和他的部下汪铁民两人逮捕。接着洋人们走程序，将他俩起诉到江苏高等法院（在上海）第二分院，于 3 月 13 日判决引渡给中国当局。

被捕的李默农就是廖承志的姐夫，他是条硬汉子，擅长诗词，出口成章，从上海被解往南京时，吟出铿锵的革命诗句：“丹心已共河山碎，大义长争日月光。不作寻常床箦死，英雄含笑上刑场。”

押送他的特务说，“可惜了，这人的骨气与豪气，让人想不通，非选择死干吗？”

第二天中午，12 点 30 分左右，上海公共租界工部局警察再次基于国民党警方的密报，采取紧急行动，突袭了昌平路 677 号，逮捕了中共中央委员杨一林、中共江苏省委组织部干部刘贵乡、江苏省委干部张子云、江苏省委书记赵林（孔二）、刘张氏（刘贵乡的义妹）、刘吕氏（刘贵乡妻子）等重要共产党员，并查获大量中、英、俄文共产党运动资料。其实被捕的杨一林实际就是上海中央局组织部长黄文容，张子云则是原满洲书记，时任江苏省委组织部长的李实。

公共租界工部局警察在逮捕、审问上述中共党员后，将他们起诉到江苏省高等法院第二分院，3月6日将杨一林、刘贵乡、张子云三人引渡给中国上海警察局，而后释放三人。

这里面的江苏省委书记赵林（孔二）是个叛徒，正是他将上述情报提供给上海警方内探的。为了蒙蔽他人，蒙蔽组织，他还装着一起被捕，制造假象。

在遭此破坏后，中共上海中央局决定，组建以赵立人（别名赵跃珊、郑玉龙、黑大汉）为代理书记的中共江苏临时省委。可是此时党组织内却是鱼目混珠，接下来另一个重要共产党人被捕后的叛变，又使在上海的共产党组织遭到灭顶之灾，并向南京蔓延。

远在南京的党组织并不清楚上海遭到了如此重大毁灭性的摧毁，巡视员骆梦英再也没有过来，南京方面的情况仍然定期通过交通向省委报告。

1934年4月的一天，去上海送文件的顾清侣回来后将地下党组织遭到叛徒出卖的情况报告了顾衡。

顾衡问："省委有无特别指示。"

顾清侣说："没有。"

有着丰富地下斗争经验的顾衡心里有数了，趁灾难还没有波及到南京时，必须尽快疏散重要岗位上的同志，尤其是市委机关。

这天夜里，顾衡悄悄地来到建设委员会葛和霖的单身宿舍，对他说："省委出事了，哪些人是叛徒还不是很明了，巡视员骆梦英也没有找到，你必须尽快离开这里，离开南京。你这里我以后也不能来了。"

葛和霖问："你自己呢？"

他没有回答，一直在收拾自己存在这里的东西。拿上所有的东西，他说："你得快走，这里很危险。我现在就去通知其他同志。"

葛和霖一夜没有睡着，一是担心会有人来搜捕，二来反复思考怎么离开南京。他准备了一根绳子，拴在床腿上，准备有人半夜敲门时，他从窗子溜下去。离开南京是必须的，但还没有到不顾一切撒腿就跑程度，建设委员会是吃饭的饭碗，因为在外地有许多工程项目，不如先到远一点的地方躲躲。第二天上班时，葛和霖找到安排他工作的上司说，全国各地用电成为趋势，自己想学习电力设备安装，今后能派上用场。这位上司对年轻人很器重，也赞赏他的选择，说你在机关这么久了，也该下去锻炼锻炼，到外地吃点苦，才能长知识，增才干，你就到洛阳去吧，那里的电厂正在安装机器。就这样，下午葛和霖就离开了南京。

顾衡得到消息最早，本来他可以从容地离开南京，到外地或者到苏区躲避风险，可是他没有这样做，就连远在合肥的谢立惠，他也考虑到了。

合肥自4月后，与谢立惠联系的地下党交通员就再也没有来过，因为他一直遵守党的纪律，连三位来联系的张、凌、黄等人的名字、地址全然不知。他非常着急，因为他们属于中央直管，为此谢立惠还派身边的党员李静一专程去上海寻找党组织。幸好没有找到，找到了也许正好自投罗网。

这时，新上任的安徽教育厅长叫杨廉，却一点也不廉，上任伊始就换各校校长，谁送得多谁当。新换的校长有聘老师的权力，也是谁送了就给谁发聘书。学校刚放暑假，谢立惠正在忐忑地等着聘书，结果聘书没等来，却等来了顾衡的紧急指令。

指令是妹妹谢立珩带来的，说上海和南京党组织正在遭到严重破坏，要求谢立惠马上离开合肥，越快越好。

最无助的时候能出手相助的一定是人生中的贵人，谢立惠的贵人是他中央大学时的同学杨浪明。在大学时谢立惠有两大爱好，一是武术，开始他老生病，为了健身，他经常和汪楚宝一起在体育馆练打拳，各种套路都会两下子。二是科学，参加了中华自然科学社，杨浪明是自然社的成员，他俩经常在一起研讨自然科学，结下了友情。去年夏天的时候，杨浪明的同乡，梧州广西大学物理系主任谢厚藩曾让杨找几个高水平的物理专业老师到他的物理系任教。杨浪明找到谢立惠，但是因为党的工作离不开，便没有去。现在遇到了特殊情况，不得不吃回头草了，于是联系上杨浪明，再找谢厚藩主任。听说谢立惠是中央大学高才生，又在中学任教，还都姓谢，谢主任马上同意了。并且要他马上就来上课，职位给的是广西大学物理讲师。

谢立惠根据顾衡的要求，临行前专门找蔡柏谈话，要求她担负起领导朝曦读书任务，告诉她必要时可将读书会的活动由半公开转为秘密，要继续保持同外出和毕业的会员书信联系，如有不愿意来往的，则不要强求。他还鼓励蔡柏，努力工作，注意保密和隐蔽自己。

就是在十分危险的情况下，顾衡仍然十分关注读书会的工作，经常询问并秘密指导其工作。南京成贤街王昆仑寓所里，读书会还在如期进行。薛葆鼎、汪德彰、季洪等人陆续成为读书会新会员。此外，还分别在中央大学、政治学校、金陵中学等单位建立了读书会小组。因为读书会组织的扩大，在国民党的政治学校发展读书成员，引起了国民党特务的注意，特务们开始盯梢各个成员。

南京读书会成绩斐然，他们不仅积极开始读书活动，还走出去与媒体合作，扩大读书成果。1934 年春季到秋季，吴茂荪出面在陈铭德、邓季惺夫妇主办的《新民报》上办了副刊——《时代认识》，共出了十九期，在南京的知识分子中起了一定的启蒙作用。读书会部分成员在南京还参与创办新知书店和狄超白主编的《通俗经济学讲话》的编写工作。

在王昆仑的支持下，原南京读书会的成员张锡昌 1934 年在无锡组织了读书会。同年，王昆仑与中共上海文化工作委员会的曹亮也建立了联系。

6月的南京是个多雨的时节，一连下了几天雨，顾衡几乎每天都要更换居住场所，避免被特务逮捕。而此时在上海的江苏省委再次面临被摧毁和领导人叛变的灾难。

6月下旬，上海市国民党警方在中国街阜民路茂兴坊将英美烟草罢工委员会总指挥——中共重要干部周光成逮捕。而后此人随即转向，声明与共产党脱离关系，他叛变后又穷凶极恶地破坏中共组织，并向政府吐出他所知道的中共的秘密机关所在地和党的相关秘密事项。国民党方面在公共租界和法租界两处警察部门的协力援助下，开始了大举破坏上海共产党组织的活动，同时上海公共租界工部局巡捕及法租界工部局巡捕在国民党当局提供的情报和要求下，立即调集了大批警力，开始了突袭搜查行动。

在上海的公共租界里，6月26日发生了令共产党人震骇的逮捕事件。晚上6时许，在康脑脱路料廖州路角，逮捕了李文碧、中华总工会负责人张文清（袁孟超）、江苏省委书记郑玉龙。随即在夜里8点，公共租界警察在莱斯考斯路（音译）38号住宅，逮捕了化名“余淇全”的上海中央局书记李竹声及利月英、王陈氏。是夜10点，负责监视的警察将来到此处化名“林子明”的中央局秘书处负责人李德钊逮捕。11点，又逮捕前来此处的中央联络员吴炳生。

同夜晚9点半，在清海路善庆里33号，又逮捕李周氏（女），接着又逮捕来此处的张金标。9点40分，在武定路槐荫里74号，租界警察再逮捕上海工会联合会委员长刘志刚。

公共租界的逮捕活动持续到翌日清晨，27日午夜1点半，在康脑脱路长康里12号，逮捕了李锦峰、陈在葛、王根生。连续的逮捕活动使上海共产党机关全部瘫痪。

在公共租界里的各路警察，从逮捕的共产党人住所里，押收物品中有四千五百美元和三十英镑的现钞，还有多张存款存折、暗号文、中英俄日文共产主义文书、党团组织状态、江苏省委经费明细，及满洲和其他省委给党中央的报告书等等极其重要文书。

同日，在法租界也发生了同样的逮捕破坏行动。在古拔路 63 弄 14 号逮捕方玉英（即方秀英，女）。在西爱咸斯路甘世东路口慎成里 75 号，逮捕王秀英（女）、方文彬、宋桂清。

遭到逮捕的共产党人基本上使用化名，这次逮捕中关向应的夫人秦曼云也被捕。公共租界将十四个被捕者起诉到江苏高等法院第二分院，法租界将被捕四人起诉到江苏高等法院第三分院后，两院审理结果，除将公共租界内逮捕的王陈氏、李周氏因二人为女佣释放外，其余十六人都为中共重要党员，全部引渡给国民党警察局。在法租界逮捕的四名共产党人也在法院判决后引渡给中国上海警察局，7 月 14 日夜，引渡的被捕共产党人由夜行列车秘密押送到南京。这次逮捕活动使上海党组织被破坏殆尽。

可是对中共的打击没有局限在逮捕活动，被捕的当时中央局书记李竹声、江苏省委书记郑玉龙、吴炳生、袁孟超、秦曼云随后叛变脱党，并参加特务组织，给党组织带来巨大损失。南京的特务随即根据江苏省委叛徒郑玉龙等人提供的信息开始大规模的抓捕活动。

8 月 7 日这一天，天热得让人喘不过气来。顾衡一个人在中央大学附近沙塘园一所平房里印刷文件，他的目的是想让更多的人知道，中共南京市委还在南京继续战斗。这间小屋子相对比较偏僻，不引人注意，平常很少有人光顾。忽然，顾衡听到有一群人的脚步声急促地由远而近，他立即警觉起来，知道大事不妙，第一时间销毁了重要文件，并迅速操起印刷的滚筒躲在门后，当第一个特务破门入室时，他用滚筒猛击，将特务手枪打落在地，随即两人扭打在一起。特务发现这个人个子不高，身体瘦弱，腿还有点跛，但搏斗起来却又猛又狠，身材高大的特务竟然多处受伤，仍无法将其降服。直到后面四五个人相继冲进门后，一起出手才将其抓获。

第二十七章 我叫翟大来

抓捕顾衡的行动是由国民党中统南京实验区实施的。该实验区是于1933年成立的，专门负责南京城区，包括浦口、溧水县特务活动，下设总务、组训、情报、行动四个股，城区、下关、邮电检查三个组，一个核心委员会、一个外围组织学生生活社，区址设在新街口明瓦廊76号，负责训练特务，专门破坏中共地下党组织。

自上海中共江苏省委被发现摧毁后，这几个月以来，特工南京实验区异常繁忙，明瓦廊办公区的电灯彻夜不息，特务们的会议一个接一个，人员进出也更加频繁，这些迹象说明，他们已经发现重大目标了。

他们的目标是南京市委负责人孟方。情报股股长刁寄平和行动股股长马啸天一直在搜查顾衡的踪迹。因为名字是假的，在南京城很难搜捕到。可上海方面提供了一个重要线索——南京地下党负责人腿有点跛。这两位股长派出多名特务，在全城范围内寻找腿有点瘸的年轻人，经过两三个月的努力，终于在成贤街附近发现了体貌特征非常像的人。经过长时间的跟踪，发现这个跛腿青年十分可疑，确定他就是南京地下党的负责人。本来他们想放长线钓大鱼，通过跛腿青年顺藤摸瓜，抓到更多的共产党。但是，这个跛腿青年反侦察能力特别强，有时跟着跟着就弄丢了，几乎没有发现他跟谁有过接触。两位特务股长怕他跑了，于是决定下手逮捕了他。

在路上，顾衡想，好在填写党员登记表的时候留了个心眼，否则南京地下党遭到破坏的速度会更快。眼下绝不暴露自己真实姓名，就用租这间平房的朋友翟庆华的小名“翟大来”对付这帮特务。

原来，翟庆华系中央大学的学生，今年春天刚被发展成中共党员，不久，他的母亲从家乡来南京看望儿子，于是他在校园附近的沙塘园租了一间小平房，跟房东签租房合同时，他母亲问“大来子，这房子多少钱”，翟庆华正好要在合同上签名，顺手签了自己的小名“翟大来”三个字。

放暑假时，翟庆华向顾衡汇报，要带母亲回老家。顾衡就叫他不要退掉那间房子，把钥匙留下来，那里做一个秘密据点，需要时用作处理党的机要事务。自放暑假到被捕这段时间，他利用这间平房作掩护，秘密为党继续工作。

真正的翟大来暑假回到南京后，曾来过这间小屋，他一看门上的锁变了，还生了锈，房东也不在了，便强行打开门，进去一看，里面被翻得一塌糊涂，还有打斗过的痕迹，心想一定是出事了。一打听，房东和租房人都被关进特工南京实验区。翟庆华立即离开南京，到外地躲避。多年后，翟庆华对自己儿子讲起这件事时，激动地说："孩子，爸爸已经给反动派枪毙过一次了，是顾衡伯伯让爸爸又活了下来，要不然，他们还会到处抓我的。"

特务审讯顾衡，问他叫什么名字？他回答，"我叫翟大来。"问他是不是南京地下党负责人。他回答，不是。后来，他以不回答任何问题来对抗特务的询问。特务们愤恨，扬言要打瘸他另一条腿。顾衡仍然不理，一特务上前朝他的脸猛击一拳，顿时面部出血……

几天下来，顾衡坐过老虎凳，特务们对他威逼利诱等各种招数都使用过，也没有得到什么有用的信息。只好按程序，把他转送到离夫子庙不远的瞻园路126号国民党宪兵司令部看守所羁押。

首都宪兵司令部由首都卫戍司令部与陆海空军总司令部宪警处合并组成，用于进行城镇战斗与维持军纪、社会秩序，抓捕异见人士。南京宪兵司令部的组织机构很庞杂，除了宪兵司令、副司令、参谋长外，下设十三个处、三个所和一个直属科。

当时的首都宪兵司令部，是全国的宪兵最高指挥机关。成立初期，便由心狠手辣的国民党中将谷正伦担任宪兵司令。警务处军法课是专门逮捕和审讯政治犯的，为了"感化"共产党，看守所还设立了囚禁重要政治犯的"优待室"。

1933年5月，时任全国互济总会主任兼党团书记的邓中夏在上海被捕，随后被关押在宪兵司令部看守所，住在11号监。几天后，他被敌人杀害在雨花台。罗登贤、黄励、郭纲琳等烈士都在这里饱经严刑拷打，宁死不屈，最终赴雨花台英勇就义；陶铸、陈赓、何宝珍和田汉等人也都在这里被囚禁过。

顾衡被投入宪兵司令部的监狱。牢房为全封闭式，不见天日，很少放风；层层铁门，道道警戒；屋顶之上，岗哨密布；电网高墙，插翅难飞。

除了逃离南京的一些人外，南京市地下党组织已经完全在国民党特务的控制之中，为了撬开顾衡的嘴，让他主动承认自己是南京市委的负责人，特务们于 8 月 10 日的傍晚，包围了成贤街的无锡同乡会，抓捕了顾衡的妹妹顾清侣。并将她也押送到宪兵司令部，并故意制造了“兄妹相见”的机会，以证实翟大来就是南京地下党头子顾衡。

宪兵司令部的大门进来后是一条长长的甬道，特务指着甬道中间的水池处一个正在洗手的男人说，顾清侣，你哥哥也在这里，你认他呢还是不认他？顾清侣一看身影像自己的哥哥，她走过去细看，面容苍白憔悴，脸部和身上都带着伤。年轻的她，不知是特务的计谋，也不知是认好，还是不认好，犹豫中，迟迟疑疑地上前弱弱地问了声：“是哥哥吗？”

谁知顾衡立刻厉声说道：“谁是你哥哥？我姓翟，叫翟大来，你这位姑娘不要认错人！”

顾清侣被哥哥这一声喝问吓倒了，也突然清醒过来。她说：“对不起，我认错人了。”

顾衡扭过头去继续用水洗手、洗脸，不再理会妹妹顾清侣。顾清侣告诉特务：“他不是我哥，我确实是认错人了。”

一双儿女都被当局逮捕，这无疑是顾家的重大灾难性事件。本来让女儿到南京是为了让兄妹俩互相有个照应，没想到两人都变成了共产党。父亲顾倬伤心不已，母亲整日以泪洗面。母亲哭着跟顾倬说：“你这对冤家儿女，让我老了也要为他们担心。你这个老头子，还不去南京想想办法。”

顾倬是全国著名的教育家，留学日本，创办过师范学校，桃李满天下，属于社会贤达人士，有相当的影响力。陈果夫为蒋介石创办了中统，为了维持中统办案，他办了中国农民银行作为重要经济支柱。巧的是当时需要在无锡建分行，谁来当这个经理呢？陈果夫想到了当地名人顾倬。1929 年冬天，顾倬出任该行经理。平时没有机会跟陈果夫打交道，现在一儿一女都落在他创办的中统手里了，这回不得不硬着头皮去找这个“活阎王”了。

陈果夫是国民党炙手可热的人物，他在 1928 年蒋介石复出后，任国民政府委员，兼监察院副院长，实则负责国民党内组织，除重新审查登记国民党员，还开始设立调查组织，即后来专门负责反共的“中统”。1929年任中央执委，中央组织部副部长，成立国民党中央政治学校。他与弟弟陈立夫一起掌管国民党党务机构，以致当时有“蒋家天下，陈家党”之说。1932年，陈果夫为“导淮委员会”副委员长；1933年，兼任江苏省政府主席，负责整治江苏及淮河水利。顾倬怕自己的影响还撼不动这位国民党省主席，于是还请上海农民银行的一批大佬们同时签名具保顾衡出狱。

陈果夫的家位于常府街的仁德印刷厂后面，巷陌的幽深之处（今解放军空军454医院附近），一座花园式庭院，这里的一切都显得崭新富贵。听朋友说，上半年该别墅刚建成，他住进来没几天。

平时心高气傲的教育家、银行家顾倬，为了儿女的生命、前程，不得不低下高贵的头，奔走于权门之间。他在一首诗里写道：“闻耗星奔到建邺，营谋真个欲惊魂。此生傲骨销磨尽，为汝低头权要门。”一生没有给别人送过礼，这下可难倒顾倬了，送钱，多了拿不出来，少了拿不出手。土特产更是不值得一提了，送什么呢？这时，还是夫人的一句话提醒了他，她说家里不是有名人字画吗？他拿出珍藏多年的一幅文征明楷书《赤壁赋》。文征明的书画造诣极为全面，诗、文、书、画无一不精，人称是“四绝”的全才，在画史上与沈周、唐伯虎、仇英合称“明四家”（“吴门四家”）。在诗文上，与祝允明、唐寅、徐祯卿并称“吴中四才子”，陈果夫见到他的书法作品定会喜欢。

陈果夫家警卫听说是无锡来的，又没有预约，不让他进门。最后他拿出些钱给门卫通融，才得以去通报。

听了顾倬的陈述和请求，陈果夫说：“真是家门不幸啊！两个孩子不好好读书工作，搞什么革命，这回革进去了。”

顾倬：“都怪本人教子无方！”

陈果夫说：“你看这样吧！我现在也不管中统，你是知道的，主要精力都在江苏，还兼着导淮委员会工作，对宪兵司令部的事也不太了解，容我打听一下，看能不能保出来。”

顾倬：“太感谢您了！”

陈果夫说：“不过我话说在前头，如果是共产党负责人，还不肯自首，那我就没办法了。”

过了几天，陈果夫那边来消息了，他在电话里对顾倬说：“你儿子是中共南京市委的负责人，而且态度非常不好，看来是没什么希望了。”

本来是把宝都押在陈果夫身上的，结果送了名人字画，事也没有办成，他非常失望，但这事也不能全怪陈果夫，还是自己儿子的问题。

同顾倬一样着急的还有顾衡的同学。听说顾衡被捕了，浦镇机厂机务处的中学到大学同学杨允植主动找到顾老下榻的旅馆，表示愿意为他老人家营救顾衡做马前卒。

顾倬让他代表自己去狱中探望顾衡，看他有什么想法，做工作要他低个头，就好想办法把他救出来。

关在宪兵司令部的犯人，尚未判决时，一般不允许见外面人。因为顾倬花钱找了不少关系通融，杨允植得以去会见顾衡。监狱的会面在一个很大的房子里，犯人和会客人隔着木栅见面，旁边有宪兵监视。

顾衡被带出来了，腿脚跛得更加厉害，脸上身上都带着伤，受到侮辱与欺凌，看上去吃了不少苦头。他见到是老朋友杨允植，脸上还是挂着熟悉的微笑。看到他这般模样，杨允植很伤心，问他，你身体好么？顾衡点点头，又指指臀部，那意思是受过重刑。杨允植知道他腿脚跛得厉害的原因了。没讲几分钟话，在一旁的宪兵说，时间到，硬是把顾衡带走了。

回到旅馆，杨允植伤心地哭着把狱中顾衡的情况向顾倬作了汇报，最后跪在地上，抱着顾倬的腿说：“顾伯伯，我求求你了，救救顾衡。”

顾倬知道，国民党有《共产党人自首法》，也有三个中央委员就可以保出政治犯的潜规则，但是关键是要顾衡自己肯低头，写一个问题说明，表示不再关心政治，脱离共产党即可，也不需要他交待谁谁谁。于是他把在无锡的夫人叫到南京，到狱中去说服顾衡。

顾衡的母亲是无锡佛教协会的负责人，笃信佛教，进了监狱，看到荷枪实弹的宪警，一直双手合十，“阿弥陀佛”地念叨着。开始顾衡对宪兵说，“我没有家，哪来的母亲。”宪警倒是会动员人，说不管是不是去看看，人家是花钱托门子来的，也不容易。顾衡还是被说动了，去见面。母亲声泪俱下地劝说他低个头，早点出去，否则，你父亲和我都活不了几天。

顾衡坚决地说：“我叫翟大来，不要认错了，我不是你们的儿子。您是哪来的这样一个老太太，竟会到这里来认儿子？”

母亲哭着说：“我不勉强你，你确实是我的儿子，何苦不认呢？”

到这个份上，顾衡已经下定决心以死来表明对党的忠诚，这才慷慨激昂地说：“好一个善心的老太太，算你是我的母亲吧！如果真是我的母亲，你就回家准备一口棺材，到雨花台领尸。”

听到儿子这般言语，已经做好了死的准备，母亲哭得更加伤心。临走时问他还要什么东西？

他说：“本来我什么都不要的，那就请你送件长衫来，再送个梳子和小镜子来。”

在国民党审计署工作的汪曼云是汪楚宝的侄女，她打电话给顾衡的另一个同学徐宗士，请他拿着一张纸条到新街口商行提取顾衡兄妹的一只箱子。徐宗士去了后没有提到，他回到汪曼云家时，汪告诉他，箱子已经拿到了，并拿出顾衡最喜欢的那件灰哔叽夹袍和其他一些物品，让他送到宪兵司令部去交给顾衡。宪兵司令部似乎更严了，把东西收下来，不让徐宗士跟顾衡见面。后来送过好几次食品，最后一次东西都拒收了，事情有点不妙。

第二十八章 法庭成了他的宣传讲坛

按理说，宪兵是负责军队纪律和战时社会秩序的，为了镇压革命，蒋介石用它来对付共产党。依据的是《危害民国紧急治罪法》，凡是被视为进行反对政府活动的，都按此法进行逮捕、杀害。由军队来执行对政治犯的法律审判，从政治上把握更加方便，在审判法律程序上也可任意改变，如按陆海空军审判法规定，对犯人判决应采取合议制，即军法合审。以一人为审判长，二人为审判官，连同书记官组织审判。而宪兵司令部负责政治案件审理的只有李华龙和李植两名军法官，他们都是各自独立审案，根本没有执行这一套，军法官一个人独立审判，有时为了装门面，随便署上两个军法官的名字。

国民党中央宪兵司令部看守所关押的政治犯，来源于四个方面，一是国民党中央党部调查科侦缉或叛徒指认而逮捕的中共人士，二是全国各地转来的政治要犯，三是从外国租界引渡过来的政治犯人，四是宪兵司令部及各地宪特机关直接逮捕的政治犯人。

经办顾衡案子的是军法官李植和书记官廖逸龙。顾衡什么都不肯说，有时连看都不看审讯的人，问他组织关系在哪？还有哪些中共党员？他统统称不知道。中共高级领导、江苏省委领导都自首了，一个南京市委负责人，竟拿不下来，有点没面子，李植很恼火。对油盐不进的“翟大来”，只好采取“感化”利诱来试试。

军法官李植文化不高，他所说的“理”，翻来覆去只有几句话：中国农业落后，工业落后，不适宜共产。共产党主张搞斗争，把好好的秩序搞乱了。他对工人共产党员说：手艺人靠的是太平，国家不太平，岂能安居乐业。对学生共产党员则说，古人云，万般皆下品，唯有读书高。学生不好好读书，却闹示威，搞共产，与政府对抗，有几个脑袋？不要受人利用。对知识分子就说，参加共产党就是造反，政府有几百万军队，你们赤手空拳，敢跟百万大军相对抗，不是找死吗？如果犯人不供，或者进行反驳，他马上就开骂：“你这蠢东西，不自首就枪毙你。”

这回遇上顾衡，他还是按自己的套路说理。

李植问：“你本是国民党员，何以背叛国民党，投入共产党？”

顾衡不假思索，直接反问：“我问你三条，第一，孙中山生长于满清，何以背叛满清？第二，国民党是否实行三民主义？第三，蒋介石是否卖国？”

一句询问，引来三句反问，句句都智慧而直抵人心窝，让军法官无言以对。

李植心想自己是军法官，不能丢面子，继续辩说：“孙先生生于满清不假，反对封建帝制，社会才有了进步。你问我国民党是实行三民主义，那我要告诉你，一直在实行。蒋先生是我们国家的领袖怎么说不爱国，倒是你们这些学生，跟着共产党闹什么革命，把个好好的社会秩序搞乱了。”

顾衡说：“清王朝是封建社会，革命了是有理的。现如今国民党执掌政权，代表的是少数资产阶级利益，剥削着大多数的无产阶段，为了达到这一目的，还与日本、美国这些列强勾结，出卖国人的利益，达到自己的目的，这就是卖国。共产党代表无产阶级利益，来革国民党的命，正如孙先生革清廷的命一样合理。”

李植自知说不过顾衡，转移话题说：“中国只有大贫、小贫之分，别无阶级悬殊的现象。既然没有阶段悬殊，就不需要无产阶级政党，共产党就应该被消灭。”

听了这样的言论，顾衡愤慨地说：“朱门酒肉臭叫小贫吗？路有冻死骨叫大贫吗？中国有无产阶级，有穷人。有穷人的地方必然有人起来反抗。国民党腐败，只抓共产党，不抗日，非垮不可。”

李植狡辩：“国民党是执政党，怎么说只抓共党，不抗日？”

顾衡继续说，：“请问法官，国民党执政党，为什么要媚外？为什么还要割地赔款，丧权辱国？”

李植道：“割地赔款，这是满清政府的事。把过去的事说成是国民政府干的，不符合事实。”

顾衡据理力争：“放弃东三省，不就等于割地？”

李植有点理屈词穷，只好转弯抹角地说：“凡对一个事件，必须要慎重，私人与私人之间，不能轻举妄动，国家和国家之间也是如此。把自家和敌人力量对比一番，所谓‘量敌而后战’才能操必胜之券。不计利害，逞一时之勇，这是匹夫之勇。稍有知识者，决不会这样干的。”

顾衡马上逼问：“中国和日本谁强大？”

李植说：“从军事上讲，日本占优势。”

顾衡道：“不。中国有几百万军队，又有全国老百姓支持，地大物博，从哪方面讲都比日本强。国民政府不抗日，国耻如何洗涤?”

李植知道辩理不是共产党领导的对手，于是换个角度说：“据我所知，你出生于书香门第，并不贫寒，你上过大学，见过世面，你应该代表有钱人的利益啊。做什么共产党，领着穷人革命，最终有可能自己丢命啊！”

顾衡大无畏地回答：“不错，正是因为我见过一些世面，才知道这个社会是人吃人、人剥削人的社会，所以我有责任和义务领着大家一起寻找人类的光明，让中华民族走向伟大的复兴。牺牲对我来说已经不那么重要，重要的是以我之躯，以我之魂，唤起更多的人加入革命的洪流，你纵有百万之军，也将逃不脱灭亡之命运。”

在法庭上，顾衡总是侃侃而谈，理直气壮地讲共产主义道理，审讯他的记录，几个月加起来足有一尺多厚。连书记官廖逸龙都说，“把它整理一下，就是精彩的共产主义演讲书稿。”

南京宪兵司令部监狱里搞创新，弄出一个“优待号”，关押那些重要的有价值的人，并在里面安插叛变者潜伏在“优待号”里，做入狱者的思想工作，诱导入狱者变节。

顾衡是南京地下党的负责人，自然也享受了“优待号”待遇。这里的条件似乎比普通监狱要好一些，同室的人也很“热情”。顾衡知道其中的秘密，一进门就有几个特务、叛徒凑上来攀谈。他们几句话后就露出了狐狸尾巴，顾衡便转身到铁门口乘凉，不理他们。

这一招没有见效，李法官便安排找熟悉顾衡的人来做工作。他不是别人，正是前任南京特支书记何治垓。

何治垓是于 7 月初在江东门电台宿舍被捕的。此前，顾衡已经通知其撤离南京，可是他因为身体原因，又没有在外地联系到工作，考虑到上有老母亲，下有小儿等因素，没有及时离开。其实，特务早在几个月前已经掌握线索，并盯上了他。

入狱的第三天，他熟悉的一名叛徒、安徽省党部的余良猷来到监狱做他的工作。余和他是老乡，又是大学时的同学。毕业后，经在安徽省党部工作的亲戚推荐，余进去做了职员。被捕后，很快就叛变。

何治垓问：“你叛变了？”

余良猷说：“共产党中央被端，许多高级干部都自首了，你还跟谁干？不要犯傻了，现在国民党有政策，只有写份自首书，你就可以轻松出狱，该干啥干啥，不受任何影响。”

如果自己被判刑，老母亲没有人养。何治垓有点犹豫，不知该如何下决定。

余良猷继续攻心：“国民党做事很干脆，举两个例子吧！共产党高官顾顺章，本来是红色特工，现在投向国民党，给他配了汽车、洋房，在上层社会走动，多风光，以前像老鼠一样，躲在地下，一露头就处处被人喊打。恽代英，你也听说过，多有才，官不低吧，不肯自首，结果身首两处了。”

本来还在犹豫的何治垓，终于心安理得地写了自首书。光写自首书是不行的，还要交待组织关系。他提供了南京舍石樵、顾清侣、华工、葛和霖等六个人。

审讯人看了名单问，你南京的组织肯定有领导，领导不交待怎么能行呢？他又挤牙膏似的补充了顾衡、骆梦英。

又过几天，再次提审他，审讯者说，我知道你在交通大学时就入共产党了，怎么没有交待这一段有哪些人？何治垓提供了许印、乔魁贡、孙佐钰、李文采四个人的名单。

第三次提审他，将阜阳地下组织的名单也作了交待，“知无不言，言无不尽”，最后还想起来，补上一个葛春霖。

现在何治垓来对顾衡劝降，遭到顾衡一顿责骂。他说：“你这个可耻的叛徒，出卖了自己的灵魂，还出卖了同志，现在还有脸来劝我？”

何治垓说：“我这也是为你好，为你家里人好，听说你父母为你操碎了心。”

顾衡说："这是我自己的选择，跟他们没有关系。"

何治垓劝道："我也知道共产党的理念好，但眼下那里还有共产党的生存之地，绝大部分人都自首了，你也没必要逞英雄。你只需要写一个声明，要不我帮你写，你签个字。"

顾衡说："入党时，我宣誓过，不能出尔反尔，我不能因为贪生怕死，就说我们共产党不好。如果要我写脱党声明，你们得先让我回去请示一下，看我们党准不准许！这是一种信仰，不能动摇！就是你们都投降了，我只要还有呼吸的时候，还是要干共产党。我死了，还要教育子孙，永远干共产党。"

话说到这份上，何治垓还厚着脸皮讷讷地说着投敌的"好处"。

顾衡骂道："你再胡说，我揍你。"说着就举手奔了过来。

这时，在一旁的李植忙上前解围说："他是你的好朋友、同事，好心相劝，你反打他，真不知好歹。"

顾衡昂然回答说："是共产党员就不怕死，像他这种没有骨气的叛徒，不配做我的朋友。他没有资格跟我讲话。送我回看守所去。"

遭到顾衡的责骂和严词拒绝，叛徒何治垓灰溜溜地离开了。

宪兵司令部对付顾衡这类顽固不化的政治犯，软硬兼来，用尽了各种手段，实在一点办法也没有，最后只能是用刑了。

宪兵司令部看守所的人员都是精心配备的。几任看守所长，几乎都是留过洋、学过反革命本领的。而那些看守长们，不是土匪出身，就是宪兵中的骨干，并且个个长得五大三粗，十分残暴。宪兵司令谷正伦挑选这些人看管犯人，目的就是用残酷的手段对付关押牢中的革命者，逼迫他们归顺。

犯人对监规稍有违背或对看守有所不恭，轻则打手心，打屁股，不放风，不开饭，不看病，重则带大镣（最重有十几斤）或关禁闭（住潮湿房间，每天两顿稀饭，而且无水供应）。在这样的特殊环境中，宪兵司令部又施加酷刑，妄图杀一儆百，来胁迫犯人就范。

用刑逼供，在特务机关比较普遍。顾衡听狱友讲，宪兵司令部常用的刑罚有以下：其一是“打手心”。这种刑罚是最轻的，大都用在法庭上，一般对付女犯。还有看守所对“违犯”监规者，亦常采用。再就是“电刑”。宪兵司令部1934年始用电刑。最初电刑，用直流电，利用检诊所电疗用的小木箱，加上干电池，使它产生“动”的电力，施刑时，将犯人绑在特制的“竹梯”上，让犯人仰卧着，解开其上衣，用通上电带有金属头的木棍接触犯人的胸部，同时摇动木箱，电流迅速通到人体，电得犯人浑身像针扎一样难受，痛苦不堪。不久，又改用交流电，这种电负荷大，就更加残忍，被电刑的人常常死去活来。第三种是“踩杠子”。这种刑罚，最初南京宪兵司令部没有，北京宪兵三团首先使用，之后传到南京，宪兵司令部也跟着用了。第四种更损——“毁容”。对个别刑讯不供的犯人，也曾用过硝镪水毁其面部，让他出去无法见人，强迫其招供。

顾衡受到的是第五种刑——“吊打”。晚上，顾衡被看守长和行刑手带到军法课的第一法庭，因为那里是古房子，有屋梁，便于悬吊，地方又偏僻，再大声的叫喊也传不了多远，不碍事。两个人将顾衡用粗麻绳双手反绑，悬吊梁上，然后再用麻绳抽打，一边打一边让他交待，顾衡强忍疼痛，大骂国民党法西斯。一个狱卒见这般抽打还不能让他屈服，于是拿来草纸点着后，烧他的鼻子，顾衡被折磨得昏了过去，两个人用冷水反复将其浇醒，继续打。

坚强不屈的顾衡被关进了东十三号牢房，这里是死囚犯的最后住所，仅有四平方米，上有天窗，用铁栏杆焊死的，很牢，像关猛兽的铁笼子，马桶就在里面，天气炎热，空气污浊。如果这样也就罢了，晚上还会遭到排成长队的臭虫攻击，该虫躲在床缝或墙缝里，是一种吸人血的寄生虫，它们都在晚上偷偷地爬出来，不到十分钟就能吸饱。人被臭虫叮咬后，伤口常出现红肿、奇痒，如搔破后往往引起细菌感染（现在，该虫已经不多见）。所以根本无法入睡，顾衡每天晚上就蹲在床上与臭虫作斗争。

生活上条件很差，可是因为顾衡家里买通了相关人员，一些书籍被换掉封面，还是能被源源不断地送进狱中，这是他最后日子里的精神支柱。

顾衡知道自己的日子不会太多了，也不管天有多热，睡眠多么不足，气味多么难闻，他如饥似渴地看革命书籍，了解共产党及红军的革命情况。尽管红军处于最困难的时候，中国共产党到了最低谷，他还是对革命抱着必胜的信心。

透过牢房的小窗看去，经常看到一个宪兵给看守长送来一卷纸，敬完礼后便转身离去，原来他是送判决书的。看守长是苏北盐城人，身体比较瘦，看上去有点凶神恶煞。顾衡观察过，要是他接过那卷判决书，看后一声不吱，那第二天肯定要枪毙人。如果犯人中是投降叛变的，他会用盐城腔大声宣读，特别是到“能及早醒悟，改过自新，予以交保释放”时声音又提高八度，十分滑稽可笑。

顾衡就以这样平静的心态，面对即将到来的死亡。他一点也不惧怕，一点也不担心。他认为，以牺牲自我来换取更多人的觉醒，值得。

第二十九章 烈血已经染雨花

尽管顾衡抱定牺牲的决心，但是父亲顾倬和朋友们却一直历经周折，设法营救他。

在浦镇机厂机务处化验室工作的老同学、党员杨允植想到了他和顾衡中学时代的老师叶秀峰。他是江苏扬州江都人，天津北洋大学（今天津大学）矿冶系毕业，美国匹兹堡大学硕士，回国后在东大附中任老师。后来出任国民革命军总部机要秘书、南京市党部委员；后转入中统，任国民党中央组织部调查科长。1929 年底升任国民党江苏省党部委员，以后历任南京市党部组织部部长等职。

因此人有过中统的经历，顾倬在杨允植的陪同下，拜见叶秀峰，请他帮忙。

叶秀峰说："我是国民党南京市党部组织部长，你儿子是共产党南京市委组织部长，中共南京市委负责人，我们两个正好是一个地上，一个地下。原本是唱对台戏的，怎么会来找我呢？"

顾倬央求道："吾儿曾是您的学生，看在师生的份上，请部长出手相救。您知道，他在数学上是奇才，是可以再造的青年，如果能出狱，或者能免于一死，我会送他去法国深造，他一定会成为数学方面的专家。"

叶秀峰道："在中学的时候，他就是学生首领，到了大学还是，他喜欢数学不错，但他更追求政治。不大的年纪，已经担负了这样大的责任，如果站在党国立场上去做事，说不定是个大才。可是他不肯自首，你叫我怎么助他呢？"

顾倬商询："能不能通过您的关系，做做军法官的工作，让他们放我儿子条生路。"

叶秀峰最后给顾倬写了一封信，让他找具体经办的李植法官商量。李植看了信，说："我也想帮他，可是你儿子死活不认错，每次还把我骂得狗血喷头，解铃还需系铃人，你得亲自做做规劝工作，让他转变思想，保住自己的性命。"为此，李植安排了他们父子见面。

经历了家庭重大"变故"，顾倬头发变白了，人也显得苍老了不少。他看到遍体鳞伤的儿子，老泪纵横。他问顾衡："他们打你了？"

顾衡点点头。

顾倬说："以前是父亲的不对，没有让你与钱寿荣来往，导致了你跟家里的矛盾，为父十分后悔。你能原谅我吗？"

顾衡还是点点头。

顾倬说："你是我们家里的希望与骄傲，我希望你能在狱中保住性命，根据你的情况，只要裁定是无期徒刑，我今后可以找中央委员保释你。"

顾衡摇摇头说："不用了，我不可能降身辱志。"

顾倬有点着急："儿啊！ 你在庭上不要人家法官讲一句，你顶人家三句，让人家法官下不了台，得给法官留点面子啊。"

顾衡说："我和他志不同，道不合，自然说不到一起，真理在我这边，他跟我辩论当然会下不了台。"

顾倬说："为了你兄妹俩，我屈身往来于权门之间，我图的是你们俩都能平安。 你母亲，天天在家哭，眼都快哭瞎了。"

顾衡眼圈有点红："我为的是中华民族和民众的前途，忠于共产党，不可能背叛她，也不会出卖我的同志，至于父母，我不能周全，在国家与家庭的平衡上，我会选择国家。 在信仰和生命的平衡上，我会选择信仰。 请您不要再劝我了，我已经做好了选择。"

没有想到儿子这样坚定，父亲顾倬有点失望。 他不死心，后来又带着太太一起再次到狱中，劝说顾衡，并告诉他已经为他铺好了去法国读书的路子。 顾衡依然选择不自首，不出卖同志。

由于顾衡的亲友多方营救，军法官允诺，判顾衡无期徒刑。 顾倬才稍微放了点心，认为保全生命无问题了。

此时，顾倬来往于无锡、苏州、上海、南京，发动教育界、金融界的朋友，共同策动中央委员联名具保。 王昆仑也在积极为营救顾衡和顾清侣作努力，在大家共同努力下，已经有七名中央委员同意，在条件成熟时，保顾衡出狱。

顾家及同志、好友在外奔走呼号，而狱中的顾衡却坚定自己的信仰不动摇。

顾衡没有想到与自己相隔五六间号子里，关着的竟然是太和乡村师范的学生小季。 在看守所严密的监视下，平时无法讲话，有时偶然在放风时见面，只能暗中相互点头微笑。

狱中的伙食差得要命，每天两顿糙米，米饭里经常能吃到硌牙的石子，菜里没有一滴油水。 为了方便顾衡在狱中生活，顾家在看守所里存了一些钱，给顾衡改善生活，可以点到面条水饺等食物，只是贵得离奇。看到面黄肌瘦的小季，他有点心痛，叫看守拿自己存的钱，去买碗大肉面送给小季。

那天晚上九点左右，看守从号子门的小洞给小季送来一碗大肉面。小季奇怪地问是谁送的？看守说是翟大来。小季一面犹疑地吃着，一面怀疑莫非敌人有所察觉，来试探他和顾衡的关系？没等把面吃完，他就在面碗的底部发现一个用铜币在水泥地上磨光了的镜子，还有一个磨成蝴蝶状的铜元。小季心里明白了，这是顾老师又在给自己上课了。铜镜表示我们应该心明如镜，意志坚定。蝴蝶呢？顾老师曾在太和乡师时讲过，我们应该像蝴蝶传花粉一样，自由飞翔，到处传播革命种子。吃完面，他受到了极大鼓舞，兴奋得一夜没睡着觉。

所有政治案件的处理，最后由谷正伦批准。具体程序是，军法官准备要判某犯死刑，先写结案报告，签上判处“死刑”“极刑”“枪决”的意见，经军法课主任阅后，放进一个小木箱内，加上锁，由书记官径送谷正伦。

谷正伦的贴身副官有一把钥匙，打开后，送到谷的桌子上给他审批。谷见已判死刑的，就签“如拟”，他认为判轻的（指未判死刑的），也在这时加重，改写“判死刑”，“该犯拒供，其情可恶，枪决”“可杀”等。锁上后，再送军法课。这个过程，非常秘密，除书记官、军法官、军法课主任之外，其他人是不让知道的。等到小木箱回到军法课，就不秘密了，因为书记官要做取照片“验明正身”、签办提审手续，秘密通知看守所长加强警戒、通知军法课收发做标签、通知值日官备好武装、汽车等项准备。谷正伦签批后，执行很快，有的第二天就执行，最多不超过第三天就要处决。

军法官李植最后给顾衡定的罪是煽动工潮、破坏社会秩序，数罪并罚，合计执行无期徒刑。

谁知案卷送到宪兵司令部谷正伦那里，他对待政治犯一贯是下手狠毒，宁愿错杀一千，不放过一个。看完审讯顾衡的记录，大吃一惊，说，“此人顽固不化，决不可留。”亲笔改批：“怙恶不悛，改处死刑，立即执行。”

星期天的晚上，一个看守跑来要顾衡将存在看守所内的钱全部取清，还附上一句：“你的钱没处放，我可以替你保存，你要用时，可随便向我取用。”原来每个人都有自己的生财之道，不少死刑犯的存款最后家里人不来取，都落到保管人的腰包了。

顾衡刚向看守所支取过两块钱，准备买东西吃，怎么又叫他取钱呢？ 他知道敌人要下毒手了。 那个看守走后，他沉默片刻，便开始整理他的衣物，拣出家中来信，付之一炬。

和顾衡同号子的徐进魁（徐行）同志住在顾衡的上铺，那天晚上，顾衡和他谈了很久。

顾衡说：“我们要分别了！”

“是不是你父母营救成功，要保释你出狱了？”徐进魁为他高兴。

“不是，明天我要同你永别了。”顾衡的脸上仍然挂着一丝平常惯有的微笑。

一般政治犯要枪决是不让他本人知道的，徐进魁吃惊地问：“你怎么晓得的？”

顾衡拿出母亲给他送来的饼干和沙丁鱼罐头叫他吃，说：“我们一块关在一个牢房，受难好几个月了，明天就要分别了，你多吃一些吧！”

接着他谈了自己的家庭，他被捕前后的革命活动和在法庭上斗争的情况，这是他以前在狱中从没有和谁谈过的。

平常话很少的顾衡在即将就义的时刻怀着深情谈起他的家乡，他的父母和兄弟姐妹，他的同志和朋友，他未完的革命事业。 他脑海中闪过那些难忘的人和事：东大附中同学们的笑容，恽代英在雨中的讲演，学生爱国反帝运动的怒潮，清华大学红旗下举手宣誓的情景，太和县波澜壮阔的斗争场面，“四一九”太和暴动牺牲的同志们，浦镇机厂工人的淳朴和无私，虎踞龙蟠的南京城的斗争烽火……这美好的一切，都将永别了。

“镰刀割断旧乾坤，斧头劈开新世界！”他不惧反动派的凶残，但鄙视叛徒贪生怕死和出卖同志的无耻。他坚信中国的劳苦大众总会得到解放，共产主义终究会实现，这种信仰，已经扎根在他的心里，流淌在他的血液里，内化在他的行动上。这种不可动摇的崇高理想，使他充满了巨大的力量，即便是在死亡的前一刻，也让他豪气万丈。

第二天清晨，四五点钟的时候，顾衡同牢房的难友就看见顾衡头发已梳拢得十分整齐，穿上那件灰色哔叽长衫，在牢房的狭小的地板上镇静地走来走去。到了开牢门倒马桶的时候，他将长衫脱下，提着马桶出去倒掉。门关上时，他又穿起大褂，爬上床铺，看着铁窗外面的动静。当他看到经手他案件的那个书记官出现在甬道上，接着又走过两个宪兵时，便从容不迫地下来，端正衣冠说：“今天就是我一个人。”

一两分钟后，上好刺刀的宪兵和那个浓眉大眼的湖南人项大个子看守来到牢房前，叫道：“翟大来先生，请你出来！”看守平时对顾衡很佩服，所以叫他时才加上“先生”和“请”字，随着是开门的声音，“我知道了！”顾衡平静地回答，伸出手来和同室的难友握别，和大家说了声“再见”后从容地跨出门去。

南京宪兵司令部杀害革命烈士的手段有三种：一是砍头。一次，对一个犯人，蒋介石从南昌打来电报“砍头可也”，警务处长丁昌特地从军械处领了一把大刀，交由传令兵在雨花台执行。从此以后，用砍头的手段处决政治犯有好几起。二是秘密处死。将犯人从看守所提出来，押到处决地点，一处在鸡鸣寺附近，另一处在中华门外一个庙宇里，押到地点一句话也不问，进门就用木棍猛击头部，致使其当场昏迷，随即用麻绳将其勒死，然后掩埋。三是公开枪决。一般在雨花台执行。

项大个子每次提犯人押赴刑场时，总是乘人不备，在犯人脖子后面猛击一拳，让犯人神志不清。

顾衡厉声对项大个子说："不要打我。"

项大个子说："翟大来先生，我不能打你。"

天还没有亮，宪兵司令部从大门直到看守所各个走道布好岗哨，所有岗哨都持长枪，明晃晃的刺刀闪着寒光。

宪兵司令部的大厅是捆绑犯人、"验明正身"的地方。通常犯人被推到大厅放绳索的地方，徒手宪兵趁其不备，用脚猛踢犯人后腿，使其跪倒在地，刽子手乘机上前捆绑。

顾衡来到大厅放绳索的位置，镇静地对项大个子说："你们可以捆我，但不能踢我，我不会下跪。"

项大个子说："翟大来，你是少有的享受这个待遇的人。"他让刽子手上前捆绑顾衡时说："可以松点。"

军法官李植负责验明正身，面对临刑还如此坚定的顾衡，他心里佩服，甚至不敢与顾衡的目光对视。他从卷宗袋子里拿出顾衡的照片，将标签用红笔一勾，掷在地上，转身匆匆离开。

等候在一旁的传令兵舀一碗烧酒，往顾衡嘴里灌。

顾衡大声说："我不用喝酒，带我走就行了。"

宪兵将地上的标签拿起来，插在顾衡的背上，架上汽车。

警戒宪兵车走在前面，警车走在中间，监斩车在最后。警车驾驶室两旁都站有宪兵，手捏橡皮喇叭，发出鬼哭狼嚎般的声音，令人毛骨悚然。

到了雨花台，警戒车停下，宪兵跳下来，监斩官指挥把守路口（因路通江宁），不准通行。紧接着，监斩官指挥宪兵将顾衡架下车。

顾衡像一个巨人以无比激昂的声音呼喊："共产主义万岁！""打倒帝国主义！""打倒腐败政府！""共产党万岁！"……跟在后面的宪兵，瞄准顾衡的头部扣动扳机，英雄应声倒下，烈士的鲜血染红了雨花石。

这一天，是 1934 年 12 月 4 日，寒冷的天，揪心的日子啊！

两天后，杨允植得到了顾衡牺牲的确切消息，他找到时任《生活周刊》驻南京特约记者兼《时事月报》编辑徐宗士，一起去中华门买棺材和寿衣，收殓老同学顾衡尸体。

他们不知道顾衡的尸体在哪。有人告诉杨允植，到雨花台找“地保”一定会知道。

当时实行的是保甲制，十户一甲，十甲一保。地保说，最近收殓了一个青年人，临刑时，他高呼“共产党万岁”。

根据地保指点，杨允植和徐宗士起出了一具薄棺，里面的人正是顾衡。徐宗士认出，那件灰哔叽夹袍正是他之前送到监狱里的。他俩叫人抬来新买的棺材，重新为顾衡入殓，寄存在雨花台附近的一寺中，并火速通报顾家。

消息传到顾家，上下悲痛万分，母亲当场晕倒，人事不省。正在为保释儿子的事在外奔波的顾倬当场瘫倒在地上。

在宁的同学好友，一些共产党员到船埠为顾衡送行，码头上送行的人哭成一片，顾倬带着家人，哭了一路，将棺材从水路运回无锡家乡安葬。

从此，顾衡烈士长眠在梅园后孔山的山坡上，他的墓地有一道半圆形的矮墙，四周种着松柏。围墙外，两株大树，几行翠竹，一片田野。

烈士走了，他却永远活在人们的心中，他的光辉形象如同一座精神的丰碑，树立在共产主义事业的伟大进程中，启迪人们永远向前！

参考文献

1.《顾衡传》，吴玉璋著，《南京党史资料》第三辑，1983 年；

2.《烈血已经染雨花——顾衡烈士诞辰 100 周年纪念集》，许祖云、汤春妹主编，江苏科技出版社，2009 年；

3.《谢立惠传》，陈义华、郭祥著，学苑出版社，2012 年；

4.《汪季琦年谱》，汪晨熙、金建陵著，现代出版社，2009 年；

5.《恽代英在考察中国革命问题时对经济方法的运用》，李天华著，载《学术论坛》2011 年第 3 期；

6.《炮舰与海军陆战队——美国海军在中国（1925－1928）》，伯纳德· 科尔著，重庆出版社，1986 年；

7.《气贯长虹光耀千古——王新义传略》《一生革命路坎坷——王辅忠传略》《甘洒热血为人民——门金锡传略》《铮铮铁骨傲人间——胡鸣九传略》《刘体龙》《孙海如》，郭睿君著，载太和党史网；

8.《南京江东门中央电台曾是东亚第一入选全国文保》，张成忠著，《中国政协报》2013 年 6 月 7 日；

9.《解密中央特科铲除内奸“熊国华”始末》，丁伟著，载中国共产党新闻网；

10.《魔窟内情——我在国民党中央宪兵司令部的所见所闻》，石凌据李华龙口述整理。